NOVA ERA

PALOMA BRITO

NOVA ERA

PandorgA

Direção Editorial
Silvia Vasconcelos

Produção Editorial
Equipe Editora Pandorga

Preparação
Alline Salles

Revisão
Larissa Caldin

Diagramação
Abreu's System

Composição de capa
Cristiane L. Viana

Texto de acordo com as normas do Novo Acordo Ortográfico da Língua Portuguesa
(Decreto Legislativo nº 54, de 1995)

Dados Internacionais de Catalogação na Publicação (CIP)
Ficha elaborada por: Tereza Cristina Barros – CRB-8/7410

Brito, Paloma
Nova era / Paloma Brito. – 1.ed. – São Paulo: PandorgA, 2017.
224 p. ; 16 x 23 cm.

ISBN 978-85-8442-241-8

1. Romance brasileiro. I. Título.

19.09/032-2017 CDD–869.93

2017
IMPRESSO NO BRASIL
PRINTED IN BRAZIL
DIREITOS CEDIDOS PARA ESTA EDIÇÃO À
EDITORA PANDORGA
RODOVIA RAPOSO TAVARES, KM 22.
CEP: 06709-015 – LAGEADINHO – COTIA – SP
TEL. (11) 4612-6404

WWW.EDITORAPANDORGA.COM.BR

Sumário

(Capítulo 01)

Há muito tempo, houve uma guerra tão terrível quanto se podia imaginar entre os deuses. As consequências foram ainda piores, separando o povo de uma mesma raça de acordo com a divindade a quem seguiam com devoção. Aqueles que ficaram ao lado de Odin e Freya foram abençoados com as terras mais belas e férteis, e por sua cega devoção receberam ainda um presente para toda a vida.

Aos elfos da luz, os *Ljósalfar*, os deuses destinaram os *Aías* como companheiros de batalha, despertando a fúria e o ciúme dos elfos da escuridão, os *Svartálfar*. Revoltados com os deuses e gananciosos pelas terras dos elfos da luz, os *Svartálfar* iniciaram uma guerra sem fim, movida pelo ódio e rancor, prometendo a mais lenta e cruel das mortes para qualquer elfo da luz que fosse encontrado em suas terras amaldiçoadas.

Toda e qualquer criatura dos nove mundos sabia sobre essa guerra e o que ela causara. Para não se prejudicarem ainda mais, propuseram trégua aos elfos da escuridão, que se comprometeram em não atacar as terras dos seus irmãos mais afortunados pela bênção dos deuses.

Eu, assim como qualquer outro elfo da luz, esperava ansiosamente o meu Aías. Eles só não eram tão parecidos conosco em relação aos poderes. Enquanto alguns elfos podiam ter talentos especiais, como ser especialmente bom no manejo de alguma arma específica ou apresentar algum tipo de poder sobre os cinco elementos, nossos Aías eram elfos que tinham a capacidade de se transformar em algum animal muito mais forte do que normalmente seria, e que nos acompanhariam em batalha quando necessário.

Éramos almas irmãs escolhidas pelos deuses, cuja ligação uma com a outra era tão forte que não seria possível sobreviver caso um de nós morresse; uma alma acompanharia a outra para o Mundo dos Mortos.

Porém, diferente de todos os outros elfos ali, eu era a única sozinha. A única que nunca tivera a ligação e que não fazia ideia de onde meu Aías pudesse estar.

O festival dos encontros nunca esteve tão lindo, e eu nunca tinha me sentido tão triste por isso. Ano após ano, fui a todos os festivais esperando que meu Aías chegasse e me tirasse daquela condição deplorável. Eu não era apenas a estranha com poderes raros (e inúteis, na minha opinião), era também a única que não tinha seu próprio Aías.

Geralmente, há sonhos que mostram onde seu Aías está para que possam se encontrar e ter a ligação, já que são destinados um ao outro desde o nascimento. Em algum lugar de Alfheim nasceria um elfo que seria Aías de outro, que nascera no mesmo instante. Entretanto, meus sonhos eram sempre os mesmos: um lugar completamente escuro, sem nada que pudesse ser identificado. A única coisa que eu reconhecia era uma respiração baixa e profunda. Perguntei-me diversas vezes por que só conseguia sonhar com aquilo, se eu realmente tinha um Aías, e se algum dia o conheceria e deixaria de ser uma aberração.

– Arien, você está bem? Quer sair daqui? – Maggo me perguntou gentilmente enquanto se levantava com suas pernas curtas de um dos banquinhos de madeira.

– Está tudo bem, não se preocupe. Sente-se e vamos assistir aos encontros – respondi com um sorriso forçado.

Maggo era um anão, meu melhor amigo e protetor, que conseguia perceber o meu humor como ninguém, não importando o quanto eu tentasse enganá-lo.

Ele se sentou novamente ao meu lado, cruzou os braços rechonchudos e suspirou quando a abertura do festival começou. O Festival dos Encontros estava tão emocionante e belo como sempre, mas dessa vez só faltavam algumas luas para a celebração do meu nascimento e eu estava mais desanimada do que de costume.

Pior do que ter poderes incomuns e fracos era viver mais sabe-se lá quanto tempo sem um Aías. Alguns elfos já tinham até me perguntado se eu era realmente uma *Ljósalfar*. Perguntar algo assim era uma ofensa terrível, pois apenas elfos negros não têm Aías.

Assisti ao festival sob um torpor, deixando meus pensamentos vagarem para uma época em que não me importava tanto com a falta do meu Aías; a única época em que realmente me senti apenas mais uma elfa comum, sem me preocupar com poderes ou companhia, até eu estragar tudo e perder aquilo para sempre.

Assim que o festival terminou e as crianças, agora com seus Aías, seguiram para suas casas no vilarejo para fazerem os planos da mudança, Maggo se levantou e começou – novamente – a ditar as regras que eu deveria respeitar enquanto ele estivesse fora.

Maggo era extremamente cuidadoso sobre a minha segurança e, apesar de eu gostar da sua dedicação, sentia falta da sensação de liberdade, de que seria capaz de proteger a mim mesma caso precisasse. O anão fora contratado por meus pais quando completei nove anos. Mesmo em meio à tragédia, meus pais foram capazes de pensar em mim sem nunca me culparem pelo que aconteceu, apesar de ter arruinado a vida de todos.

– Está me ouvindo, Arien? – perguntou impaciente. – Por que acho que você está só fingindo escutar? – Ele deu um suspiro enquanto eu sentia enrubescer. Na verdade, nem estava me dando ao trabalho de fingir.

– Desculpe, mas já ouvi isso tantas vezes que até decorei. É verdade – expliquei com um sorrisinho, tentando amenizar a situação. – Você só está perdendo tempo, a viagem até Nidavellir não demora?

Ele suspirou pesadamente e coçou a barba espessa, um sinal de que estava incomodado com alguma coisa.

– Sim, demora, Arien. – Olhou-me cuidadosamente antes de prosseguir: – Você não deve sair do vilarejo. Não dessa vez, me prometa.

Fiquei um pouco surpresa por ele ter tanta certeza de que, quando voltava para o seu mundo, eu saía do vilarejo. Recusei-me a confirmar.

– Não se preocupe, Maggo, nada acontecerá comigo. – É claro que ele percebeu que não prometi e arqueou uma sobrancelha. – Prometo que não vou sair do vilarejo – disse a contragosto.

Era a minha única oportunidade de saber o que havia do lado de fora do vilarejo, de conhecer, experimentar e aproveitar o que estivesse do outro lado dos limites da pequena vila. Nas poucas vezes em que consegui sair, graças à ausência de Maggo, não fui muito longe e não vi nada além da floresta.

Eu tinha o sonho de um dia poder sair daquele lugar que se tornou a minha prisão não dita. Conhecer outras criaturas, costumes e lugares eram alguns dos motivos pelos quais eu queria tanto ter a minha ligação. Eu queria ser livre.

Logo depois de se convencer de que eu não seria uma "inconsequente enlouquecida", segundo suas palavras, Maggo partiu para o seu mundo. Essa viagem era apenas um pequeno tempo de descanso merecido por me aguentar mais um ano inteiro, longe de Nidavellir e tendo tanta liberdade quanto eu, ou seja, nenhuma.

Segundo meus pais, e qualquer um a quem perguntasse, era inaceitável *alguém como eu* sair para algum lugar sem meu Aías por perto. Meu poder, magnífico para alguns e bastante medíocre para mim, tornava-me fraca e incapaz.

Segui para a área de treinamento do vilarejo com uma animação um tanto forçada. Quem estava me "treinando" era Tyne, uma fada pequena e adorável, que também era minha amiga. Era tão sensível que eu preferia não a perturbar com meus problemas. O treinamento não apresentava progresso algum ultimamente, mas ela não desistiria de mim mesmo que eu dissesse diversas vezes para que fosse treinar outro elfo com maior potencial.

– Olá, Arien! – ela cantarolou com sua voz aguda, abrindo um sorriso enorme para mim. – Assistiu aos encontros? Sempre inspiram você! Hoje vamos voltar um passo para avançar dois, certo? Veja bem, não estamos regredindo, muito pelo contrário! Mas acho que devemos relembrar algumas coisas. Vamos lá – disse numa respiração só. Tyne era muito falante, e eu gostava disso porque podia falar pouco com ela, diferente de Maggo.

Seguimos até o círculo delimitado por uma cordinha vermelha que ela fazia questão de manter sempre que treinávamos, dizendo ser a minha "área de atuação". Isso era provavelmente para eu não ficar desapontada com meu pouco progresso, o que estava se tornando cada vez mais frequente.

– Muito bem... Hoje quero que se concentre e faça aquela flor saudável novamente! – Ela apontou para a flor com o dedo delicado, se empertigou e continuou: – Sabe o que tem de fazer, concentre sua energia e direcione, é simples! Mas posso repetir a explicação de todas as etapas se quiser...

Olhei para a flor murcha e respirei profundamente. Concentrei-me na energia e a senti crepitar nos dedos, direcionei-a e vi a beleza daquela flor ressurgir. Dei um sorriso para Tyne à procura de sua aprovação e senti a energia se esvair da mesma forma que surgiu.

– Viu só? Você consegue! – Tyne falou, sorrindo. – Agora tente nessa árvore bem aqui.

Engoli em seco. Uma flor era fácil, uma árvore inteira era outra coisa. Manter a energia e o foco por tempo suficiente seria complicado para mim, minha mente sempre vagava sem permissão. Eu já tinha conseguido algumas vezes, mas não me sentia confiante naquele momento.

– Tyne, tem certeza disso? Melhor deixarmos para amanhã, estou me sentindo um pouco cansada, sem energia – inventei, apesar de não ser completamente mentira. Eu me sentia realmente cansada, mas o motivo principal era a relutância em admitir que provavelmente não conseguiria.

– Nada disso! – negou, balançando a cabeça. – Pode até tocar se quiser, mas não vai parar por aqui, não vou aceitar isso de você.

Suspirei pesadamente e coloquei as mãos espalmadas no tronco.

Concentre-se, concentre-se, concentre-se, repeti com o olhar grudado nas mãos.

Aos poucos, vi o tronco se recuperar e se fortalecer sob meus dedos, tinham se passado alguns segundos e notei a luz que às vezes parecia vir das minhas mãos. Era brilhante e oscilava. Senti um calor bem-vindo me aquecer e suspirei. *Eu tinha que conseguir.*

Tão breve como o tal calor veio, ele se foi. Abri os olhos rapidamente, que eu mal notara ter fechado, e encarei as mãos. Estava *voltando*, a árvore já luzia boa parte curada, mas a energia parecia voltar para mim como se me restabelecesse, e mais: a energia que a árvore ainda guardava estava sendo drenada por mim. Afastei-me rapidamente, encolhendo os braços e envolvendo meu próprio corpo. Não sabia o que era aquilo, mas era óbvio não ser normal roubar a energia daquela forma.

– Tyne, o que está acontecendo? – sussurrei, olhando-a assustada.

Ela parecia mais embasbacada que eu.

– Não faço ideia, Arien. Melhor... pararmos por hoje, não acha? Você já pode ir para casa.

– Sim... Então... até depois – respondi ainda confusa.

Saí do campo de treinamento com um nó na garganta. Não conseguia entender o que acontecera, e muito menos Tyne, o que era realmente preocupante porque, sendo a minha treinadora, deveria ser capaz de me dar a orientação necessária.

Meu poder aparentava ser bem simples, na verdade. Eu tinha o poder da cura e o meu elemento era o quinto, Akasha, que correspondia ao espírito. Os sábios da vila diziam que era muito raro alguém nascer marcada pelo Akasha. Era mais comum os elfos com poderes controlarem o fogo, o ar, a terra ou a água. Teoricamente, eu seria capaz de controlar o espírito, a alma. E não, eu não entendia como fazê-lo e nem sequer tinha alguma evidência de que meu elemento já se manifestara ao menos uma vez na vida.

O Akasha é considerado o elemento que originou todos os outros, o princípio. Por causa desse poder fabuloso, eu não tinha nenhuma habilidade com qualquer tipo de arma, e já havia tentado aprender praticamente de tudo. Eu sempre acabava machucando a mim mesma ou a quem me ensinava. Eu era uma inútil indefesa num tempo de guerra não declarada.

O líder do vilarejo, senhor Bargon, disse-me que eu também tinha um mecanismo de defesa e teria de aprender a controlá-lo. Entretanto, além de eu não saber qual era, também não era muito boa em controlar o que quer que fosse.

Estava tão perdida em pensamentos que esbarrei em alguma coisa, me desequilibrei e quase caí, mas mãos fortes agarraram meus braços e me estabilizaram.

– Ei, Arien! – Rauthar falou ainda me segurando. – Cuidado. Está tudo bem?

– Sim. Desculpe por isso. – Dei-lhe um sorriso fraco e me afastei.

Rauthar se transformava em uma pantera e era Aías de Lauriel, a pior elfa de toda a vila. Não só por ser uma guerreira fantástica com as espadas, mas também porque era fria e cruel, o que levava muitos elfos a dizerem que ela teria nascido *Ljósalfar* apenas por um engano dos deuses. Lauriel não apenas me achava uma aberração, como também fazia questão de deixar bem clara sua opinião sobre mim; não sabia guardar nada para si.

Como se invocada por demônios, ela apareceu atrás do seu Aías.

– Olá, estranha. – Ela sorriu aquele sorriso frio que me deixava arrepiada. – Não consegue nem andar sozinha? Até para isso precisa daquele anão? Isso é patético – soltou.

Antes que eu conseguisse responder alguma coisa, Rauthar se pôs entre nós duas.

– Pode parar de destilar veneno, Lauriel. Não quero que a trate assim. – Ela lhe deu um olhar de desprezo.

– Você também é patético, não sei por que foi o escolhido para ser meu Aías. Mal consegue fazer o que mandam.

Rauthar mudou sua postura, ficando tenso e se afastando de mim.

– Vamos embora. Até mais, Arien. – Encarando-me com intensidade, acrescentou: – Se cuide.

Balancei a cabeça ainda sob o olhar perturbador de Rauthar. Não que eu não gostasse dele, pois sempre foi muito gentil comigo. Acredito que, se não fosse por Lauriel, ele tentaria se aproximar mais. Não que eu quisesse. Ele tinha algo estranho no olhar e, sempre que estava perto dele, sentia-me um pouco inquieta, o que era muito incomum.

Segui para casa rapidamente, desejando não encontrar mais ninguém. Assim que entrei, minha mãe, Artanis, me recebeu com um abraço.

– Mãe, não sabia que tinham voltado da busca – disse, sorrindo.

Meus pais já viveram mais de dois séculos, mas ainda ostentavam quase a mesma aparência de quando eram jovens. Isso me dava uma boa pista do porquê se apaixonaram perdidamente um pelo outro.

Olhei em seus olhos azuis-claros, assim como os meus, e notei estarem muito apreensivos. Seu cabelo castanho era uma das poucas características que não compartilhávamos, pois o meu era loiro e longo, assim como o do meu pai.

– Está tudo bem? – perguntei quando não tive nenhuma resposta.

Ela se afastou, suspirando.

– Voltamos há poucos minutos. A busca foi... complicada. Fomos emboscados por um grupo de elfos negros. Não fazemos ideia do que eles estão querendo em nossas terras. – Ela fez uma pequena pausa e continuou num tom de voz baixo: – Perdemos a Liria e a Nora. Seu pai está preparando a cerimônia.

Liria e Nora eram amigas dos meus pais há mais de cinquenta anos. Liria se transformava em um lobo, e Nora tinha tanto talento com arco e flecha quanto minha mãe tem e minha irmã tivera.

– Sinto muito – sussurrei sem saber mais o que dizer. Não encarávamos a morte como o fim de todas as coisas, era apenas uma mudança no curso das almas, mas a saudade estaria sempre presente.

– As sentinelas foram dar a notícia ao pai de Nora. Bargon ficará arrasado.

Depois de alguns minutos, resolvi quebrar o silêncio que se abateu sobre nós:

– Mãe... o que está acontecendo? Por que os elfos negros estão aqui em Alfheim?

– Ainda não sabemos, mas vamos descobrir. – Sua tensão se tornou mais evidente. Deveria ter sido muito difícil assistir à morte das suas amigas por causa de uma emboscada. – Tenho certeza de que Bargon não vai permitir que isso fique sem retaliação.

Depois de conversarmos mais um pouco, minha mãe foi conferir como estava o senhor Bargon e a cerimônia de despedida. Decidi não contar sobre o incidente no treinamento do dia. Ela já tinha bastante coisa na cabeça com que lidar, eu não precisava acrescentar o drama pessoal dos meus poderes não funcionarem como deveriam.

A cerimônia de despedida era um acontecimento cheio de ambiguidades. Era tão belo quanto triste e, depois, todos no vilarejo sempre ficavam um pouco abalados. Elfos não morriam facilmente, não pela idade ou por doenças. Portanto, por mais que fôssemos compreensivos sobre a ira e o rancor dos elfos negros, era impossível não se revoltar quando um dos nossos morria sob o jugo da violência.

Depois de quatro horas, já estava tudo pronto para a cerimônia e todas as criaturas se reuniam no centro do vilarejo, formando um círculo ao redor das duas elfas. Um cobertor de flores estava no chão sob os corpos delas, que vestiam as mesmas roupas com as quais morreram em batalha. Liria estava parcialmente coberta com flores até a cintura, o sangue seco manchava seus braços e sua roupa de couro. Nora parecia dormir profundamente, sem nenhum corte ou sangue aparente. Eram Aías uma da outra, e o ferimento letal de Liria havia matado Nora também.

– Estamos aqui hoje para nos despedir – meu pai, Varnion, começou a falar. Como líder do grupo de buscas do vilarejo, ele deveria ser o primeiro a se pronunciar. – É importante que todos saibam o que aconteceu e que fiquem cientes de que o mundo de Alfheim não é mais seguro. O grupo de buscas estava indo para um vilarejo no sul quando fomos emboscados por elfos negros que nos superavam em número e armas. – Ele fez uma pequena pausa para observar os corpos inertes das elfas. – Liria e Nora lutaram bravamente para proteger Alfheim da fúria dos invasores. Liria foi atingida e não suportou os ferimentos, Nora acompanhou sua alma para Niflheim, como tem de ser. Repousarão juntas em Niflheim antes de começarem um novo ciclo de vida. – Meu pai se virou completamente para as elfas e ajoelhou. – Agora, agradeço-lhes como companheiro de guerra por se esforçarem em todos os campos de batalha para os quais foram. E, como irmão de raça, agradeço por terem permitido que fizéssemos parte de suas vidas. Que tenham uma boa passagem.

Meu pai se moveu para o lado, emocionado, dando espaço para o senhor Bargon, que observava o corpo de Nora com o olhar atormentado. Nunca o tinha visto tão frágil, tão despido de esperança, a tristeza dele parecia se espalhar e todos os elfos a compartilhavam naquele momento. Por fim, o líder do vilarejo respirou profundamente e começou sua despedida com a voz trêmula:

– Como pai, a dor que sinto parece muito maior do que posso suportar. Sempre lembrarei de cada olhar, de cada gesto, de cada momento que passamos juntos. A saudade nunca deixará de existir porque meu amor nunca se acabará. Agora, Nora, me despeço de você. Que tenha uma boa passagem e que seu recomeço seja tão brilhante quanto essa sua vida foi. – Bargon fez uma pausa para depositar uma rosa branca ao lado de sua filha. – Como irmão de raça, agradeço às duas por sua bravura inigualável, por sua fé em Alfheim e em todos que aqui habitam. Liria... agradeço por proteger Nora e todos aqueles que estavam contigo em todas as suas batalhas. Que vocês duas tenham passagens iluminadas para Niflheim. – Bargon olhou para os elfos a sua volta com lágrimas não derramadas e terminou seu discurso, respirando profundamente: – Nunca serão esquecidas, nunca serão menos do que foram.

– Nunca serão esquecidas, nunca serão menos do que foram – todos repetiram em uníssono.

– Irmãos de raça, não permitirei que esse ato fique impune e não permitirei mais mortes. A trégua acabou! – Bargon anunciou com os olhos brilhando de tristeza e fúria.

Assim que Bargon se retirou, os elfos e as fadas organizaram-se em fila para se despedir. Um de cada vez, aproximava-se das duas elfas, sussurrava suas despedidas e desejava boa passagem. Eu preferi não falar nada; não lidava bem com a perda e dificilmente diria algo que trouxesse conforto às suas almas. Apenas fiquei observando-as; com a luz do pôr do sol banhando seus corpos rodeados por flores, era quase possível *ver* as almas seguindo seu curso para o recomeço.

Do outro lado de onde eu estava, Rauthar me encarava obstinadamente. Quando nosso olhar se cruzou, senti um frio na espinha, mas ele me deu um sorriso que, acredito eu, julgava ser simpático. Provavelmente, só estava melancólico e raivoso pela morte de Liria e Nora.

Segui para casa ao lado dos meus pais, num acordo silencioso de não mais falar sobre mortes durante o dia.

Naquela noite, dormi com uma vela acesa, a luz era bem-vinda em meio à escuridão e me acalmava. Eu não queria pensar na morte das elfas nem no fim da trégua, tampouco sobre meus poderes e muito menos sobre meu Aías. Mas foi nele que pensei, e foi com ele que sonhei, como em todas as outras noites.

A escuridão me recebeu na casa com um sopro gélido na minha nuca, como se fosse a anfitriã dando-me boas-vindas. Não gostava de visitar aquele lugar, odiava, na verdade, mas era inevitável. Todo maldito sonho era a mesma coisa, a diferença agora é que havia uma luz que não estava ali em nenhuma das outras vezes.

– Olá… – eu disse depois de alguns instantes. – Tem alguém aqui? Por favor… Se tiver alguém aí, responda alguma coisa! – sussurrei para o nada enquanto andava na direção da luz.

De alguma forma, aquele parecia o caminho certo a seguir e, mesmo que não fosse, era a fuga do breu que ameaçava me engolir todas as noites, que me fazia implorar aos deuses para que aquilo terminasse logo.

Não tive nenhuma resposta, como era de costume. Sempre parecia que aquele lugar estava simplesmente abandonado. Encontrei algo que achei ser uma porta e a empurrei para ficar mais próxima da luz. Uma simples vela a queimar lentamente.

– O-olá – gaguejei hesitante, depois de entrar no cômodo.

– O que está fazendo aqui? – uma voz grave e raivosa me perguntou, sobressaltando-me. – Não quero você aqui.

Eu estava tão surpresa por haver alguém ali que demorei para localizar onde ele estava. A sombra sentada na cama ostentava um par de olhos dourados que me encaravam com um brilho predador. Eu deveria ter ficado tensa, deveria estar com medo, mas sua voz não era fria… era fogo puro. E o fogo, por mais que queimasse, era melhor que a escuridão.

– Desculpe… Não sei ao certo. Quem é você? – perguntei debilmente.

– Sou aquele que você nunca deverá conhecer – respondeu simplesmente. – Seu lugar não é aqui, nunca será aqui! Vá embora! – Ele me encarou mais uma vez, seus olhos brilhavam com alguma emoção que não reconheci antes de fechá-los e a vela se apagar, deixando-me novamente naquela escuridão apavorante que correu ao meu encontro e me dominou.

Acordei com um grito abafado e com o cabelo grudado na nuca pelo suor frio. Foi o sonho mais estranho que já tive, geralmente não havia nada além do escuro. Eu já podia ver os raios do nascer do sol pela janela. Virei para o lado e observei a cera da vela que deixei acesa na noite passada.

Que sonho foi aquele? Eu estava realmente impressionada. Se aquele par de olhos dourados pertencia ao meu Aías, como desconfiava, tive certeza absoluta de que ele não queria me encontrar. Não queria sequer que eu conseguisse vê-lo em sonho, talvez por isso sempre ficasse em lugares escuros para que eu não pudesse reconhecê-lo.

Já estava passando da hora de eu aprender absolutamente tudo do que era capaz. Se uma guerra estava chegando, não queria ser um fardo para ninguém ou ficar para trás. Meu Aías não se importava com nada em relação a mim, então, quanto mais independente fosse, melhor seria para o vilarejo e para mim.

Enterrei, no lugar mais fundo e escondido da minha alma, todos os meus pensamentos e sentimentos em relação àquele sonho e ao meu Aías. Eu sabia que tudo estava lá, pronto para emergir, para me confrontar, mas conseguia sufocar aquelas emoções. Treinei essa habilidade por muitos anos e agora a usaria novamente a fim de me proteger.

Naquela manhã, treinei sozinha, treinei do meu jeito. Posso dizer que fiquei muito orgulhosa de conseguir me concentrar e usar bem meu poder, sem a pressão que Tyne exercia sobre mim.

– Arien. – Uma voz me surpreendeu, fazendo-me saltar para o lado preparada para "lutar".

Depois que percebi ser apenas o senhor Bargon, quis rir pela reação exagerada, mas a dor em sua expressão me impediu imediatamente.

– Senhor Bargon – cumprimentei-o um pouco mais calma.

– Nunca vi você treinando tão cedo. E sozinha – ele pontuou. – Alguma motivação especial?

– Não quero ser um fardo, senhor. – Dei de ombros. – Não quero ser uma vergonha para meu povo e para minha família.

Ele me observava com os olhos enrugados curiosos.

– Você não deveria querer agradar a si mesma antes do seu povo e da sua família?

– Isso não é... possível, senhor – falei, balançando a cabeça e lhe dando um sorriso forçado. – Eu não desejo o poder que tenho, mas ainda posso tentar melhorar pelos meus pais, pela raça...

– Nora também não gostava de arco e flecha. – Ele sorriu tristemente para mim. – Dizia que queria ser como eu, com o poder da água; que queria ser tão forte quanto eu.

Continuei calada, não sabendo o que dizer. Eu daria tudo para ter talento como arqueira.

– Sabe o que respondi a ela? – Balancei a cabeça negativamente, mas ele não notou por estar encarando as árvores adiante distraidamente. – "Você faz sua própria força, Nora. Só será medíocre se quiser ser medíocre." Na época, achei que fui duro com ela. Agora, sei que fiz a coisa certa.

– Por que está me contando isso, senhor? – perguntei acanhada, estranhando a conversa toda.

– Porque... você só será medíocre se quiser ser medíocre, Arien. A força está dentro de você. Explore, deseje. O poder já é seu, você só precisa aceitá-lo.

(Capítulo 02)

Aquela conversa com o senhor Bargon deu-me muito o que pensar, tive que parar o treinamento por uma hora. Ou três. Depois que ele partiu dizendo que teria uma reunião com o grupo de buscas do vilarejo, comecei a andar e só parei quando cheguei à margem do meu lugar preferido, o lago. Eu passava várias horas ali com minha irmã Eirien anos atrás. Gostávamos de competir nas brincadeiras, como quem jogaria a pedra mais longe ou qual quicaria mais vezes na superfície antes de afundar.

Eirien tinha habilidade com arco e flecha, assim como minha mãe, e era simplesmente brilhante. Minha irmã mais velha era minha inspiração, meu exemplo. Foi a criatura mais amável que já conheci, mas também era justa e protetora. Sua aparência delicada escondia a fortaleza que era por dentro, nunca se deixando abalar, nunca aceitando uma única derrota sequer.

Sentada na margem, olhei meu reflexo na água… Éramos muito diferentes. Ela se parecia com a minha mãe, mas com os olhos esverdeados do meu pai, era mais alta que eu e muito, muito forte. Eirien parecia nunca se aborrecer. Ela sempre tivera que ser forte por mim, protegeu-me antes de Maggo ser contratado, sem nunca se queixar por cuidar da irmã mais nova. Para Eirien, eu sempre seria "uma menina muito especial com um sorriso especial e olhos ainda mais especiais, que pareciam enxergar a alma", como costumava dizer. Ela e Rianel eram inseparáveis, tiveram a ligação quando eu ainda não tinha nem nascido, mas Eirien nunca me forçava a ficar perto dele. Vê-los juntos fazia-me lembrar não ter um Aías e, quando era pequena, isso me afetava bastante.

Rianel se transformava em uma coruja, por isso, eles faziam muitas buscas noturnas juntos. Lembro-me de ficar esperando a noite inteira até Eirien chegar para saber se estava bem.

Pus os pés na água fria do lago e me permiti pensar em Eirien como nunca fazia, recordando apenas os momentos bons que tivemos juntas. Pensar na minha irmã daquela forma sempre me trazia uma paz enorme.

De repente, algo mudou no ar. Senti o peso de um olhar, levantei a cabeça num átimo e arfei quando encontrei um par de olhos dourados me encarando na outra margem do lago. *Aqueles* olhos dourados.

O elfo do outro lado era alto, forte, e sua postura gritava imponência. Não tive a menor dúvida de que era um guerreiro implacável em batalha. Seu rosto parecia ter sido esculpido pelos deuses, mesmo que sua expressão não fosse nada gentil naquele momento.

Como se por encanto, nossos olhares ficaram grudados, não conseguia sequer mexer a cabeça, e eu senti a ligação. Aquela descrição de correntes e dependência nunca tinha me convencido, eu não conseguia entender como era estar ligada à alma de alguém, mas me parecia a única descrição possível naquele momento.

Milhares de correntes pareciam se prender ao meu corpo e me puxar para ele, senti os olhos lacrimejarem. Eu estava prestes a me levantar e correr em sua direção, queria me aproximar de qualquer maneira que fosse, mas, um segundo após meu pensamento, ele já estava correndo ao meu encontro, desviando das árvores e praguejando baixo quando tropeçava em sua corrida porque seu olhar ainda não se desviara do meu.

Ele chegou até mim e se abaixou, ficando no mesmo nível dos meus olhos.

– Oi – sussurrei sem conseguir me conter, tentando controlar minhas emoções caóticas.

Queria tocá-lo, queria sentir que estava ali, queria lhe encher de perguntas, abraçá-lo e enforcá-lo ao mesmo tempo. Meus sentimentos em ebulição se misturavam tanto que eu não conseguia sentir uma coisa só. Uma avalanche de emoções ameaçava emergir daquele lugar profundo onde as tinha trancado.

Como se minha voz fosse coisa de outro mundo, seus olhos se arregalaram um segundo antes de um tremor tomar conta do seu corpo. Eu não sabia exatamente o que estava acontecendo e queria ajudá-lo. Ele se curvou para o chão, parecendo sentir dor, e desejei poder confortá-lo, mas o olhar de ódio que me lançou quando levantou a cabeça e o tremor que tomou conta do seu corpo me impediram.

Assisti fascinada, muda e quieta, a transformação do meu Aías em um leão vigoroso, maior do que seria um animal normal – embora soubesse que a maioria dos Aías alcançava tamanha proporção para ficar à nossa altura. Eu era incomumente um pouco mais baixa do que todos os outros elfos que já conheci, então ele parecia especialmente grande para mim; grande e ameaçador, já que me encarava com um olhar que parecia querer me matar. Puro ódio foi o que vi, e foi o que me fez encolher um pouco.

Seus olhos se arregalaram um instante, ele não parecia querer distância entre nós, e isso me acalmou um pouco. Eu não sabia o que deveria fazer agora que tive minha ligação. Decidi que o mais sensato era ir para casa falar com meus pais e ver qual seria o primeiro passo. Eu não sabia absolutamente nada sobre ele e, olhando-me daquele jeito, não queria ficar sozinha em sua companhia num lugar sem testemunhas.

Levantei-me lentamente, tentando não assustá-lo com meus movimentos, como se fosse realmente um animal selvagem. Comecei a me afastar com passadas pequenas e logo ele me seguiu. Parecia precisar tanto de mim quanto eu precisava da presença dele.

Aos poucos, fui nos conduzindo até minha casa. O lago não era exatamente fora do vilarejo, mas era afastado o bastante das casas para uma privacidade razoável. Fiquei aliviada por ter sido sensata dessa vez e seguir as recomendações de Maggo, pois sabíamos agora ser realmente perigoso sair da vila para se aventurar pela floresta apenas por um minuto ou dois de sensação de liberdade. Não valia a pena o preço que eu poderia pagar.

Quando cheguei perto de casa, estava mais ansiosa do que nunca, e notei que o felino atrás de mim fazia o mínimo de ruído possível. Vi muitos olhares sobre nós pelo caminho, uns surpresos e até mesmo felizes, outros um pouco incrédulos. Mas, na verdade, eu não conseguia me importar com os olhares nem com os murmúrios, estava impressionada demais para isso. Abri a porta destrancada e entrei em casa, encontrando meus pais conversando sobre alguma coisa que parecia importante.

– Olá, querida – meu pai disse enquanto vinha me abraçar. – Onde estava? Você parece... – Ele se interrompeu depois de me afastar do seu abraço e observar o leão atrás de mim. – Mas... o quê? Como isso...? Quando aconteceu? – começou a perguntar atônito.

– Pelos deuses! – minha mãe gritou. – Estou tão feliz por você, filha! Nós dois estamos, isso é perfeito. Não acredito que o encontrou! Como aconteceu?

Comecei a sorrir para os dois, mas o sorriso congelou no meu rosto quando observei que o leão já não era um leão, e sim um elfo furioso e certamente nada feliz como eu. Ele me encarava com fúria e sua voz impressionante ressoou pelo cômodo pequeno da sala:

– Não. Vou. Ficar. Aqui – disse cada palavra pausadamente e pude senti-las como quatro punhaladas em mim.

O silêncio depois disso foi mortal, e havia tanta tensão na sala que minha cabeça começou a pesar. A dor que eu sentia era muito grande para suportar, meus olhos umedeceram rapidamente e trinquei o maxilar para evitar que aquele maldito me visse chorar. Depois de tanto tempo, meu Aías aparece simplesmente para dizer que não vai ficar? O que aquilo queria dizer, aliás? Não me desejava, pois não havia outra explicação possível para mim.

– Arien, por que não vai para o seu quarto? – minha mãe ordenou, sutilmente, encarando o elfo.

Fiquei ressentida por ter que me retirar enquanto os outros decidiam minha vida, mas também não queria ficar lá com ele me encarando. Sentindo-me rejeitada como nunca antes, saí silenciosamente da sala sem dirigir o olhar para nenhum deles.

Entrei no meu quarto e tranquei a porta antes de me permitir cair na cama e chorar de raiva, de tristeza, desejando apenas que aquela sensação passasse. A rejeição pulsava como uma ferida. As lágrimas que rolavam pelo meu rosto eram tanto de raiva dele quanto de mim mesma por me importar com alguém que nunca sequer se interessou pela nossa ligação.

As vozes já estavam exaltadas na sala quando parei com aquele choro ridículo e me acalmei o suficiente para ouvir a conversa sem vergonha alguma. Afinal de contas, era sobre a minha vida que debatiam e, se eu não ia participar, tinha todo direito de ouvir.

– Já disse que não vou ficar aqui – o elfo expressou com a voz gélida. – Não há nada que vocês possam dizer para que eu mude de ideia.

– O que você quer, então?! Quer que nos mudemos para o seu vilarejo? Porque, sinceramente, isso é ridículo considerando...

Minha mãe foi interrompida bruscamente:

– Não! Não quero vocês no meu vilarejo, não a quero em nenhum lugar perto de mim. Isso não deveria ter acontecido.

Encolhi-me novamente. O que seria pior do que não ter um Aías? Ter um Aías que me rejeitava. Pensamentos patéticos de insegurança tomaram conta da minha mente, fazendo-me encolher ainda mais na cama. O que havia de errado comigo afinal? Não era possível ele achar que eu era tão repugnante se não tínhamos passado nem algumas horas juntos.

– Você não pode estar falando sério! – A voz da minha mãe trovejou. Ela não estava tentando esconder a conversa de mim, pelo menos. Ou isso, ou estava realmente exaltada. – Tem alguma ideia do que está fazendo ou do que está abrindo mão?

– Tenho, sim. Vocês não vão me prender aqui, não têm esse direito! Não podem me deixar aqui para sempre só para agradá-la – retrucou com ódio, como se não pudesse suportar nem a ideia de dizer meu nome.

Minha mãe começou a dizer alguma coisa, e eu já sabia que levaria a uma grande discussão se ninguém intervisse.

– Já chega – meu pai se pronunciou na conversa pela primeira vez. – Você é livre para partir, ninguém o está prendendo aqui – falou calmamente.

Todos se calaram na sala de tal modo que não consegui sequer imaginar o que estava acontecendo naquele momento, a ansiedade me deixou ainda mais atenta. Meu pai quebrou o silêncio depois de alguns instantes:

– Se é isso o que você quer, o que está esperando, leão? – Eu podia até imaginar a sobrancelha do meu pai se erguendo agora. Ele estava testando o elfo, e eu não sabia até que ponto isso era bom.

– Nada. – Ele deu uma risada sem humor algum, raivosa. – Vocês acabaram de me dar um presente... Adeus!

Segundos depois, ouvi a porta da frente se fechar com um estrondo.

Ouvi meu coração trovejar no peito, eu podia senti-lo se afastar a cada passo e parecia cada vez mais difícil respirar. Eu não queria me sentir assim por alguém que me rejeitava daquela maneira, mas não conseguia evitar. Não conseguia afastar aquela dor da perda, aquele caroço que se instalou na minha garganta e que ameaçava nunca mais desaparecer.

Bateram à porta do meu quarto e permiti que entrassem com uma voz que quase não reconheci como minha.

– Arien. – Meu pai se sentou na beirada da cama e me olhou. – Tudo bem, querida?

Não! Balancei a cabeça afirmativamente.

– Sei que conseguiu ouvir a conversa – ele falou, encarando as próprias mãos. – Desculpe-me por querer testá-lo, talvez eu não devesse ter feito isso.

– Não se preocupe, pai, você só fez o que achou ser certo. – Dei-lhe um sorriso fraco. Ele não precisava se sentir culpado pelo meu Aías ter repúdio de mim. Eu já havia percebido isso sozinha.

– Eu precisava saber se ele era digno de você – disse e passou o polegar pela minha bochecha, capturando uma lágrima que eu nem percebi ter escapado.

– Eu entendo.

Ficamos em silêncio por alguns minutos. Encarei a janela sem enxergar nada realmente. Só queria entender por que ele teve aquela reação estranha. Eu não poderia ter feito nada errado no curtíssimo tempo que estivemos juntos, era impossível. Talvez eu realmente não devesse ter um Aías. Um que me odiasse daquela maneira com certeza eu não queria. Suspirei baixinho; precisava me levantar, superar, erguer a cabeça.

– Não pense muito sobre isso, querida – meu pai sugeriu. – Tenho certeza de que ele voltará. Mais cedo do que você imagina.

– Como pode dizer isso, pai? Eu ouvi a discussão, ele me odeia! Não queria ser meu Aías, não queria estar aqui e muito menos ter essa ligação. É claro que ele não voltará.

– Sei que lhe pareceu assim, mas realmente... Eu vi o olhar dele, você não – meu pai explicou antes de me dar um beijo na testa e sair, deixando-me cheia de dúvidas e não me dando a oportunidade de esclarecê-las.

Não saí mais da cama naquele dia. Uma letargia me dominou por completo e nem ânimo para treinar eu tinha. Precisava evitar todos do vilarejo já que, com certeza, a notícia de que eu tivera minha ligação estava deixando todos curiosos e poderiam fazer perguntas demais. De todas, "onde ele está?" era a que mais me assustava. Mas eu sabia que não adiantava me esconder por muito tempo. Esse é o problema em se esconder, em algum momento, alguém o encontra e enfrentar o inevitável é muito pior se não for por sua própria vontade.

No primeiro dia após ter minha ligação, eu me sentia dormente. Meus sentidos estavam entorpecidos e eu trancara meus sentimentos tão profundamente dessa vez, para me proteger, que me sentia num fogaréu rodeado por um gelo espesso e impenetrável. Fingir para os outros que estava tudo bem era relativamente fácil, mas nunca consegui fingir para mim mesma. A pontinha de esperança de que ele voltaria só parecia alimentar a chama de emoções que se descontrolavam dentro de mim.

Saí de casa determinada a esquecer meu Aías e superar a mim mesma. Com as botas chapinhando na grama e levantando o vestido para que a barra não arrastasse no chão, dirigi-me até a área de treinamento. Não era incomum chover nessa época do ano, mas isso me fez lembrar de uma coisa que minha irmã costumava dizer: "Depois da tempestade sempre vem a calmaria, Arien. Não quer dizer que não haverá mais tempestades. Quer dizer que tempestades sempre passam".

Sorrindo pelas lembranças das palavras de Eirien, entrei no círculo silenciosamente, no qual Tyne me esperava com um sorriso enorme. Engoli em seco. Tínhamos motivos muito diferentes para estarmos sorrindo. Era óbvio que ela já sabia da ligação pelo modo como me olhava, um pouco maravilhada, surpresa e muito animada.

– Aaaaarieeen – cantarolou. – Como está se sentindo nesta manhã?

– Tem tudo para ficar melhor! – respondi, sorrindo. Não queria mentir para ela, mas também não queria ver a decepção em seu rosto pelo meu Aías me odiar sem motivo aparente.

– Certo. Depois, quero saber de todos os detalhes! Mas agora… – Ela fez uma pausa e juntou as mãos à frente do pequeno corpo, assumindo seu modo treinadora. – O senhor Bargon me disse que a viu treinando. Fiquei muito surpresa, ele disse que você parecia… natural. Poderia me mostrar o que fez naquele dia? Estou meio perdida, sinceramente. Já tentei de tudo com você, no entanto, parece ter mais avanço sozinha do que comigo. – Ela fez um beicinho irritante, mas percebi que não estava realmente magoada, apenas curiosa.

Ri baixinho enquanto olhava para a árvore. Sim, eu tentaria. Mesmo que não conseguisse, pelo menos tentaria e não pararia de tentar até se esgotarem todas as minhas energias.

Meu método de cura era um pouco mais simples, mas talvez fosse difícil explicá-lo para Tyne. Respirei profundamente e observei o tronco ferido, todos os galhos partidos, as folhas secas e desejei curá-lo naquele momento. Assisti, fascinada, ao meu poder faiscar na ponta dos dedos e tocar o tronco quase que involuntariamente. A luz, que parecia sair das minhas mãos, estava um pouco mais fraca, mas ainda era reconhecível.

Não aconteceu nada bizarro como da última vez em que tinha treinado com Tyne. Tudo ocorreu perfeitamente e, por um momento, senti a alegria me dominar. Eu era capaz, só tinha que aprender a lidar com meu poder da melhor maneira para mim. Do meu jeito e não com regras preestabelecidas que só me deixavam nervosa por não conseguir segui-las corretamente.

– Nossa, Arien! – Tyne me olhava espantada, com a boca no formato de um "O" perfeito e os olhos brilhantes muito abertos. – Estou tããão orgulhosa de você, foi tão fácil! Tem que me explicar como fez isso! Precisamos redefinir nossa estratégia, pois acho que o problema é termos trabalhado errado até agora.

Fiquei um pouco tensa. Não sabia se Tyne entenderia que era apenas desejar que acontecesse e levar minha energia ao objetivo. Ela parecia gostar muito do método: "Concentre-se, concentre-se. Agora sinta a energia. Agora toque aqui, toque ali. Transfira de você para o que quer curar. É quase como um sacrifício, tem que sentir!".

Mas não era daquele jeito para mim. Não era um sacrifício de maneira alguma, muito pelo contrário. Percebi que senti uma paz muito grande todas as vezes em que consegui curar direito.

– É muito simples para mim, Tyne. Mas você pode não entender, não sei se...

Colocando as mãos nos quadris estreitos, ela me interrompeu:

– Nada disso! Você vai me contar. Por mais absurdo que seja, eu quero saber, Arien! Por favor – acrescentou rapidamente.

Aceitando o fato de que ela não me deixaria em paz se não explicasse, comecei:

– Como eu disse, é simples. Praticamente, só tenho que... *desejar* que aconteça e, então, doar ou compartilhar minha energia.

Ela ainda estava sorrindo, com os olhos grudados em mim, até perceber que minha explicação chegou ao fim e expressar uma careta confusa.

– Só isso? Esse é o grande segredo? – perguntou um pouco frustrada.

– Eu não disse que era um grande segredo. É dessa maneira que funciona para mim – respondi.

– Entendo – expressou me avaliando. – Sente-se bem para treinarmos?

Eu me sentia fisicamente bem, mas estava emocionalmente exausta. Não que fosse lhe contar, porque ela desejaria saber o motivo e eu não queria compartilhar meu desapontamento.

Treinamos quatro horas seguidas, sem nenhum intervalo. Ela tinha começado a entrar naquele campo inexplorado sobre "você tem um tipo de proteção, só precisamos descobrir qual é e blá-blá-blá", foi quando pedi para encerrarmos a aula por aquele dia.

Voltei para casa num estado de ânimo melhor do que saí. Se meus pais perceberam, não comentaram.

A lua já estava alta no céu quando meu coração acelerou de repente. Eu não precisei de outro aviso, mas fiquei muito confusa ao sentir que meu Aías se aproximava. Vinha numa velocidade impressionante.

Mal tive tempo de me levantar da cama e ouvi sons vindos da sala. Murmúrios furiosos, silêncio, cumprimentos e vozes baixas falando rapidamente. Não aguentei mais a curiosidade e fui até lá, atravessando o corredor com uma ansiedade mal contida.

– Vocês não podem simplesmente nos dizer para voltar – falava uma elfa de cabelos castanhos, parecendo muito ofendida. – Viemos de longe para conversar, e é o que devemos fazer.

Entrei na sala.

– Boa noite – cumprimentei, interrompendo a animosidade entre eles.

Todas as cabeças se viraram para mim e, entre elas, notei a do elfo que deveria ser meu Aías, encostado na parede, girando uma pequena adaga nas mãos. Ele me encarou por um bom tempo, antes de eu desviar o olhar para minha mãe.

– O que está acontecendo? – dirigi-me aos meus pais.

Meu pai limpou a garganta, parecia estar se esforçando para... *não rir*?

– Arien, estes são Caladiel e Bellon. São os pais do seu... Os pais do leão. – Ele deu uma risada pelo grunhido que o elfo soltou, seu nome nem fora dito. Meu pai parecia querer provocá-lo deliberadamente.

– Muito prazer – murmurei, ainda sem entender o que era tudo aquilo. Bellon, o pai do meu Aías, também parecia estar se divertindo muito. Seus olhos castanhos brilhavam com emoção, deixando-me cada vez mais confusa.

– Muito prazer, Arien – Caladiel respondeu, medindo-me com o olhar e abrindo um sorriso aprovador. – Viemos resolver toda a situação.

Toda a situação?

Levei um minuto, ou três, para entender que a situação era eu e o meu Aías.

– Ah! – exclamei. – Tudo bem, sinto muito não poder me juntar a vocês, estou muito cansada. – Eu realmente estava. Tinha gastado demasiada energia no treinamento e não estava disposta a encarar toda aquela tensão entre mim e o tal elfo.

Todos me desejaram boa-noite e arrisquei um último olhar para o elfo; ele ainda me encarava. Não tinha parado de me observar desde que eu chegara na sala? Tive que reconhecer que ele era um pouco intimidador, mas já não parecia ter um ar *tão* assassino.

Virei-me e voltei para o quarto o mais rápido possível. Fui dispensada na primeira "reunião", pelo menos dessa vez sairia por vontade própria antes de aquele elfo gritar aos quatro ventos que não tinha intenção nenhuma de permanecer ali, de me conhecer ou qualquer outra coisa que me magoasse.

Eu não queria ouvir a conversa outra vez, não importava o que falassem. Deitei-me na cama e fiquei encarando o teto por alguns minutos. Ele tinha mesmo voltado, como meu pai disse que faria. Mas por quê? Para mim, pelo menos, ficou bastante claro que não desejava estar ali ou em qualquer lugar onde eu estivesse. Era absolutamente enervante não saber as intenções daquele...

Meus pensamentos foram interrompidos quando a porta foi escancarada de repente e eu coloquei as mãos na boca para suprimir um grito de susto.

O elfo, agora transformado em leão, sem um pingo de vergonha, entrou no *meu* quarto.

Sem nenhuma explicação, sentou-se perto da cabeceira, onde eu estava encarando o teto depois de ter me acalmado de sua entrada abrupta, e encarou a porta. Eu não podia dizer que não gostava da sua proximidade, mas ainda estava muito ressentida com ele. Sua agressividade e raiva me magoavam demais. Eu não tinha por que tratá-lo bem se ele não me dava a mesma cortesia.

Não sei se a ligação com um Aías era forte assim para todos, mas sua proximidade me causava uma calma bem-vinda. Meu corpo parecia disposto novamente e não com aquela letargia que senti quando ele fora embora. Ao que parecia, ele também queria ficar próximo a mim ou, apesar de não querer, precisava disso.

As vozes na sala ficaram mais exaltadas e logo pude ouvir a conversa, independentemente da minha vontade de ignorá-la.

– Então agora vocês querem consertar tudo? Já se passaram *anos*, Caladiel, *anos*! – minha mãe falou, parecendo bastante irritada.

– Eu sei, Artanis! – Caladiel fez uma pausa. – Mas um dia isso teria que acontecer, certo? Então agora precisamos nos ajustar.

– Precisamos esquecer esses ressentimentos e pensar no que é melhor para eles agora – Bellon completou com uma voz profunda.

– Não sei se o melhor para a minha Arien é ter um Aías que não quer ser dela! – minha mãe me defendeu.

Meus pais sempre foram muito protetores comigo por questões óbvias, mas a atitude deles naquele momento estava me deixando um pouco confusa. Ter um Aías resolveria grande parte do meu problema de segurança, pelo menos era nisso que eu acreditava, e agora o estavam dispensando?

– Por que não perguntamos o que eles querem, então? – meu pai interveio e eu fiquei tensa.

Ouvi o leão grunhir baixo e se transformar em elfo novamente. Por mais estranho que parecesse, preferia quando estava na forma de leão, assim não me sentia tão intimidada. E ele ficava com a boca fechada.

– Oi – disse-me com uma voz rouca. Não deixei de notar que foi a primeira vez que falava comigo diretamente sem precisar se conter para não cometer um assassinato.

Fui obrigada a deixar de encarar o teto para responder-lhe. Não que estivesse à vontade com isso, mas queria explicações, e não era uma mal-educada mesquinha.

– Oi – respondi, encontrando aqueles olhos dourados que me encaravam e estudavam atentamente.

Quase imediatamente, falou um pouco aborrecido:

– Sua voz parece… É divina.

Não agradeci, pois não parecia um elogio. Ele estava reclamando, com toda certeza, pelo seu tom irritado.

Ficamos nos encarando mais um pouco, até que a porta se abriu e revelou meus pais. Eles entraram, seguidos pelos pais do elfo de quem ainda nem sabia o nome, ficaram parados na soleira e pareciam se sentir deslocados ali.

Fiquei surpresa sobre como, de repente, a “reunião” foi transferida para o meu quarto que, com todos ali, parecia ainda menor. Sentei-me na cama rapidamente, eu estava incluída para tomar as decisões agora. Não desperdiçaria a oportunidade. Caladiel limpou a garganta, revelando-se um pouco nervosa.

– Vamos nos mudar para cá, Calion – ela disse ao elfo, que parecia estar passando mal naquele momento.

– O quê? Por quê? – ele retorquiu irritado.

– Porque nós não vamos nos mudar – meu pai respondeu. Eu ainda estava assistindo ao diálogo, muda, sem saber o que pensar sobre o que Caladiel dissera. Eles concordaram em se mudar para o meu vilarejo tão facilmente que não acreditei. – Arien, você quer se mudar? – perguntou, tirando-me do devaneio.

– Não – respondi rapidamente. Eu realmente não queria me mudar, especialmente não para agradar Calion. Descobri como se chamava pelo menos, as apresentações estavam dispensadas.

– Ah, ótimo! Maravilha! Já vi tudo o que vai acontecer aqui! – Calion falou, encarando meus pais e apontando um dedo para mim. – Vou me adaptar a toda maldita vida que ela leva aqui, e ela não vai precisar fazer nenhum esforço sequer para se adaptar a mim! Vão me tratar como um maldito escravo da sua filha e terei que me desdobrar para agradá-la em tudo, vão matar meu orgulho aos poucos até não sobrar nada de mim! – Seu discurso absurdo me fez trincar o maxilar. Ele não me conhecia, não podia falar aquelas coisas sobre mim.

– Há outra opção – eu disse calmamente, engolindo aquelas acusações ridículas para não começar uma discussão desnecessária.

Ele se virou para mim e me encarou com os olhos brilhando. Ah, a raiva dele tinha voltado. Ótimo. O sentimento era mútuo!

– E qual seria? – questionou com um sorriso irônico, desafiando-me.

– Você pode ir embora. – Assisti ao seu maxilar trincar enquanto eu continuava falando: – Não sei por que voltou se não quer ficar.

– É o que você quer? – perguntou evitando me olhar.

– Não é o que *você* quer? – perguntei de volta, porque eu não queria responder. Não queria que ele fosse embora. Mas ele pensava em mim como uma espécie de prisão, e eu estava muito ofendida, para falar o mínimo. Por mais que desejasse ter um Aías como qualquer outro elfo normal, jamais o obrigaria a fazer qualquer coisa.

Ele cruzou os braços e se recostou na parede parecendo não dar mais nenhuma importância ao assunto.

– Isso não importa – disse simplesmente. Não entendi sua resposta, mas achei melhor não insistir.

– Temos que providenciar a mudança – Bellon afirmou a ninguém em particular, quebrando o silêncio perturbador.

– Vou acompanhá-los até a porta – minha mãe expressou a contragosto. Não recebíamos muitas visitas. Para quem quisesse entrar em nossa casa, a porta estava sempre aberta, assim como para ir embora. Levá-los até lá mostrava o seu desconforto com a situação, pois parecia querer garantir que fossem embora.

Encarei as mãos enquanto Calion partia. Eu não queria fitá-lo e deixá-lo perceber o quanto ansiava tê-lo um pouco mais por perto. Havia acabado de chegar e já partiria novamente. Fiquei com receio do que pensaria se eu lhe pedisse para ficar, provavelmente algo sobre ser meu escravo surgiria na conversa.

No meu quarto, restaram apenas meu pai e eu. Ele se sentou na cama ao meu lado e ficamos em silêncio. Não estava conseguindo me entender, o que não era comum. Geralmente, eu sabia bem o que queria e como queria, não era indecisa. Mas, com a ligação do meu Áias, tudo ficou simplesmente confuso demais. Eu o queria por perto como Áias e, fisicamente, era impossível não sentir o conforto da sua companhia. Mas ao mesmo tempo queria distância por ele ser tão instável, por me tratar daquela forma tão ignorante. Eu parecia representar para ele alguma coisa que detestava.

– Eu não disse que ele voltaria? – meu pai indagou, sorrindo, depois de ter dado uma cotovelada de leve no meu braço.

– Sim, você estava certo – concordei, mas não sorri. Eu não conseguia. Sentia Calion se afastando a cada passo, o que me deixava num estado de ansiedade permanente e involuntária. Era como uma sensação perturbadora de sentir sede e nada conseguir saciá-la, por mais que tentasse. Isso nunca aconteceu antes, apenas depois que tive a ligação, e estava cada vez mais nervosa por não saber lidar com a situação.

– Você não está feliz, querida?

– Eu... não sei. – Suspirei, decidindo contar a ele e esclarecer minha dúvida. – Sinto-me um pouco... mal quando ele se afasta. É assim para todo mundo, não é?

Ele me observou por tanto tempo que foi enervante; parecia escolher as palavras.

– Não exatamente. Provavelmente é porque vocês passaram muito tempo afastados, as sensações devem ser mais intensas por causa disso.

– Não é assim com o Jadel? – perguntei intrigada.

– Bem... Sem dúvidas, gosto da presença dele e de tê-lo por perto, até porque somos muito amigos. Nada mais natural. Mas não nos sentimos mal na ausência um do outro. Ele poderia viver em outro vilarejo, e não faria diferença alguma para mim. A Aías da sua mãe, por exemplo, não vive aqui, e não há problema nenhum nisso.

Olhei para minhas mãos no colo. Eu não poderia ser diferente naquilo também, era demais para mim.

– Não se preocupe, Arien. Cada par de Aías tem sua própria dinâmica, logo vão encontrar a de vocês. – Ele me deu um sorriso sincero.

Meu pai se levantou, desejou-me uma boa-noite e saiu. Dormi absolutamente nada naquela noite, tinha muito o que pensar. Inquieta, remexia de um lado para outro procurando uma posição agradável.

Quando o sol nasceu, sentia-me emocionalmente exausta e fisicamente indisposta.

– Bom dia, Arien – minha mãe me cumprimentou quando entrei na cozinha.

– Bom dia. – Observei suas roupas de couro marrom, aquelas que só utilizava quando sairia em uma busca. – Mais buscas, mãe?

– Sim. Depois do que aconteceu com Liria e Nora, teremos que ser mais vigilantes – explicou sem me encarar. Parecia existir alguma coisa errada, mas não queria pressioná-la. – Não se preocupe, voltaremos logo dessa vez. Além disso, seu Aías não deve demorar – acrescentou.

– O que acha dele? – perguntei sem conseguir conter a curiosidade.

– Ainda não sei. – Ela levantou um pouco o queixo enquanto considerava. – Não gosto de como ele a trata, e é fechado demais, parece que não quer que ninguém o conheça. Mas ainda é cedo para dizermos qualquer coisa.

Balancei a cabeça afirmativamente. Calion era um mistério para mim.

Demorei mais para ir ao treinamento, fiquei enrolando, fazendo coisas desnecessárias dentro de casa. Estava ansiosa para que Calion chegasse e não queria responder nenhuma pergunta sobre ele. E eu tinha certeza de que minha treinadora faria muitas assim que tivesse oportunidade.

(Capítulo 03)

Passeei pelo campo na área de treinamento e tive vontade de voltar para casa. Muita gente me encarava ali, inclusive Rauthar. Ele observava Lauriel treinar com tédio e, assim que me viu, seus olhos brilharam. Levantou-se e começou a caminhar em minha direção rapidamente. Perguntei-me se seria muito rude me virar e ir na direção oposta.

– Arien, oi! – falou assim que se aproximou. – Fiquei sabendo que finalmente teve a ligação.

Balancei a cabeça afirmativamente, não querendo entrar em detalhes.

– Então, como se sente?

– Ele está se mudando para cá – disse sem responder a sua pergunta.

– Ah. Isso é… bom. – Ele não parecia tão convencido disso. Pigarreou antes de continuar: – Eu poderia falar com você a sós um minuto?

– Não posso, estou atrasada para meu treino com Tyne.

– Não vai demorar muito, prometo. – Ele me deu um sorriso cheio de dentes, o qual supus ser simpático.

– Eu realmente…

Fui interrompida por Lauriel, que não notei ter se aproximado de nós.

– Jadel o está esperando, Rauthar – disse ela, estalando a língua. – Mexa-se.

– Como sempre, você é muito inconveniente – ele reclamou. – Até depois, Arien.

– Eu não acho – ela replicou, sorrindo ironicamente, enquanto eu murmurava "até logo".

Antes de eu ter a chance de me afastar, Lauriel segurou meu braço com força insuficiente para machucar, mas na medida certa para me deixar parada no lugar com uma cara de descrença.

– Soube do seu Aías. Isso é muito bom, de verdade. – Parecia sincera, mas sua voz endureceu ao prosseguir: – Fique longe do Rauthar.

Eu estava muito confusa e surpresa, levei um minuto para reunir as palavras a fim de esclarecer que não estava interessada em Rauthar de qualquer forma que pudesse imaginar, mas ela já tinha soltado meu braço e seguia para o próprio campo. Observei-a se afastar pensando se valia a pena ir até lá para explicar, mas não queria abusar da minha sorte de Lauriel não ter sido completamente pejorativa a meu respeito naquele momento.

– Oi, Tyne – cumprimentei assim que entrei em nosso campo. Observei que o círculo que ela sempre fazia estava muito maior, perguntei-me o porquê disso.

– Olá, querida. – Ela veio até mim com suas asas azuis cintilando. – Hoje, nosso treino vai ser um pouco diferente, certo? – Não esperou minha resposta. – Você sabe que tem um mecanismo de defesa, Arien! E mesmo que agora conte com um Aías, quero que aprenda sobre esse poder. Quero que o controle e use quando precisar.

Não conseguia enxergar nenhuma evidência e até duvidava de sua existência, mas queria descobrir qual defesa era aquela, porque precisava dela.

– Certo – respondi e ela me observou surpresa.

– Certo – repetiu lentamente. – Arien, você é um pouco... rara, então não tenho muita certeza de nada. – Ela indicou um livro horroroso e bastante grosso apoiado em uma árvore. – Por isso, teremos que descobrir juntas.

Fiquei ainda menos confiante que antes. Se ela não tinha certeza, eu então...

Passamos horas lendo o tal livro, logo depois percebi que não era realmente um livro. Era um amontoado de anotações costuradas rudemente, que continham desde informações sobre os acontecimentos divinos até os mais simples poderes das fadas registrados. Paramos na parte sobre o poder de cura, mas não havia muita coisa que pudesse ser usada para esclarecer qual era o meu poder de defesa. Qual poderia ser a defesa de quem só conseguia curar?

Depois de folhear quase todas as anotações, Tyne levantou uma página, sorridente.

– Aqui fala sobre o Akasha, Arien!

– Já chega, Tyne, por favor. Não aguento mais. Prometo que no próximo treinamento podemos procurar outra vez. Mas agora, se não formos treinar *de verdade*, eu gostaria de voltar para casa.

Ela fez um biquinho, mas concordou.

– Certo. Vou separar esta página aqui e vamos voltar à rotina.

"Voltar à rotina" era me fazer curar tudo o que ela visse pela frente. Agora, mais confiantes, até saímos do círculo e percorremos o campo procurando o que curar.

– Por que não tenta curar aquela elfa ali? O treinamento dela parece estar bem intenso, está toda machucada, cansada... – ela propôs com entusiasmo enquanto eu a olhava incrédula.

– Você enlouqueceu? – sussurrei na tentativa de evitar que os elfos me ouvissem. – Eu só curo plantas, Tyne, sabe disso.

– Não! Você só cura plantas porque é o mais fácil. Está na hora de aumentar o nível de dificuldade, de avançar!

Suspirei, já sabendo que era uma batalha perdida tentar convencer Tyne de que aquilo talvez não desse muito certo e que, possivelmente, eu passaria vergonha.

– Agora vamos lá. Estamos perto o suficiente daquela elfa. Concentre-se, sinta sua energia e depois...

– Lembra que assim não funciona? Se farei isso, devo fazer do meu jeito – eu a interrompi antes que pudesse continuar a me pressionar com suas instruções.

Ela parecia frustrada, mas concordou e me deixou no controle da situação. Respirei fundo e comecei a me concentrar. Eu nunca havia curado nada que não fossem plantas, nem sabia se podia curar algo além delas, mas, se Tyne achava que sim, confiaria nela. Aos poucos me senti mais leve, como se um peso fosse tirado das minhas costas, e fechei os olhos. Eu não precisava vê-la para curá-la, só precisava me concentrar na sua energia e estar perto o suficiente.

Eu estava indo bem, ou pelo menos achava que estava. Podia perceber a energia com tanta clareza que sentia ser capaz de tocá-la se quisesse. Entretanto, a insegurança me impedia de abrir os olhos. Então senti Calion se aproximando.

Arfei quando as correntes invisíveis se estreitaram ao meu redor, puxando-me, levando-me para qualquer direção que ele estivesse, apesar de eu ter certeza de que estava parada exatamente onde estivera antes de senti-lo. Um calor bem-vindo tomou conta do meu corpo quando respirei profundamente.

Vozes e murmúrios se misturavam, todos falando rapidamente e pareciam muito mais próximos. Tinha que ignorar aquilo, precisava ir logo para casa a fim de poder confirmar se ele realmente voltara, se realmente se mudaria, se estava tudo bem. Apertei os olhos com mais força quando a energia praticamente explodiu de mim. Um cansaço estranho se apoderou do meu corpo naquele momento e já não conseguia mais me concentrar como antes. Eu esperava estar fazendo da maneira certa e não "roubando" a energia da elfa, como no dia em que tentei curar a árvore com um fracasso monumental.

Ouvi um rosnado, seguido de um rugido, e eu já sabia a quem pertenciam. Eu precisava vê-lo, mesmo que fosse apenas para encontrar seu rosto. Novamente a confusão tomou conta de mim, não sabia se me permitia sentir aquela saudade ou se ficava com raiva por não conseguir evitar aquele sentimento. Deixei a energia se prender a mim outra vez e separei as mãos.

Abri os olhos e dei um passo vacilante para trás. Havia uma quantidade de elfos e fadas considerável ali, muitos dos quais era capaz de reconhecer. Eu estava me sentindo um pouco tonta quando grudei meu olhar em Calion, que me encarava atônito. Percebi que era a mesma expressão compartilhada pelos outros ao me observarem. Dei outro passo para trás e senti uma vertigem.

– Me deixem passar. – Ouvi a voz de Rauthar. – Arien! – Ele logo me alcançou, mas me afastei dele involuntariamente. – Vou levar você para casa, venha, apoie-se em mim.

– Ah, mas não vai mesmo! – Calion trovejou e se aproximou de mim rapidamente, passando por Rauthar com os olhos semicerrados para ele. – Você está bem? – perguntou, encarando-me.

– S-sim, eu acho que... – Cambaleei um pouco. O que estava acontecendo? – Não, não estou muito bem – sussurrei envergonhada. Por que sentia tamanha fraqueza? Eu queria sumir e queria que todos ali, naquele maldito círculo ao meu redor, sumissem também.

– Vou levá-la para casa – disse com um tom irritado antes de se abaixar e me pegar em seu colo.

Surpresa é pouco para definir o que senti naquele momento, mas não consegui protestar. Estar perto dele assim era... indescritível. Mas alguma coisa estava errada comigo, não me sentia bem.

– Quem é *você*? Largue-a agora mesmo! – Rauthar se pôs na frente dele.

Tentei falar para não se meter, mas as palavras pareciam presas na minha garganta junto com a minha dignidade. Não demoraria nem trinta minutos para que todos do vilarejo soubessem o que ocorrera, meu rosto ardeu ainda mais.

– Não. Ela é minha e eu vou levá-la, agora saia da minha frente! – Calion demandou com impaciência.

– O quê? Ela é sua... – Rauthar se interrompeu e arregalou os olhos enquanto nos observava. – Ela é sua?! Do que está falando?! – perguntou alto, chamando ainda mais atenção.

Qual era o problema dele? Só queria que ele saísse da frente para que eu pudesse chegar em casa. A visão desfocada foi o único aviso que tive sobre algo estar extremamente errado.

– Calion... – sussurrei, estranhamente grogue. – Acho que vou...

Acordei na minha cama, com um travesseiro macio sob a cabeça. Aconcheguei-me mais, sem conseguir resistir ao toque suave. Meu travesseiro ronronou quando expirou. E eu congelei.

Levantei a cabeça tão rápido que fiquei tonta por um instante. Olhei para o lado, e lá estava ele. Um leão ocupando a maior parte da minha cama. Eu não pensei, só gritei. Muito.

Ele se levantou assustado, rugindo, e logo depois se transformou para analisar cada ponta do quarto freneticamente.

– O que aconteceu? Você está bem? – perguntou assim que se certificou de que não havia nenhuma ameaça no quarto.

– O que você está fazendo aqui? – Quis saber indignada e sem rodeios.

– O que acha que estou fazendo? Estava dormindo, antes de você me acordar como se Alfheim estivesse explodindo.

– Por que não foi dormir na sua casa? – sussurrei com o rosto corando e um tanto quanto distraída. Nunca tinha observado sua beleza antes.

Calion tinha um corpo atlético, musculoso e esguio, sua pele era tão perfeita à luz do luar que parecia etérea. Seu cabelo loiro na altura dos ombros, vários tons mais escuros que o meu, estava uma completa bagunça. Sua boca, que vi tantas vezes apenas com os lábios comprimidos de raiva ou cuspindo palavras estúpidas, agora tinha um sorriso discreto que eu nunca vira antes. Seus olhos me estudavam de forma tão intensa que chegava a ser intimidante. Desviei o olhar rapidamente, não pretendia ficar encarando seu corpo.

– Está reclamando, Arien? Você não parecia muito aborrecida com isso há algumas horas.

Ignorei sua insinuação. Eu estava apenas dormindo, qualquer aproximação foi inconsciente, repetia para mim mesma.

– O que está fazendo aqui? – repeti.

Ele deu um suspiro irritado, depois sentou-se ao meu lado na cama. Próximo demais, afastei-me um pouco. O fato de ele estar seminu não ajudava.

– Estou aqui porque, depois de você se expor daquele jeito na área de treinamento, precisei correr com você nos braços, fugindo de todos os malditos curiosos que queriam ter um pouco do seu poder. E eu não ia deixar ninguém a tocar, com toda a maldita certeza.

Olhei confusa para ele, que ainda me encarava. Essa tinha que ser a pior mania dele. Não fazia questão nenhuma de esconder que estava observando todo e qualquer movimento que eu fazia, exatamente como um caçador.

– Do que está falando? De que jeito eu me expus?

– Arien, pelos deuses! Você não se lembra?

– Não lembro de quê? Eu curei a elfa? – perguntei, lembrando que esse era meu objetivo inicial antes de sentir Calion se aproximar e perder todo o foco.

– Não, você não curou a elfa. Você curou tudo, Arien. Todos que estavam treinando, todas as árvores... Tudo que estava por perto! Por que fez aquilo?

Eu havia curado *tudo*? Dei uma risada nervosa, não sabia o que pensar.

– Eu... não sei. Acho que ainda não controlo bem o meu... "poder".

Que ótima maneira de mostrar ao meu Aías qual era meu poder! Desmaiar, sem dúvidas, deixou uma forte impressão. Já estava imaginando quanto tempo Calion demoraria para perceber que eu era indigna, apenas um peso morto em batalha.

– Eu não fazia ideia de que esse era o seu poder. – Ponderou por um minuto. – É uma combinação interessante.

Suspirei enquanto me dava conta de que seria apenas uma vergonha para ele.

– Sinto muito – sussurrei sem conseguir falar mais nada e esperando que entendesse.

Calion me deu um meio sorriso enquanto voltava para o seu lado na cama. Por que ele ainda continuaria ali?

– Não sinta, é um poder muito raro e magnífico.

– Você está tentando ser gentil, obrigada mesmo assim. – Virei na cama para olhá-lo diretamente. – Já pode ir para a sua casa, Calion, e agradeço por ter me trazido até aqui.

Sua expressão se fechou de repente, assustando-me um pouco.

– Não vou para casa. Não vou deixar você sozinha aqui com esse monte de loucos do lado de fora. Além disso, a casa que conseguimos ainda está uma bagunça e seus pais estão fora, eu estou sabendo.

Fiquei involuntariamente feliz por ele não ir embora, mas precisava esclarecer as coisas. Não queria que pensasse que estava abusando da boa vontade dele como Aías.

– Calion, não precisa fazer isso, não quero prendê-lo aqui contra sua vontade para que fique achando que o fiz "meu escravo", como disse no outro dia – falei com a voz baixa, tentando fugir do seu olhar dourado. – Não tem essa obrigação.

Ele pareceu um pouco inseguro por um instante, antes de colocar um pequeno sorriso nos lábios.

– Esqueça isso, por favor. Eu tenho algumas... questões. Só estava um pouco nervoso.

Um *pouco* nervoso?! Fiquei muda, querendo muito perguntar quais questões o fariam me tratar tão mal e por que já as tinha, aparentemente, superado. Ao invés disso, só ajeitei um pouco minha posição para ficar mais confortável. Não sobrava tanto espaço como eu estava acostumada.

– Perdoe-me, Arien – falou com uma voz tão baixa que não tinha certeza se queria que eu ouvisse. Virei-me para encará-lo. – O jeito como tratei você quando nos conhecemos foi... inaceitável. Sinto muito.

– Pode me contar o porquê disso? – perguntei sem querer pressioná-lo, apesar da curiosidade maldisfarçada.

– Talvez em outro momento – afirmou. Pelo menos não negou logo de cara.

Sorri para ele, decidindo que esperaria.

– Ah, que coisa rara, um sorriso! – Ele sorriu de volta para mim e ficamos nos olhando um longo tempo antes de adormecermos novamente.

Demorei algum tempo para conseguir dormir. Não estava acostumada a dividir minha cama com ninguém, mas Calion se transformou em leão e logo adormeci embalada no som da sua respiração calma.

Acordei com um hálito quente na minha nuca, me fazendo ficar tensa, mas logo lembrei que era Calion e me permiti relaxar um pouco de novo.

– Por que ficou nervosa? – perguntou com a voz rouca de sono.

– Não deveria ficar?

– Claro que não. Se fosse alguém perigoso, você certamente se defenderia.

Eu dei uma risada sincera, ainda de costas para ele.

– Por que acha isso?

– Por que não faria isso?

– Porque não posso – respondi simplesmente dando-me conta de que, se realmente fosse o caso, eu estaria em uma situação bastante complicada.

Calion pegou minha cintura e me virou tão rapidamente para ficarmos de frente, que arfei pela surpresa e por sentir suas mãos fortes se estreitando antes de me soltar.

– Não pode? – indagou, querendo uma explicação.

Eu não queria contar que meus poderes não eram "magníficos" como ele imaginava. Queria que me admirasse como sua Aías e queria ser digna dele, apesar de tudo. Mas dificilmente isso aconteceria se eu revelasse que… bom, talvez meus poderes não fossem tão úteis assim.

– Não – disse em voz baixa, como se fosse um grande segredo. – Eu não… tenho nenhum poder de defesa, não poderia me proteger com meus poderes numa situação dessas. – Nem em qualquer outra, queria acrescentar.

– Não tem? – ele repetiu incrédulo. – Tem certeza? Isso está errado!

– Bom, Tyne diz que eu tenho. – Ele pareceu confuso e esclareci: – Minha treinadora. Ela diz que tenho um poder de defesa, mas ainda não descobrimos qual é. Não sabemos muita coisa a respeito disso, estamos pesquisando.

Ele franziu a testa, parecendo pensar em algo realmente complicado.

– Não entendo. Então como se protegeu todos esses anos? – Calion parecia realmente intrigado, não tive como fugir da resposta.

– Hum… Meus pais contrataram alguém depois que a minha irmã… não pôde mais fazer isso.

Eu queria saber o que Calion estava pensando, se já havia decidido que eu não era digna e que voltaria para seu vilarejo, mas ele parecia tão perturbado que optei por não perguntar nada. Aquela conversa não foi como eu esperava, muito menos o local dela. Eu tinha quase certeza de que ele sairia correndo quando descobrisse meu poder, e seria ainda pior depois que soubesse que não tinha defesa alguma.

Saímos da minha casa bem cedo. Calion queria conhecer o vilarejo e eu estava mais do que contente em mostrar tudo a ele. Fiquei com raiva de mim mesma por ter perdoado sua grosseria tão rapidamente, mas não conseguia evitar.

Fui apresentar o vilarejo com um sorriso teimoso, que não queria sair do meu rosto de jeito nenhum. É claro que o meu Aías já conhecia alguns lugares, mas fiz questão de especificar tudo. Desde a entrada em formato de arco com as trepadeiras emoldurando-o até as tabernas mais simples. Maggo adorava aquelas tabernas. Por mais que fosse um anão em meio a tantos elfos, ainda era um lugar onde vendia bebida, e isso bastava para ele.

Mostrei a Calion a maioria das casas dizendo a quem pertenciam, eu só não sabia de algumas poucas que pareciam nunca ter moradores, pois estavam sempre trancadas. Eu costumava conhecer todos que moravam lá, pois, quando criança, passava por ali com a minha irmã. Ela era muito querida pelo vilarejo, por isso sempre cobravam dela visitas com intermináveis chás e biscoitos. Eirien me levava junto, assim conheci aqueles elfos.

Quando chegamos ao lago, meu coração palpitou mais forte. Aquele já era um lugar que amava e, depois da ligação, aquele sentimento só pareceu crescer no meu peito. Talvez tudo estivesse marcado, predestinado a acontecer exatamente naquele local. As lembranças que emergiam ali eram tão reais que, às vezes, conseguia ouvir a voz doce da minha irmã sendo sussurrada pelo vento.

– Gosta daqui, não é? – Calion perguntou, tirando-me do devaneio.

– Sim, gosto muito. – Inspirei profundamente, sentindo a paz me invadir. – Aqui foi onde tivemos a ligação.

Calion deu um meio sorriso, estudando-me à sua maneira, penetrante e incisiva. Seus olhos ainda me assustavam, intimidavam tanto quanto me fascinavam.

– Só por isso? – Seu tom deixava claro que ele podia perceber que eu não gostava dali apenas por causa da nossa ligação.

– Não – respondi sinceramente e decidi encerrar o assunto. Em parte, porque ainda não estava preparada para contar tudo a ele, e nem sabia se algum dia teria tal coragem. E também porque já estava atrasada para o treinamento e, sempre que algo assim acontecia, Tyne reforçava suas exigências. – Preciso ir.

Calion quis me ver treinar e imaginei que fosse apenas uma desculpa para fugir da organização da casa, mas não comentei nada a respeito. A princípio, fiquei insegura, mas sua presença era tão reconfortante que logo deixei de me importar. Tyne, ao contrário de mim, não ficou tão feliz. Seu nervosismo e aborrecimento eram evidentes.

– *Boa noite*, Arien! – provocou-me. – Vejo que o seu Aías já está acostumando-a mal. Aliás, muito prazer, sou a treinadora da Arien e agradeceria se você a deixasse chegar cedo! – Calion não teve oportunidade de responder porque Tyne continuou tagarelando; não que ele fosse realmente dizer algo, já que apenas a observou levantando uma sobrancelha, perfeitamente controlado.

– Desculpe pelo atraso, Tyne. E Calion não teve nada a ver com isso – garanti.

Minha treinadora estreitou os olhos, analisando-o, mas não comentou mais nada sobre o assunto.

– Certo, teremos muito treinamento para compensar isso. Lembra-se daquela página sobre o seu elemento? Então, o Akasha basicamente originou todos os outros elementos! – Tyne me falou, sorridente, ignorando meu Aías, que se sentara à sombra de uma árvore próxima.

– Certo. Isso é… bom, não é? – perguntei para confirmar.

– Claro que sim! Não consegue perceber a grandeza disso?

– Até que sim, mas não ajuda a explicar qual seria o meu poder de defesa.

Tyne franziu os lábios, depois deu um sorrisinho travesso.

– Eu tenho um palpite. Um bom palpite.

– Verdade? Eu não consigo pensar em nada.

Não houve nada sobre "concentre-se" e "faça sua energia blá-blá-blá" dessa vez, pelo menos. Ao invés disso, levei um tapa tão intenso no rosto que quase não pude acreditar na sua força de fada para me bater. E também mal pude acreditar que ela realmente fizera aquilo.

Arfei quando a dor atingiu minha bochecha, fazendo meus olhos lacrimejarem. Eu tinha certeza de que ela havia deixado uma marca vermelha da palma de sua mão no meu rosto. Comecei a reclamar, perguntando algo como "você enlouqueceu?", mas Calion se adiantou pondo-se entre mim e a pequena fada.

– O que está acontecendo aqui? – ele vociferou.

– Eu só estava... Eu só quis... Oh, deuses. Isso precisa funcionar, não há outra maneira e...

Ela começou a tagarelar enquanto Calion avançava sutilmente em sua direção, parecendo um felino encurralando a presa, não havia outra descrição possível para aquela cena. De repente, tive medo por Tyne. Não imaginei que ele fosse fazer nada, mas não precisava que os dois tivessem uma inimizade por causa da loucura momentânea dela.

– Calion, pare, por favor! – pedi, segurando firmemente seu braço, puxando-o para mim tanto quanto podia. Ele nem se movia com os meus esforços, mas isso não me desmotivou. – Calion! – chamei-o novamente, e ele se deixou levar pelos meus puxões.

Ainda estava agarrada ao seu braço quando ele me rodeou e me abraçou por trás. Surpresa não chega nem perto da palavra correta para descrever o que senti. Eu não podia confundir sua proteção com carinho quando estava apenas tentando me proteger como Aías.

– Ela sempre a trata assim, Arien? – perguntou com uma voz profunda e rouca atrás de mim, fazendo-me arrepiar e tornando tudo aquilo ainda mais inacreditável. Se era bom ou ruim, eu ainda não conseguia distinguir.

– Não – respondi com uma voz trêmula e pouco confiante, mas não por causa da sua pergunta. – Ela nunca é agressiva. Deve ter bons motivos para ter feito isso, *não é, Tyne*?

Tyne olhava para nós com uma expressão tão incrédula que foi impossível não dar uma risadinha, apesar de ainda estar chateada pelo tapa sem motivo. Provavelmente, minha proximidade com o meu Aías a chocou. Afastei-me um pouco, já imaginando o falatório da minha treinadora depois.

– Tyne? – chamei sua atenção.

– Oh, hum... sim?

– Qual é o seu problema? Por que me bateu?

– Desculpe-me por isso, Arien, mas precisava testar uma coisa. É só uma teoria, mas deve ser a que explica o seu poder de defesa! Por favor, só me deixe testar uma coisinha... – ela pediu com uma voz suplicante, aproximando-se.

– Nada disso! – Calion apertou mais os braços ao meu redor, encarando Tyne. – Não vai machucá-la de novo. Vamos, Arien, chega de treino por hoje.

– Ei, leão, você também não tem que treinar? – Tyne o avaliou por um momento. – Ainda não tenho certeza se você é capaz de proteger a Arien, então não se meta no treinamento dela!

Ouvi um rosnado baixo em sua garganta antes de sua resposta:

– Sou capaz, Tyne.

– Então prove! Ande logo, você também precisa treinar. Pare de atrapalhar! – Ela o dispensou com um gesto de mão e me disse para apresentar Calion a algum treinador.

Logo que caminhamos pela área de treinamento, avistei Jadel, o Aías do meu pai, treinando Rauthar. Ele era um bom treinador, sem dúvidas, mas eu queria evitar Rauthar ao máximo, ainda mais depois do que Lauriel me dissera. A última coisa que queria era dar motivos para ela me perturbar.

– Aquele elfo ficou bastante irritado quando disse que você era minha. Por que isso, Arien? – perguntou depois de observar Rauthar a distância.

– Também não sei. Ele é um pouco... estranho, eu acho.

– Não quero você perto dele – disse-me com os olhos semicerrados.

– Não pretendo ficar perto dele. – Mas não porque você não quer, quis acrescentar. Ele estava achando que era quem?

– E aquele, Arien? – Calion me perguntou, apontando com o queixo. – O que acha dele?

Tratava-se de Nasvar, mas eu não o conhecia muito bem. Participava do grupo de buscas com meus pais, mas ultimamente deixara de acompanhá-los. Ele parecia estar refletindo sobre alguma coisa, com o rosto completamente impassível.

– Bem... Ele deve ser um bom guerreiro, já que participa do grupo de buscas, mas não sei muita coisa para lhe dizer.

– Vou até ele, talvez aceite me treinar.

– Boa sorte – disse-lhe, sorrindo.

Quando voltei, Tyne parecia particularmente animada. Porém, eu ainda estava ressentida pelo seu tapa desnecessário!

– Então, Tyne, qual é o seu grande palpite?

– Oh, querida, sinto tanto. De verdade, peço que me perdoe – pediu-me com os olhos grandes e brilhantes. – Meu palpite é de que você pode usar todos os elementos, Arien!

Uma risada involuntária escapou dos meus lábios depois de ouvir aquele absurdo.

– Tyne, pelo amor dos deuses! Vamos ser razoáveis, certo? Eu mal sei usar o poder do meu próprio elemento, imagine os outros!

– Hum... Não sei como dizer isso, mas... acredito que não seja para você saber.

– Como é? Essa coisa de que você está falando é a minha única forma de defesa, e está me dizendo que não é para eu saber como usar? – disparei indignada, ela só podia estar imaginando toda aquela loucura.

– É porque é para *defesa*, e não para você *atacar* alguém com isso.

– Ei, o que faz você pensar que eu atacaria? – perguntei, e ela levantou uma sobrancelha zombeteira para mim com um sorrisinho nos lábios. – Certo, talvez eu fosse atacar, mas ainda assim... Como vou descobrir, então?

– Bater em você fazia parte da minha estratégia! Mas não sei se...

– Não, não mesmo. Nada disso, você não vai me dar mais tapas como aquele.

– Temos que arranjar maneiras para fazer você querer se defender, para que seu poder se mostre, Arien. Você nunca foi muito ameaçada ou machucada, por isso sua defesa nunca se manifestou até hoje.

Suspirei e revirei os olhos. Óbvio que Tyne estava delirando sobre aquele poder, mas não podia dizer isso sem que a deixasse muito magoada. Guardei minhas reclamações e deixei que ela prosseguisse com aquela "teoria magnífica".

(Capítulo 04)

As maneiras que Tyne arranjou para meu poder de defesa se manifestar foram, no mínimo, desagradáveis. O caminho que estávamos usando era o da raiva, dos sentimentos ruins que pudessem me descontrolar, e ela sabia explorá-los muito bem. Várias horas depois, eu estava cansada, magoada e culpada.

– Você não sente pena da sua irmã? O que ela fez por você… E você simplesmente não fez *nada*, foi ridículo, Arien! Sabe disso, não sabe?

– Já chega, Tyne! Não aguento mais! E não admito que fale da minha irmã! – gritei.

Por um momento, ela se permitiu sair de sua personagem detestável e voltou a ser minha amiga dedicada em conseguir descobrir qual era o meu poder de defesa. Sua persistência, muitas vezes, era irritante.

– Precisamos de alguma coisa que a deixe com raiva o suficiente, pingando ódio pelos poros ou algo assim. – Ela tentou explicar, fazendo beicinho.

– Não, eu disse *chega*. Vou para casa, até amanhã.

– Espere, Arien! Me perdoe… pelo que falei da sua irmã, eu não deveria… Sinto muito.

– Certo – respondi, suspirando. – Só estou um pouco nervosa agora. Não se preocupe. Precisamos achar outra maneira de fazer isso funcionar.

Eu estava além de nervosa, explodindo a cada palavra que ela falava. Pelo menos, meu autocontrole foi comprovado. Ela explorou cada brecha da minha personalidade para fazer com que eu tivesse raiva dela, mas só conseguiu fazer com que eu tivesse raiva de mim mesma, das minhas fraquezas, das minhas falhas, de como não fui capaz de fazer nada quando foi necessário.

– Ei, Arien! Vai passar direto? – Uma voz me chamou e a reconheci de imediato. – Aqui embaixo...

Virei-me e encontrei meu amigo sorridente. Ele parecia ter passado bons momentos no seu mundo.

– Maggo! Que bom que voltou, quero apresentá-lo a alguém.

– Ah, eu já sei de tudo, você sabe que este vilarejo é pequeno demais para existirem segredos. – Sorri um pouco. Ele estava certo, era muito raro qualquer coisa não se espalhar rapidamente. – Como ele é?

– Ele é... – Ponderei um pouco, como poderia definir Calion? – Indescritível. – Sorri como um pedido de desculpas. – Vocês logo vão se conhecer, não se preocupe. Vamos dar uma volta.

Comecei a andar com o anão ao meu lado. Muitos do vilarejo – senão todos – consideravam-nos uma associação ridícula, mas não tive muita escolha naquele tempo em que meus pais o contrataram e, depois, aprendi a gostar do Maggo como um amigo querido. Como anão, ele é muito diferente, não só fisicamente, mas nos seus valores. Ouro fazia parte de sua vida como o ar que respirava, mas isso nunca me ofendeu como acontecia com os outros elfos.

– Então, estão se adaptando bem? – perguntou cuidadoso.

– Sabe, no início pensei que ele quisesse me matar ou ser morto. – Ri, porque foi exatamente o que achei quando o conheci. – Mas estamos nos conhecendo mais a cada dia. A ligação é... incrível, Maggo, não sei nem como falar, não foi nada como imaginei.

– Entendo. Estou muito feliz por você, Arien. E ansioso para conhecê-lo.

– Há algo errado, Maggo? – perguntei alertada pelo seu tom um pouco seco.

– Não, na verdade, não. É só que... agora imagino que você não precise mais de mim.

– Você é meu amigo, não é apenas um protetor contratado.

– Sim, eu sei. – Maggo ponderou por um instante. – Ele é digno de você, Arien?

– Maggo! Como pode dizer isso? – perguntei, dando uma risada nervosa. – O que não sei é se *eu* sou digna, não sou aquilo que se pode imaginar como um grande presente. Sou o lado fraco da ligação, não se esqueça.

O anão me fitou com os olhos brilhando, muito irritado.

– Você não é fraca, Arien, nenhuma parte sua sequer. Só não descobriu isso ainda, mas descobrirá.

– Certo. – Concordei com a cabeça, revirando os olhos pelo seu discurso inflamado. – Vai embora para Nidavellir de novo? – indaguei em voz baixa.

– Não. Acabei de tomar uma decisão: vou ficar até ter certeza de que o garoto é digno de você.

Dei risada, tinha certeza de que Maggo faria algo assim! Ainda que já não fosse pago pelos meus pais, ele se preocupava comigo da mesma forma. Não era um mercenário, como todos afirmavam por ali.

– Obrigada, Maggo. – E ele entendia que não estava agradecendo apenas por todos os anos que se manteve ao meu lado e me protegeu, mas também por ter sido e continuar sendo o grande amigo de que precisei em tantos momentos.

– Arien. – Ouvi Calion me chamar, e meu corpo se aqueceu tal como quando me abraçou mais cedo. Aproximou-se rapidamente, parecendo cheio de energia. Provavelmente, o treino fora bom. – Nos apresente.

Então, nesse momento, percebi que Calion encarava Maggo com uma curiosidade e determinação assombrosa. Maggo não se intimidou perante seu olhar intenso. Ele era do tipo durão, que nunca se amedrontava com algo que enfrentasse.

– Maggo, esse é meu Aías, Calion. – Apontei de um para outro. Maggo balançou a cabeça negativamente, desaprovando, e eu fiquei um pouco desconfortável. – Calion, esse é meu amigo e protetor, Maggo.

– Ex-protetor – Calion me corrigiu.

Eu estava prestes a abrir a boca para protestar quando Maggo me cortou:

– Sem gracinhas, leão. Não vou me afastar da Arien só porque você finalmente decidiu aparecer.

Calion o observou com uma expressão de nojo, e senti que eu deveria interferir o mais rápido possível. Elfos e anões geralmente não tinham uma relação muito amistosa. Muitos elfos se achavam superiores e os anões sempre queriam provar o contrário... fisicamente. Maggo se empertigou e seu machado brilhou com o movimento.

– Parem com isso. Vocês dois são importantes demais para mim para ficarem brigando. Por favor, por mim, não façam isso. – Eu não suportaria o pesadelo de meu melhor amigo e meu Aías recém-encontrado entrarem em uma guerra permanente.

Calion trincou o maxilar, mas desviou os olhos de Maggo para mim. Este, por sua vez, se permitiu relaxar um pouco.

– Preciso falar com você sobre uma coisa, Arien – Calion comentou.

– Tudo bem, o que é?

– Mais tarde – respondeu, balançando a cabeça, parecendo um pouco tenso.

– Ei. – Alcancei seu ombro e apertei de leve, tentando reconfortá-lo. – Está tudo bem? O treinamento foi bom?

Quando mencionei o treinamento, seu rosto se abriu num sorriso arrebatador. Sem dúvidas o treinamento tinha sido bom.

– Sim, foi fantástico. Nasvar é muito mais preparado do que meu antigo treinador. Ele se transforma em um urso, Arien! Vou apresentá-la a ele logo, nós nos demos muito bem, para falar a verdade.

– Nasvar? – Maggo entrou na conversa. – Ele não gosta de treinar os novos, pelo que eu soube.

– Bom, a mim ele quis treinar – disse Calion com um sorrisinho presunçoso. – E ele a elogiou muito, Arien.

Senti-me congelar no lugar. O que Nasvar teria contado a Calion? Implorei silenciosamente para que não fosse aquilo que tanto temia.

– Ah, é? – Fingi estar indiferente. – O que ele disse?

Calion me pegou de surpresa, envolvendo-me em seus braços rapidamente.

– Que tenho muita sorte por ter uma Aías tão rara. – Ele sorriu para mim, e foi impossível não retribuir.

– "Rara" não é exatamente um elogio – pontuei.

– Tem razão, mas "ela curou fantasticamente bem no dia em que você se mudou para cá" é, com certeza, um elogio, certo?

– Certo – respondi, rindo. Eu não fazia ideia de que Nasvar vira o meu pequeno espetáculo de descontrole de poder.

Maggo pigarreou, lembrando-nos de sua presença ali, e Calion me soltou.

– Preciso acertar algumas coisas com os seus pais, Arien, mas eles não estavam em casa quando fui até lá.

– Podem estar na casa do senhor Bargon ou, talvez, ainda não tenham voltado da última busca.

– Mais buscas? – Maggo franziu a testa. – Estão muito mais frequentes.

– Os elfos negros têm ficado mais ousados e menos temerosos em nos atacar quando estamos em menor número – Calion vociferou com os olhos brilhando e sua postura mudou sutilmente, ficando tensa.

– Sim… Liria e Nora, Maggo… – revelei sem precisar falar mais nada, pois vi seus olhos esbugalharem e a compreensão lhe alcançar.

– Sinto muito – disse com pesar.

Maggo não foi conosco para casa, pois preferiu ir a uma taberna beber cerveja e lamentar a morte de Liria e Nora. Eles não eram próximos, mas qualquer motivo era útil para Maggo ir à taberna mais próxima. Eu só esperava que ele não arrumasse confusão dessa vez. Ri com esse pensamento, chamando atenção de Calion, que observava a lua da janela da sala da minha casa distraidamente.

– Que som raro. – Ele veio até mim com passos lentos. – Está bem diferente do dia em que a conheci.

– Deve ser porque *você* também está diferente – assinalei.

– Sim, estou. Você não faz ideia do quanto. – Ele suspirou e sorriu para mim. – Não quer dormir?

– Sim – respondi, suprimindo um bocejo súbito. – E você?

Nós, elfos, não precisamos dormir sempre, é desnecessário. Mas dormir é um grande prazer para mim, então não me privava disso quando podia.

– Não muito, mas vamos – Calion disse, pegando minha mão e me puxando pelo corredor.

– Ei! – Preguei os pés no chão, dificultando (quase nada) que ele me puxasse. – Por que não vai dormir na sua casa?

– Porque quero ficar mais tempo com você. – Ele me olhou afiado. – Perdoe essa minha falha de caráter.

– Desculpe. – Suspirei, feliz em saber que ele queria passar mais tempo comigo. A sinceridade dele era algo que me desarmava, surpreendia-me. – Eu não quis dizer…

– Você quis, sim. Está me expulsando – Calion falou, soltando-me.

– Não estou! Por favor, durma aqui – pedi rapidamente, tentando pegar seu braço.

Eu me senti desconfortável depois que deixei Calion na área de treinamento. Era uma sensação difícil de explicar, como se a ausência dele me fizesse ficar abatida, mas eu não podia alimentar esse tipo de sensação. Não queria reforçá-la e me tornar dependente dele, "obrigando-o" a ficar comigo sempre que tivesse um tempo livre.

– O que quis dizer, então? – perguntou, estreitando os olhos.

– Que você não é obrigado a ficar aqui e dormir comigo só porque é meu Aías – respondi. Mas não era só aquilo. A situação era estranha, eu não estava acostumada e nem sabia se aquilo era normal ou comum com os outros Aías.

– Sei porque está dizendo isso, Arien – Calion falou com um sorriso triste. – Mas vou repetir: esqueça o que eu disse naquele dia, por favor.

– Certo – falei desconfiada. – Mas é difícil saber quando vai pirar e falar algo como aquilo de novo, que estou escravizando você e tudo mais.

Ele riu. Um som maravilhoso, aliás, e eu o acompanhei.

– Não vou pirar, prometo. Não daquele jeito novamente.

Fomos dormir como no dia anterior, mas Calion estava tenso outra vez e quase não nos falamos mais. Logo tratou de se transformar em leão ao meu lado, provavelmente para tornar a situação mais confortável. Estranhei seu nervosismo e me perguntei se não tinha acreditado em minha explicação sobre onde deveria dormir.

– Calion? – sussurrei para não o acordar caso já tivesse dormido. – Está chateado comigo?

Calion grunhiu uma vez e ficou quieto novamente.

– Não quer falar comigo? – perguntei, mas dessa vez não houve nenhum som como resposta. – Ei – chamei, passando a mão nas suas costas.

Ele se transformou novamente, deixando-me perceber o tremor passar pelo seu corpo.

– Não estou chateado com você, Arien – disse-me divertido. Franzi as sobrancelhas para ele, tinha alguma coisa acontecendo!

– Dói? – perguntei ao invés de pressioná-lo.

– Quando me transformo? – Balancei a cabeça positivamente. – Não quando você está por perto.

– Muito engraçado.

– Estou falando sério. – Mas ele sorriu mesmo assim. – Não sinto nenhuma dor quando você está por perto, isso é novo para mim também. Sempre dói, Arien, sempre. Pelo menos a dor é sempre a mesma e já sei o que esperar, mas mesmo assim... dor é dor – explicou, fazendo uma careta de desagrado.

– Por que não dói quando estou por perto? – indaguei realmente curiosa.

– Não sei, mas deve ser por causa do seu poder. Você já sentiu alguma dor na vida?

– Sim, mas nenhuma muito forte, me curo rapidamente.

– Bem, se quer saber, é um alívio imenso poder me transformar e não sentir dor ao ter todos os ossos se remodelando – afirmou, sorrindo.

Sorri para ele, porque era inevitável. Gostei de saber que meu poder o agradava nesse aspecto, mas não fazia ideia de que tinha tanta influência assim sobre a cura. Era muito mais do que imaginava. Realmente, quando estava feliz ou apenas quando estava com Calion, eu podia sentir o poder e a energia saindo por todos os meus poros.

– Fico feliz por isso, então. Mas você parece um pouco… tenso.

Calion suspirou pesadamente, e pensei até que não fosse me dizer o que estava acontecendo, mas logo ele me encarou, como era sua mania.

– Esqueci uma coisa em casa, Arien. Uma coisa muito importante para mim.

– Vamos lá buscar, então.

– Não aqui, no outro vilarejo.

– Ah – respondi sem saber o que dizer. Ele voltaria para pegar? – Você acabou de chegar…

– Eu sei. Por isso eu queria… Eu quero… – Parecia nervoso e pigarreou uma vez. – Quer… ir comigo?

Fiquei surpresa pelo seu pedido, e imensamente feliz. Eu nunca tinha saído do meu vilarejo. Quer dizer, já havia fugido uma… ou cinco vezes, mas não consegui chegar muito longe ou ver algo além de floresta para todos os lados. Eu estaria mais do que satisfeita em sair com Calion para ir até seu vilarejo buscar o que quer que fosse.

– Claro que sim! Isso seria… Eu ficaria tão feliz… Eu quero. Vou, sim.

– Ótimo! – Ele expirou e seu corpo relaxou por completo.

– Estava preocupado porque teria de ir ao seu vilarejo?

– Não. Estava preocupado se diria não ao meu convite.

– Por quê? – perguntei sem entender.

– Porque não queria ficar mais um dia ou dois sem ver você, e acho que não sou o único que se sente assim.

– Não é o único – confirmei.

Depois de ter me feito o convite e deixado a tensão se dissipar, Calion dormiu transformado em leão, completamente à vontade em ocupar mais da metade da minha cama. Adormeci ouvindo sua respiração lenta e forte, encostada no seu pelo macio.

– Vamos, Arien, acorde! – Calion me balançava gentilmente. – Não me obrigue a ser mais persuasivo.

Registrei sonolenta ter falado algo como: "Não, saia daqui". E depois que ele insistiu mais: "Se eu acordar, vou matar você". Sua risada era tão contagiante que também dei uma risadinha preguiçosa quando me sentei e me espreguicei.

– Desculpe, não sou alguém da manhã.

– Deu para perceber – Calion comentou. – Mas temos que nos apressar, o meu vilarejo não é tão próximo assim. Você não quer precisar dormir na floresta, quer?

– Não! Já estou acordada.

Estava esperando Calion do lado de fora de sua casa enquanto ele arrumava algumas coisas para levar em nossa ida ao seu vilarejo. Eu disse que estava exagerando, mas não me deu ouvidos.

Era incrível como o pouco tempo que passamos juntos já fez com que me apegasse a ele de uma maneira tão única. Já conseguia perceber seu humor e saber algumas de suas manias. Eu não parecia mais com aquela elfa de poucos dias atrás desolada por não ter um Aías. Eu me sentia vibrante ao seu lado, como se fosse capaz de tudo e mais um pouco.

– Bom dia, Arien – Rauthar cumprimentou, saindo de algum lugar que não vi.

Susto não é nem de perto o que senti naquele momento. Precisava evitar me distrair para prestar atenção ao meu redor, como Tyne sempre me instruía a fazer.

– Olá, bom dia.

– Sinto muito se assustei você. – Ele não parecia sentir. – Nunca a vi por aqui tão cedo. E sozinha.

– Não estou sozinha, estou com Calion – respondi insegura. Aquele não era o tipo de comentário que alguém normalmente faria.

Não entendia por que reagia assim à presença de Rauthar. Ele nunca fora grosseiro nem nada parecido comigo, mas era um pouco assustador e estranho. Sempre me sentia um pouco desamparada quando estava em sua presença, mas isso era apenas uma implicância por ser Aías de Lauriel, provavelmente. Ficava tensa com a possibilidade de ela surgir de algum lugar.

– Sério? Não o estou vendo por aqui – Rauthar replicou com um sorriso. – Preciso conversar com você.

– Mas eu estou aqui – Calion interrompeu, saindo de casa atrás de mim.

– Preciso conversar com *você* – Rauthar repetiu, ignorando-o.

Pela forma como Calion se colocou à minha frente, fazendo-me encarar suas costas, notei que não gostou muito disso.

– Mas não vai. Agora suma daqui – exigiu num tom duro.

– Meu assunto não é com você, leão. Saia da minha frente.

Prevendo que a situação pudesse ficar muito desagradável, posicionei-me ao lado de Calion e segurei seu braço num apelo silencioso.

– Não estamos atrasados? – perguntei baixinho.

Seus olhos deixaram Rauthar e suavizaram um pouco ao se fixarem em mim. Suprimi um suspiro de alívio. Nunca vi Rauthar lutar, mas seus treinamentos eram intensos, e eu não sabia como Calion treinava.

– Estamos, sim, vamos – ele respondeu, pegando minha mão e passando por Rauthar, encarando-o à sua maneira.

Eu teria que conversar com Rauthar depois. Aquilo não fazia sentido, morávamos no mesmo vilarejo desde sempre e nunca quis conversar nada comigo para ficar importunando tanto. Ele teria que parar com isso, especialmente porque não estava nem um pouco curiosa para saber sobre o que seria a tal conversa.

Assim que saí dos limites do vilarejo, senti uma liberdade indescritível, a qual me fez querer correr para todos os lugares, conhecer, explorar e viver intensamente o máximo que pudesse. À medida que caminhávamos, era possível perceber a floresta mudando lentamente.

Nessa parte da floresta, as árvores eram mais espaçadas e não havia nenhum caminho pelo qual seguir, tinha que saber muito bem por onde estava indo. Eu me perderia fácil ali. Observei o máximo que pude, tentando memorizar o caminho para o vilarejo de Calion.

– Você está tão calada – ele comentou depois de algumas horas do meu devaneio. – O que aquele seu amigo queria com você, afinal?

– Rauthar? Ele não é meu amigo – disse com convicção, surpresa por Calion pensar que fosse.

– Ah, ótimo! Achei que fosse seu amigo como Maggo, por isso não fui rude com ele.

– Não foi? – Ri alto sem conseguir me conter.

Ele pareceu constrangido por um momento, mas logo retomou sua postura e me encarou sério.

– Ele não me pareceu confiável.

– Não se preocupe com ele, Calion. Ele é o Aías de uma elfa detestável do vilarejo, deve ter se tornado um pouco chato por causa da convivência!

– Quem é a Aías dele? Como se chama?

– Lauriel – respondi com desgosto.

– Ah, acho que sei quem é, ela veio falar comigo.

Como é?!

– O que ela queria? – indaguei curiosa.

– Não entendi muito bem. Ela disse: "Você é o leão da Arien, não é?". Eu respondi que sim e, então, ela falou: "Mantenha seus olhos abertos e suas presas afiadas".

– E depois? – perguntei confusa.

– Nada. Eu estava ocupado treinando, não a vi de novo depois disso. O que será que ela quis dizer?

– Não faço ideia – murmurei.

Lauriel nunca foi legal comigo, nunca fez nenhum esforço para esconder que me achava repugnante e fraca. Não consegui entender seu interesse em falar com Calion sobre qualquer coisa, ainda mais algo que não fazia sentido algum. Para piorar, não gostei nada de seu interesse tão repentino pelo meu Aías.

– Não fique pensando sobre isso. – Calion segurou o passo para me esperar e andar ao meu lado. – Já percebi que não gosta dela.

– Não gosto mesmo – resmunguei.

– Assim como não gosto de Rauthar e Maggo.

– Rauthar até entendo, mas Maggo? Você não tem motivos para não gostar dele.

– Tenho, sim. – Calion fez uma pausa e me lançou um olhar penetrante. – Ele passou muito tempo com você, o tempo que era *meu*, que *é* meu. E ainda está lá, cercando-a.

Suspirei. Seria difícil fazer com que os dois se entendessem se Calion pensava dessa forma. Maggo não tinha lhe roubado nada, foi ele quem simplesmente nunca tinha aparecido para ocupar o lugar que sempre foi seu.

– Você não passou mais tempo comigo no passado porque não quis. Maggo não tem culpa disso – falei, sendo um pouco dura. Eu não podia negar que guardava um pouco de ressentimento, afinal de contas, ele é meu Aías, que deveria estar sempre comigo, mas preferiu se esconder e não aparecer por *anos* sabe-se lá por qual motivo, e ainda não estava pronto para explicar seus motivos. Não podia simplesmente deixar que ele culpasse meu amigo daquela forma.

Calion olhou para mim constrangido, seu rosto ficou vermelho por um momento. Ele acelerou o passo e andou na minha frente pelo restante do caminho. Senti-me um pouco culpada por tê-lo feito se retrair. Eu amava conversar com ele, mas ainda me ressentia e não podia fingir que não queria saber suas razões por ter se mantido afastado por tanto tempo.

Eu também não podia simplesmente deixá-lo acusar Maggo daquela forma, repetia para mim mesma a fim de não ir até ele e pedir desculpas. Maggo foi o único protetor que tive para me auxiliar durante anos. Depois do que aconteceu com minha irmã, fiquei muito tempo traumatizada e ele me ajudou a sair daquela bolha de angústia, a me recuperar, a superar tudo aquilo. Eu tinha uma gratidão imensa por Maggo, e era meu dever defendê-lo de qualquer um que falasse mal dele.

– Estamos chegando. – Pigarreou e continuou: – Eu era um pouco diferente aqui, Arien. Espero que não dê ouvidos a ninguém. Eles costumavam me ver como o elfo que nunca teria Aías, então não sei se vão… aceitá-la muito bem.

– Não se preocupe comigo – disse, tentando dissipar a tensão de antes. – Só estou acompanhando você.

– Certo – concordou desconfiado. – E sobre… – Pigarreou novamente. – Aquele outro assunto, eu pretendo falar sobre isso logo, não quero nenhum segredo entre nós.

Gostei muito dessa parte. Primeiro, porque estava morrendo de curiosidade e *merecia* uma explicação! Segundo, porque o jeito como ele falou não querer nenhum segredo entre nós fez meu coração bater mais rápido e meu rosto enrubescer.

Eu tinha que fazer um esforço cada vez maior para não acabar confundindo tudo e estragar a nossa relação de Aías um do outro. Era difícil porque, quando Calion falava coisas assim ou me tocava de certa forma, eu pensava em algo muito além do que deveria, e esse era um risco muito grande que não estava disposta a correr.

Queria fazer aquilo funcionar. Nossa parceria era importante para mim e me dava liberdade. Se eu ficasse com sentimentos dúbios, seria muito ruim, se é que eu já não estava.

Calion ainda estava esperando uma resposta, apenas confirmei com a cabeça.

(Capítulo 05)

O vilarejo de Calion era, de certa forma, muito parecido e muito diferente do meu ao mesmo tempo. As vielas eram mais movimentadas, o comércio era mais intenso, e todos pareciam mais ativos, como um organismo vivo pulsando junto com a dinâmica de seus moradores, compartilhando alegrias, tristezas, abrigando qualquer tipo de emoção.

Todas as casas eram da mesma forma que as do meu vilarejo. Também havia uma área de treinamento, notei, quando avançamos para o interior da cidadezinha, mas parecia mais descontraída, sem a obrigação de "treinar para viver e viver para treinar" como já ouvira de tantos treinadores em meu próprio vilarejo.

Logo, percebi que Calion era bastante conhecido ali. Mantive certa distância, apesar de não o perder de vista, pois não queria deixá-lo constrangido de ter que me apresentar para alguém. Eu sabia qual era o sentimento de ser conhecido como um elfo sem Aías, e não queria despertá-lo naquele momento.

Calion parecia com mais pressa do que quando estava na floresta. Já estava anoitecendo, e o vilarejo dele era surpreendentemente bem-iluminado, não dificultando em reconhecê-lo. Estávamos seguindo para uma casa específica, à esquerda da área de treinamento, mas logo seu nome foi chamado e ele interrompeu o passo, assim como eu. Fiquei um pouco para trás para lhe dar privacidade.

Assim que o primeiro elfo o chamou, outros notaram sua presença e seguiram ao seu encontro. Contei: eram quatro elfas, dois elfos e uma fada.

Eu não queria impor minha presença, muito menos me intrometer, então me afastei quando ouvi algo sobre ele dormir na casa de alguém.

Fui longe o bastante para poder observá-lo, sem escutar com clareza o que estavam conversando. Sentei-me num tronco caído na área de treinamento. Provavelmente era um banco; se não fosse, agora era.

Comecei a ficar impaciente com a demora do meu Aías, conversando com todos, rindo e se divertindo enquanto eu ficava lá completamente alheia. Sempre tentei incluí-lo na minha vida, apresentando-o àqueles que conhecia, mas ele não parecia disposto a estender a mesma cortesia.

Quando uma das elfas começou a insinuar-se mais, tocando aqui e ali, e abraçando-o por um tempo desnecessariamente longo, eu desviei o olhar. Não precisava assistir a nada daquilo. Transferi minha atenção para a árvore que estava ao meu lado, que sequer notei quando cheguei, e tentei treinar um pouco, já que não tinha ido ao encontro de Tyne mais cedo.

Tyne vai me matar, pensei depois de constatar que não a avisei sobre minha saída. Curei a árvore com mais demora do que era necessário, mas percebi que gostava de assistir ao processo, era interessante e fazia-me sentir "poderosa".

Parecia mais natural a cada dia, mais fácil, como se fosse a coisa certa a fazer. E eu sentia prazer nisso, uma paz que me dominava e me acalmava por completo. Aumentei minha área de atuação e deixei o poder simplesmente tomar seu curso, curando ao meu redor sem esforço.

– Nossa! Estou impressionado. – Um elfo de voz alegre falou comigo. – Olá, meu nome é Efeu – apresentou-se, sorrindo, quando me virei para ele.

Notei que era o mesmo elfo que conversava com Calion minutos antes. Parecia relaxado sentado ao meu lado, era gentil e simpático. Sorri para ele.

– Oi, sou a Arien.

– Isso foi impressionante. É o seu poder, certo? – perguntou sem rodeios.

Balancei a cabeça afirmativamente, um pouco constrangida. Não era comum eu conversar com estranhos, nem ser elogiada por eles.

– Isso faz o meu poder ser brincadeira de criança. – Ele sorriu novamente. Era muito sorridente!

– Qual é o seu?

– Água – respondeu, movendo os dedos com habilidade, girando a mão, enquanto o observava agregar as gotas e dominar uma bola d'água no ar. Logo a deixou cair aos seus pés, molhando a grama.

– Incrível. Daria tudo para ter um poder como esse!

– Por quê? – perguntou confuso. Não havia nenhum traço de zombaria em seu rosto, pelo menos. Sorri fracamente para ele, desculpando-me. Não queria ter esse tipo de conversa com um estranho, mesmo que fosse amigo de Calion. – Perdão, não é da minha conta. Sou muito curioso. Nunca vi você por aqui antes. Está se mudando?

– Não, vim acompanhando alguém.

– Ah. – Seu rosto caiu um pouco. – Quem é o sortudo que…

– Por acaso, sou eu. – Ouvi a voz de Calion. Estava nos encarando com uma expressão irritada. Suspirei, era difícil acompanhar seu humor muitas vezes.

– Não me diga! Isso é ótimo, amigo. Agora você pode nos apresentar mais formalmente para a Arien saber que sou honrado! – Efeu disse em tom de brincadeira e eu ri.

Calion não riu, seu rosto agora estava impassível, mas seus olhos brilhavam com verdadeiro sentimento. Seus olhos nunca seriam capazes de esconder o que ele sentia.

– Pare com as gracinhas, Efeu. Ela é minha – Calion falou para o amigo, encarando-o.

Os olhos de Efeu se esbugalharam. Ele provavelmente não sabia sobre mim, Calion não contara sobre a sua ligação, e isso me magoou mais do que eu gostaria de admitir.

– Isso é ótimo, Calion! Mal consigo acreditar que você superou aquilo com o…

– Cale-se, pelos deuses! Você não sabe segurar essa maldita língua? – Calion vociferou, parecendo desesperado por uma fração de segundo. – Precisamos ir, Arien. Ninguém ocupou minha antiga casa ainda.

Fiquei confusa com o diálogo dos dois, e curiosa sobre a tal superação que Efeu tentou comentar. Parecia importante para o meu Aías, o suficiente para deixá-lo inquieto demais.

Apesar do esforço, não consegui me conter:

– Pensei que já tivesse convite para dormir em algum lugar – soltei aparentemente muito envolvida com a paisagem naquele momento, procurava qualquer coisa que não tivesse um par de olhos dourados abrasadores.

Não tive resposta, ao invés disso, Calion pegou minha mão e praticamente me arrastou dali, não me dando nem a oportunidade de me despedir de Efeu. Balbuciei um "boa-noite", mas foi tudo o que consegui antes de chegarmos na casa de Calion e entrarmos como se estivéssemos fugindo.

– O que há de errado com você? – perguntei com raiva por ter me arrastado pelo vilarejo daquela forma tão rude na frente de desconhecidos.

– Nada – declarou sem olhar para mim. – Venha, vou mostrar seu quarto e procurar o que vim buscar.

Segui-o pelo corredor da casa mal-iluminada; a falta de iluminação não é um problema, já que todos os elfos enxergam com facilidade no escuro. Entretanto, a falta de luz fazia a casa parecer abandonada e fria, como se não tivesse sido o lar de uma família há poucos dias.

Calion me deixou na porta do quarto sem mais explicações e seguiu para outro cômodo. Entrei no quarto, que aparentemente era o seu, e tive a sensação de já ter estado ali antes. Era tão parecido com o sonho que tive, mas também tão diferente. Lembrei-me dos olhos raivosos que encontrei sob a luz da vela e que, agora, não estavam ali a me encarar.

Caí sobre a cama, imaginando se aquele sonho significava alguma coisa. As atitudes de Calion me deixavam cada vez mais confusa, especialmente porque, tinha certeza, ele escondia alguma coisa importante sobre a qual temia me contar.

Demorou algumas horas até meu Aías voltar, e a raiva que estava sentindo dele foi diminuindo aos poucos. Calion entrou segurando um objeto embrulhado num tecido vermelho estampado. Eu estava curiosa para saber o que era, mas duvidei que fosse me contar caso lhe perguntasse. Fiquei tensa ao vê-lo forrar o chão com um cobertor e deitar logo em seguida, de costas para mim.

Quis perguntar o que estava errado e por que me evitava, mas meu orgulho me impediu. Eu não fazia ideia do que tinha feito para ele se comportar daquele jeito, o direito de sentir raiva era meu!

O tempo foi passando e me deixando cada vez mais inquieta. Dormir naquele quarto escuro e frio fazia parecer que eu estava em mais um dos meus sonhos, quando ainda não conhecia meu Aías. Senti um nó na garganta se formar, não aguentava aquela distância que ele impôs entre nós.

– Calion – sussurrei. – Está acordado?

Ele virou seu grande rosto de leão para mim e me observou com seus olhos dourados grandes e brilhantes. Eu sempre ficava um pouco retraída quando me observava assim, como se pudesse enxergar além de mim; todos os meus medos, tudo o que já fiz ou deixei de fazer.

– Não consigo dormir sem meu travesseiro – disse num apelo silencioso.

Lentamente, Calion se levantou e subiu na cama, afundando o colchão com seu peso e deitando-se ao meu lado. Encostei-me no seu pelo, sentindo meu corpo relaxar um pouco. Antes que eu pudesse reagir, Calion se transformou em elfo novamente e passou os braços ao meu redor, escondendo o rosto na curva do meu pescoço.

– Por que brigamos? – ele perguntou com a voz abafada, seu hálito fazendo cócegas. – Perdoe-me, Arien, não devia tê-la tratado daquela maneira.

Afaguei seu cabelo tentando transmitir algum conforto ou confortar a mim mesma com a sua proximidade.

– Por que não quis me apresentar aos seus amigos? – perguntei, ansiando mudar de assunto e, também, porque queria realmente saber. – Por acaso eu... envergonho você?

– Que amigos? Você nunca me envergonharia, Arien – respondeu confuso, levantando seu rosto da curvatura do meu pescoço para me encarar.

– Aqueles com quem você conversou mais cedo.

– Não são meus amigos. – Fez uma pausa. – Só o Efeu, talvez.

– Certo. E por que não contou a ele sobre mim?

– Não queria ter que dividir sua atenção. Não deu muito certo, já que você acabou conversando com ele. Todos desejariam saber quem é a minha misteriosa Aías.

– O quê? Só estava tentando dar um pouco de privacidade a você. Isso é besteira.

– Bem, da próxima vez, não me dê. Também notei que não contou a ele sobre mim, não fui o único a errar.

– Tem razão, desculpe – murmurei. – Não sabia se queria que eu ficasse por perto.

– Eu sempre vou querer você por perto, Arien – ele disse com a expressão séria.

– O que o Efeu quis dizer com aquilo de que você superou...? – Deixei a pergunta solta, esperando pela sua reação. Senti seu corpo ficar tenso quase imediatamente.

Depois de um minuto, ele suspirou.

– Vou contar a você em breve. Por favor, não... me pressione sobre isso. É complicado.

– Tudo bem – respondi hipnotizada pelos seus olhos dourados. – Não quero mais desentendimentos entre nós. Vamos dormir. – Calion sorriu para mim e se transformou em leão.

Recostei-me nele e deixei minha mente vagar sonolenta.

Acordei com a luz intensa invadindo o quarto, me despertando. Calion estava em toda parte, não mais como leão, o que aumentou minha inquietação. Seu rosto estava no meu pescoço, seu braço sobre a minha barriga e uma de suas pernas estava entre as minhas. Suavemente, tentei tirar seu braço de cima de mim.

– Fique quieta, Arien, estou dormindo – ele murmurou com a voz abafada.

– Tenho certeza de que está – respondi, rindo. – Você fala dormindo?

– Sempre – Calion disse sem mover um músculo para se levantar.

– Já amanheceu! Pensei que quisesse sair cedo.

– E quero, mas estou cansado – reclamou.

– Cansado de quê? – indaguei. Ele tinha dormido a noite inteira ao meu lado, como poderia estar cansado?

– Fiquei vigiando durante a noite, só dormi depois que amanheceu – explicou, levantando o rosto um pouco.

– Vigiando? – sussurrei. – Por que você teria de vigiar?

– Sofremos três tentativas de ataques dos elfos negros no último mês, estamos em estado de alerta desde então – disse calmamente, como se aquilo não fosse nada. – Você está pálida, Arien. Está se sentindo bem? – perguntou com a voz ainda grogue.

– Vou ficar assim que formos embora – afirmei com a voz trêmula.

– Certo – ele falou, levantando-se lentamente e me puxando junto com gentileza. – Mas não precisa se preocupar com isso.

– Ah, não? E como não me preocupar? Esse vilarejo pode ser atacado a qualquer momento!

– Jamais deixaria algo acontecer a você – expressou enquanto pegava o embrulho da noite anterior e me entregava. – Nada – repetiu e acariciou minha bochecha com o polegar.

Meu coração pulsou numa corrida desenfreada até ele sair do quarto, deixando-me com o rosto enrubescido de embaraço.

Guardei o embrulho junto com as minhas coisas, sendo corroída pela curiosidade de saber o que era aquilo. Mas, como ele não dissera, e muito menos permitira que o abrisse, não me sentia no direito de olhar.

Passamos pelo vilarejo agora lado a lado, atraindo diversos olhares; muitos de aprovação, eu notei. Entretanto, Calion mantinha uma postura defensiva e desencorajava a aproximação de qualquer um. Estávamos quase fora dos limites do vilarejo quando uma elfa nos alcançou. Seus cabelos negros amarrados numa trança firme davam-lhe uma aparência forte e elegante.

– Calion! – Ao som da voz dela, vi as costas de Calion enrijecerem. Meu Aías se virou com o maxilar trincado. – Ouvi dizer que voltou, mal acreditei! – Seu olhar pousou em mim e ela sorriu mais amplamente. – Você deve ser a...

– Não ouse! – Calion disse, encarando-a com uma raiva tão intensa que me encolhi por ela. – Já estamos indo embora.

– Ah – a elfa falou, sua empolgação diminuindo. – Calion, eu... queria poder... Por favor, só... me escute por um momento.

– Você não pode – disse simplesmente. – Vamos, Arien.

Calion já tinha recomeçado a andar, mas observei a elfa um pouco mais. Ela me deu um sorriso triste e moveu os lábios formando uma frase silenciosa: "Cuide dele". Balancei a cabeça afirmativamente e dei-lhe um pequeno sorriso de desculpas quando Calion me chamou novamente.

– Ei, por que não gosta dela? – perguntei assim que o alcancei, já fora do vilarejo e começando a entrar na floresta.

– Porque não.

– Mas ela não parece ser má, o que aconteceu entre vocês?

– Não é da sua conta! – respondeu rispidamente com os olhos brilhando.

Fiquei muda e ressentida por eu, de repente, ser o alvo da sua raiva. Calion se transformou em leão e liderou o caminho. Quem quer que fosse aquela elfa, ele não gostava nem de falar sobre o assunto. Imaginei diversas hipóteses do que teria acontecido entre eles.

A primeira era, de longe, a mais detestável. Eles podiam ter sido amantes, mas viveram um fim trágico. Teria sido por isso que ele demorou tantos anos para ir ao meu encontro? Não queria abandoná-la? Era plausível, mas eu repudiava essa hipótese com todas as forças. Ela parecia uma elfa madura, com muita experiência, o que nunca impediria um romance.

A segunda hipótese era ridícula. Imaginei que ela teria feito alguma coisa que o aborrecesse tanto que, até hoje, ele estava ressentido e, com certeza, guardando um ódio assombroso.

Desviei de uns galhos à minha frente, tentando imaginar por que perguntar sobre ela o deixou tão irritado. Era cada vez mais estranho conhecê-lo e, ainda assim, não saber nada sobre ele. Quando tentava descobrir algo, Calion simplesmente se fechava como uma concha e me deixava de fora. Estava começando a achar que ele não queria compartilhar sua vida comigo. A confusão nublou minha cabeça enquanto andava e acabei trombando contra as costas duras dele. Nem sequer notei quando se transformou em elfo novamente. Ele pegou meu punho para me estabilizar, sem olhar para mim, encarando a floresta à frente.

– Obrigada – murmurei e puxei o braço para longe do seu aperto. Ele se virou para mim com o rosto preocupado e colocou o dedo indicador nos seus lábios, fazendo um sinal para que me calasse. – O que está acontecendo? – sussurrei alarmada. – Calion?

– Shhh! – expressou rapidamente e começou a me empurrar para trás, ainda de costas. Foi nesse instante que olhei sobre seu ombro com algum esforço e vi as folhas farfalharem nos arbustos. – Quero que fique atrás daquela grande pedra, Arien – orientou brevemente com a voz baixa.

– O que está acontecendo? – repeti sem conseguir me conter. Minha cabeça girava com o medo. Um suor frio e pegajoso foi se alojando em minha nuca.

– Agora! Faça o que digo apenas desta maldita vez! – exigiu com o maxilar trincado, seus olhos nunca deixando a floresta.

Fui para trás da pedra rapidamente e me agachei com a pulsação trovejando nos ouvidos. Entre as folhas do arbusto ao lado da pedra, observei Calion se movendo lentamente para a frente, seus passos praticamente não produziam barulho. Passos firmes vindos da floresta me fizeram gelar.

– Ora, ora... Que surpresa agradável. – A voz fria e desconhecida começou a falar, levando os pelos da minha nuca a se arrepiarem. Tampei a boca para evitar gritar involuntariamente quando vi um elfo da escuridão surgir acompanhado de outro. – Um elfo da luz – disse com desprezo. – Onde está o outro?

– O outro? – Calion repetiu com a voz dura.

– Sim, ouvimos uma voz diferente da sua – o segundo elfo falou.

Eles eram muito semelhantes conosco, mas de certa forma bastante diferentes. Sua pele era pálida e estava cheia de cicatrizes, ambos possuíam cabelos castanhos e olhos azuis de uma frieza inigualável. Suas expressões pareciam vidradas com ódio e suas bocas ostentavam um sorriso zombeteiro e cruel, poderia dizer serem até irmãos pela similaridade física. Senti o pavor me dominar quando notei as espadas que ambos carregavam.

– Estou sozinho – Calion afirmou calmamente.

– Tsc, tsc, tsc. – O segundo elfo fez um som irritante com a língua, olhando meu Aías com um sorriso. – Sabemos que não está, mas tudo bem! Vai ser mais divertido assim, deixar que o covarde o veja morrer antes de chegar a própria vez.

Apertei as mãos com mais força contra a boca. Eu queria ajudar, queria gritar, precisava fazer alguma coisa por Calion. Ele nem estava armado! Era uma covardia. E eu era a mais covarde entre todos, escondida atrás de uma pedra enquanto meu Aías enfrentava duas criaturas cruéis. Quis chorar pelo seu destino tão triste de estar atado a mim para a eternidade.

De repente, ouvi um riso familiar que me deixou confusa. Calion ria baixinho como se estivesse se divertindo com toda a situação, apesar de a tensão nas suas costas provar o contrário. Vi o familiar tremor passar por seu corpo antes de ele falar:

– Então, vamos nos divertir.

Calion se transformou em leão e rugiu tão alto que pensei ter sido ouvido no vilarejo onde estivemos. Com uma habilidade ímpar, os elfos tiraram as espadas das bainhas e encararam meu Aías sorrindo. Mas Calion continuou parado, apenas um pouco inclinado, como se estivesse esperando o primeiro movimento deles.

– Vamos lá, leão, não nos deixe pensar que você é um covarde ainda maior do que aquele que se esconde! – o primeiro elfo bradou.

Calion não mexeu um músculo, era muito esperto para aceitar as provocações e atacar primeiro.

Os elfos começaram a se movimentar, cercando-o e encurralando-o. O elfo à sua direita fez um movimento com a espada num momento, e pensei que atacaria, mas quem atacou foi o outro! A espada passou longe de Calion, que havia tomado um impulso e pulado no elfo da direita com as garras cravadas em seu peito.

Foi nesse momento que tudo se tornou uma confusão de braços, espadas sendo brandidas e respirações ofegantes, inclusive a minha. Calion escapou por pouco da investida de um dos elfos e, mesmo assim, acabou ferido no ombro esquerdo. Conseguiu desarmar um deles, mordendo e sacudindo seu braço de tal forma que ficara mutilado. Meu Aías tinha o rosto manchado de sangue; parecia mortal e raivoso como se a fera tomasse completamente o lugar dele.

Não havia frieza ou técnica, como os elfos tinham; em Calion havia apenas ódio e instinto, de sobreviver e de me proteger. Enquanto derrubava um dos elfos, o outro teve tempo suficiente de correr para trás dele. Brandiu a espada preparando-se para cravá-la em suas costas. Gritei. E Calion desviou, mas não foi suficiente. A espada cortou a carne, manchando tudo de sangue.

Por um breve momento, todos me encararam e percebi, debilmente, que me levantei do esconderijo e estava de pé em cima da pedra. Trêmula e com a boca seca, acompanhava a cena à minha frente com o sangue colorindo tudo. Eu não fazia ideia de como acabei ali, estava apavorada.

Calion não lhes deu mais tempo para me observarem. Movido pelo impulso, atacou furiosamente o rosto do seu agressor com as garras estendidas, ouvi os gritos de agonia e um urro de dor depois de Calion ser atingido mais uma vez. Já estava muito machucado e, apesar de ter conseguido ferir os elfos, se continuasse naquele ritmo, talvez não sobrevivesse...

Inspirei rapidamente várias vezes enquanto tentava me controlar, piscando para afastar as lágrimas que desciam pelo meu rosto ao ver Calion lutar bravamente por nós dois. Eu tinha que tentar ajudá-lo de qualquer maneira, então fiz a única coisa que era capaz: curei.

Era tão natural curar meu Aías que a energia parecia fluir de mim para ele sem que precisasse vê-lo ou tocá-lo, então apenas permiti que saísse do meu corpo tão simples quanto o calor. Pensei na minha irmã, pensar nela era a minha maior fraqueza e a minha maior força. Por ela, tentaria para sempre, mudaria o mundo inteiro se fosse preciso, nunca mais desistiria.

Os insultos misturados ao espanto e às respirações exaustas me alertaram que Calion estivesse curado, mas eu não conseguia parar. Não queria parar. Eu fluía para ele como o curso de um rio, nada parecia mais certo e natural.

Calion se recuperou rapidamente e derrubou um elfo, tentando atacar sua jugular. Precisou acertar seu ombro e braço repetidas vezes porque o inimigo empurrava e chutava cegamente no esforço de se soltar, sem mais revelar a técnica de antes. Ouvi um grito de agonia seguido do chamado desesperado:

– Dravius! – O outro elfo se recuperava de uma das investidas de Calion. – A elfa, para a elfa! VAI, VAI!!!!

Meu sangue gelou quando o ouvi e me senti presa no lugar, sem conseguir me mover por estar petrificada pelo medo e pelo horror de ver aquele elfo desfigurado vindo na minha direção, arrastando uma das pernas, arfando e, mesmo assim, firme em seu objetivo: me matar. Nossos olhos se cruzaram por um breve segundo e pude ter certeza de que, se ele chegasse perto o suficiente, seria o meu fim. Tentei me forçar a me mover, comandar minhas pernas para ir a qualquer lugar para longe dele, mas não consegui, estava presa ao meu medo. O sangue escorrendo pela sua bochecha me hipnotizou, a cor tão viva e tão forte brilhava enquanto ele seguia, inabalável, para me alcançar.

Fechei as pálpebras como uma criança, pensando debilmente que não doeria tanto se eu não visse. Não me envergonhei da covardia. Por um momento, cheguei a me sentir em paz, uma paz agonizante. Mas, ainda assim, era uma paz que me dominou quando imaginei que logo encontraria Eirien. Ouvi um grito indignado, depois um de dor, e abri os olhos rapidamente.

Um leão furioso arrastava meu potencial agressor pela perna, sacudindo e mordendo-o tanto quanto podia. Notei que o outro elfo estava parado como uma estátua, banhado em sangue. Calion arrastou o elfo restante para trás de uma árvore, onde não conseguia enxergar nada na posição em que estava. Ouvi mais gritos e, depois, o silêncio estranhamente perturbador da floresta.

Consegui mover as pernas dormentes e descer da pedra, evitando olhar o primeiro elfo ensanguentado, à procura do meu Aías. Nem cheguei a ir atrás da árvore para procurá-lo; estava sentado encarando a grama manchada com o sangue de algum deles aos meus pés. Estava tão quieto que nem parecia respirar.

– Ei – chamei baixinho –, você está bem?

Calion me encarou com os olhos grandes na cara de leão suja de sangue e terra, parecendo perdido e desolado. Fiquei confusa e tentei me aproximar, mas ele recuou alguns passos, assustado.

Em seguida, correu para longe, deixando-me para trás completamente atordoada. Segui-o ainda trêmula pela floresta, tropeçando nas raízes e pedras no caminho e me machucando com os galhos secos que arranhavam meus braços. Corri até meus pulmões queimarem para tentar não o perder de vista.

(CAPÍTULO 06)

Encontrei Calion na beira de um lago, transformado em elfo, mergulhando e esfregando a pele de maneira agressiva repetidas vezes, muito angustiado. Sua aflição me contagiava, quis poder ajudá-lo, aproximar-me e confortá-lo, mas achei melhor deixar que tivesse um tempo sozinho para encontrar seu autocontrole.

Depois de alguns minutos, os quais pareceram uma eternidade para mim, ele se acalmou e só ficou ali, parado no meio do lago com a água no seu peito. Aproximei-me tentando fazer o mínimo de barulho possível, mas ele provavelmente já tinha ouvido meus passos hesitantes.

Sentei na beira do lago e me permiti relaxar minimamente da tensão, que parecia impregnada nos meus ossos. Calion se virou e começou a sair do lago sem olhar para mim e se sentou ao meu lado. Alguns segundos se passaram até um suspiro escapar dos seus lábios.

– Perdoe-me – pediu com a voz entrecortada.

– Pelo quê? – perguntei suavemente, com uma curiosidade real.

Ele virou a cabeça tão rapidamente e me encarou com os olhos dourados tão intensos que me assustei.

– Pelo quê? – repetiu ultrajado. – Eu sou um assassino, Arien! Sou igual a eles, eu os matei sem pensar duas vezes! Você está sentada ao lado de um maldito assassino.

– Sim, você é – disse e vi seus olhos se expandirem de surpresa por minha confirmação. – E agradeço muito por isso. Você me salvou, salvou a nós dois. Tenho certeza de que não teria feito isso se eles não pretendessem nos matar.

Ele balançou a cabeça parecendo desolado, e eu toquei seu rosto com ternura, tentando confortá-lo. Eu poderia não saber qual é o peso de matar alguém, mas jamais o condenaria por ter simplesmente protegido nós dois.

– Você é um presente, Arien. Disse isso no mesmo dia em que a conheci quando cheguei a sua casa. Você é o melhor presente que eu poderia desejar.

Eu sorri enquanto me lembrava das suas palavras, mas era uma situação bastante diferente. Calion deitou a cabeça no meu colo, ensopando meu vestido, e começou a falar tão baixo que não tinha certeza se era para eu escutar.

– Nerwen é a Aías do meu pai – comentou, e eu franzi a testa sem conseguir me lembrar de ninguém com aquele nome. – Ela é a elfa que encontramos na saída do vilarejo hoje – esclareceu.

– Ah – falei simplesmente, não querendo pressioná-lo.

– Eu nem cheguei a conhecê-lo direito – continuou, mas o interrompi. – Lembro-me de tão pouco sobre ele.

– Como assim? E o Bellon?

– Ele não é o meu pai, Thargon é. – Suspirou antes de continuar. – Partiu para a guerra quando eu ainda era criança. Eram tempos difíceis... Ele teve que ir para a guerra com Nerwen para proteger nossas terras, para proteger Alfheim. – Ele fez uma pausa, se para tomar coragem e continuar ou se para deixar que eu absorvesse suas palavras, não sabia dizer. – Quando a guerra acabou, meu pai foi aprisionado na fronteira. E Nerwen voltou. – Fez mais uma pausa, fechando as mãos em punhos. – Ela o abandonou, Arien, simplesmente o deixou lá, o deixou para trás! – falou baixo. – Foi por isso que demorei tanto tempo para ir ao seu encontro.

Ele afagou minha mão, que estava acarinhando seu cabelo sem eu nem mesmo perceber.

– Eu tinha medo do que me tornaria quando a encontrasse. Temia que fizesse tudo por você e você simplesmente... me abandonasse assim, como ela fez com meu pai. Nunca vou perdoar Nerwen. Só sei que meu pai ainda continua vivo, porque ela também está! Ela nunca nem... tentou voltar, nunca tentou resgatá-lo. Nem sente remorso pelo que fez a ele.

– Eu...sinto muito – disse com a voz baixa. – Você não tem mais esse medo, não é?

– Não. Não desde que a conheci; na verdade, desde a segunda vez em que fui até sua casa – esclareceu.

– Fico aliviada por isso. Quero que saiba que eu nunca abandonaria você, Calion. Nunca!

– Sei disso. – Ele suspirou. – Mas meu novo temor é pior que o de antes – acrescentou acidamente.

– Qual é?

Calion demorou tanto tempo para responder que, por um momento, pensei termos encerrado a conversa, então nos levantaríamos e seguiríamos para casa sem mais revelações. Mas, quando recomecei a afagar seu cabelo, ele rompeu o silêncio:

– Perder você.

Fiquei surpresa com aquilo, no entanto, considerando o que tínhamos acabado de enfrentar, parecia plausível.

– Não vai acontecer. Sempre vou estar ao seu lado para que possa me salvar – brinquei.

Ele levantou a cabeça do meu colo e me encarou sério, seus olhos brilhando com algum sentimento que não reconheci.

– Não só assim, Arien – falou com a voz rouca.

Só a partir desse momento dei-me conta de que estávamos próximos demais, seu corpo estava todo voltado para mim e sua determinação parecia renovada. Senti meu coração entrar numa corrida desenfreada e a intensidade do seu olhar me atraía cada vez mais.

– Como… – comecei a perguntar.

Rápido demais, tudo mudou. Calion avançou contra mim, derrubando-me de costas no chão, machucando meus cotovelos, empurrando meus ombros para baixo. Foi quando um som agudo alcançou meus ouvidos e eu arfei pelo impacto.

Havia sangue no meu braço e na parte da frente do meu vestido, levei alguns segundos para perceber que o sangue não vinha de mim, mas de Calion, que parecia assustado e furioso ao mesmo tempo. O que estava acontecendo? Outros elfos negros teriam nos encontrado e resolveram terminar o que os anteriores não conseguiram, pensei.

– Arien, você está bem? – perguntou com um tom urgente, como se *eu* estivesse com uma flecha nas costelas, e não ele!

– Pelos deuses! Por Freya, Calion! Como pode me perguntar isso?! *Você* está bem? O que está acontecendo? Como que… Como vamos… Vamos morrer! Nós vamos morrer! – falei desesperada olhando para a flecha cravada na lateral do seu corpo.

Com certeza outros elfos negros nos encontraram. Deviam ter seguido o rastro que deixamos na floresta. Os corpos… o sangue… Tinham nos encontrado e agora se vingariam e lavariam a honra dos seus mortos. Senti um gosto metálico na boca e o frio se alastrou pelo meu corpo. Engoli em seco, tentando me acalmar para procurar uma rota de fuga que pudéssemos usar.

– Acalme-se, por favor! Eu estou bem – falou, arrancando a flecha e jogando-a na grama. – Não são os elfos negros. É um grupo. Parece diferente – analisou, correndo os olhos pelas árvores ao nosso redor.

Demorei um pouco para entender a situação com mais clareza. Calion se metera na frente daquela flecha por mim, ela teria me acertado se não assumisse meu lugar no último instante. Meus olhos se encheram de lágrimas quando me lembrei da última vez que fizeram o mesmo por mim e não terminou bem. Mas Calion estava ali, ao meu lado, vivo. Senti meus temores se afastarem quando o notei me observar com curiosidade, suspirei e pisquei rapidamente para afastar a vontade de chorar.

– MAS O QUE…? – Ouvi a voz furiosa do meu pai, antes de vê-lo sair correndo pelas árvores com alguns elfos vindo em seu encalço. – Arien? – chamou horrorizado.

O alívio tomou conta do meu corpo ao ouvir sua voz. Eu poderia ouvir sobre aquela *insanidade* – como ele dizia – que fizemos ao sair do vilarejo para sempre, mas pelo menos estaria com a cabeça junto ao corpo. Diferente do que teria acontecido caso fossem os elfos negros a nos encontrar.

– Oi – cumprimentei com a voz fraca.

Calion já saíra de cima de mim e estava ao meu lado, segurando minha mão firmemente. Talvez para me confortar ou acalmar, ou ambos, quem sabe.

Meu pai trincou o maxilar tentando aplacar sua fúria, andando de um lado para outro. Observei o grupo de busca atrás dele e reconheci alguns rostos. Minha mãe estava tão pálida que me assustou, fitando-nos como se estivéssemos atravessando para Helheim, o mundo para onde vão os elfos que morrem sem glória, naquele exato momento.

– Nos sigam! – ele ordenou simplesmente e começou a andar para longe do lago; o grupo seguia-o com rapidez.

Levantei-me cambaleando e Calion me amparou até eu me equilibrar.

– Preciso curar você – sussurrei, torcendo para que nossa conversa não incomodasse ninguém enquanto caminhávamos rapidamente para alcançá-los.

– Não precisa, já fez isso – respondeu e encarei-o rapidamente, confusa. Baixei o olhar para sua ferida e a toquei brevemente. Notei que estava curada, apesar de suja de sangue.

Fiquei muito intrigada. Não fiz esforço nenhum para curar Calion desde que foi atingido e, mesmo assim, agora ele parecia estar com mais saúde do que eu, que estava irremediavelmente preocupada.

Ao que parece, não foi uma boa ideia sair do vilarejo sem comunicar ninguém antes e, apesar de ter meu Aías, isso aparentemente não me dava a liberdade que eu sempre quis. Seguimos a viagem de volta para casa sem mais nenhuma troca de palavras. O barulho da floresta preenchia completamente meus ouvidos, fazendo até o mais insignificante dos sons ser muito bem-vindo.

Calion não estava tenso ao meu lado, mas atento a todo e qualquer movimento. Seu olhar me dizia coisas que nem as mais belas palavras escolhidas seriam capazes de transmitir. Quis entendê-lo, mas não consegui. Em nossa comunicação muda, concordamos em não contar absolutamente nada sobre os elfos negros que encontramos... e que Calion matara. Ele parecia um pouco perturbado e não sabia se o motivo disso era nossa fuga, os elfos negros ou qualquer outra razão.

Quando chegamos ao vilarejo, tudo estava tão calmo como sempre, mal parecia que tínhamos passado por tudo aquilo. Seguimos para casa na companhia dos meus pais e de Nasvar, o treinador de Calion. Observei Nasvar mais atentamente, não sabia de sua volta ao grupo de buscas. Seu cabelo negro e longo brilhava, e sua expressão impassível era a mesma do dia em que o vi na área de treinamento.

Sentei-me ao lado de Calion na sala, esperando pela inquisição. Não demorou muito para que meu pai começasse a falar:

– Vocês têm noção da insanidade que fizeram? Do perigo que correram lá fora? – cuspiu nervoso.

– Sinto muito, eu deveria ter deixado um bilhete dizendo que...

– Um *bilhete*? Você não deveria ter ido a lugar nenhum, para começo de conversa, Arien.

Fiquei magoada. Parecia que queriam me prender para sempre, mesmo que agora não tivesse mais motivos, já que eu contava com meu Aías e me esforçava em meu treinamento. Eu estava pronta para protestar, mas Nasvar foi mais rápido, surpreendendo-me.

– Por que tenho a impressão de que não quer que a sua filha saia deste vilarejo por toda a vida, Varnion? – perguntou com a voz arrastada.

– Não é isso. – Meu pai ficou na defensiva. – Só quero protegê-la, é diferente!

– Ela já tem quem faça isso. Por que não deixa que ela viva a própria vida agora?

– Está falando desse leão? – perguntou incrédulo, apontando o dedo na direção do meu Aías. – Você não pode estar falando sério, Nasvar! Ele é um indigno, irresponsável!

– Ao que parece, o indigno irresponsável protegeu-a duas vezes – Nasvar acrescentou calmamente.

Um silêncio tomou conta do ambiente e a tensão aumentou. *Duas vezes*. Nasvar sabia que fora Calion quem matara os dois elfos.

– Como assim? Você não pode estar achando que...

– Conheço o estilo dele, não tenho dúvidas sobre isso – Nasvar interrompeu.

– Isso é impossível – meu pai disse e se dirigiu a Calion. – *Você* matou os dois elfos que estavam na floresta?

– Sim, senhor – Calion respondeu impassível.

A postura do meu pai mudou rapidamente. Ele não parecia duvidar, mas também não parabenizaria meu Aías. Puxou-me pelo braço fazendo-me ficar em pé ao seu lado e, embora estivesse tentando me soltar, era um esforço inútil.

– Como você pode ver, Varnion, Calion é capaz de proteger sua filha.

– Não quero saber! Você – apontou para Calion –, quero que suma daqui! Está proibido de entrar nesta casa, ouviu bem? Não vai mais levar minha filha para lugar algum, ou farei com que ela renegue você!

Eu não entendi muito bem o que ele queria dizer com me fazer renegar Calion, mas essa foi a única coisa que provocou uma reação nele. Levantou-se rapidamente e encarou meu pai pela primeira vez desde a floresta, pronto para uma briga.

Surpreendendo a todos, minha mãe saiu do seu silêncio, ainda um pouco pálida.

– Chega! Não quero saber de desavenças em minha casa. – Fez uma pausa olhando incisivamente para meu pai. – Calion – ela o chamou e esperou que se virasse, então o abraçou por alguns segundos. – Obrigada… por tudo – falou depois de soltá-lo. Ele não parecia tão surpreso quanto eu estava, fiquei curiosa. – Não se preocupe com nada. É melhor você ir para casa agora.

Calion tentou se despedir de mim, mas meu pai estava entre nós, não permitindo que ele sequer se aproximasse. Saiu, então, frustrado, pisando duro. Nasvar o seguiu.

– Treine bem esse leão, Nasvar. E tente colocar um pouco de juízo na cabeça dele – meu pai falou em alto e bom som enquanto saíam, para que os dois pudessem ouvir. – Agora, Arien… – ele começou, mas minha mãe o interrompeu.

– Chega, Varnion!

– Artanis, isso precisa ser conversado!

– Talvez. Mas não agora, por favor.

Segui para meu quarto depois de um tempo. Deitada na cama, pude ouvir os murmúrios dos meus pais. A conversa estava confusa, mas consegui entender algumas coisas:

– Os elfos negros estão atacando todos os vilarejos, menos este! Por que será? Com certeza deve haver um motivo – minha mãe falou. – Eles não são estúpidos, estão planejando algo!

– Não se preocupe com isso agora, foi um dia difícil para você. Depois discutiremos esse assunto com Bargon e o grupo.

– Uma guerra se aproxima, Varnion. Por mais que você não queira admitir, ela não vai deixar de acontecer. Quero que Arien esteja pronta quando for a hora.

Depois de ouvir o pouco que conversaram, obviamente, não consegui dormir, estava agitada demais. Por que meu vilarejo ainda não fora atacado? Talvez os elfos negros estivessem obedecendo uma ordem para atacar, e isso fizesse parte da estratégia. Agradeci aos deuses e pedi para aquilo ter um fim antes que o perigo nos alcançasse.

Ainda havia o problema com meu pai, que parecia tentar me manter trancafiada e agora, provavelmente, se esforçaria ainda mais para isso. Eu compreendia que, por muitos anos, não tive um Áias e ainda não era capaz de me defender muito bem sozinha… nada bem, na realidade. Mas agora eu tinha um, não precisava mais me esconder, e ele teria que entender. Eu o faria entender se fosse necessário.

A porta do meu quarto se abriu de repente, interrompendo meus pensamentos. Minha mãe entrou e se sentou ao meu lado na cama.

– Você está bem? – Olhou-me por um momento. – Depois de tudo que aconteceu hoje...

– Estou, não se preocupe. – Segurei a mão dela que estava à procura da minha.

– Arien... Não sabe o quanto é difícil falar isso a você, filha. Mas eu preciso contar. – Fez uma pausa para me observar e sorriu um pouco. – Até porque sei que, se eu não fizer, seu Aías o fará.

– O que houve? – perguntei curiosa.

– Aquela flecha... eu... Calion a salvou da minha própria flecha – ela admitiu, sussurrando.

Fiquei pasma, completamente sem ação e sem saber o que dizer. Depois de alguns segundos, ela continuou:

– Tínhamos acabado de sair de um vilarejo atacado, alguns elfos negros ainda estavam lá e nós ajudamos a prendê-los. Foi difícil, você sabe que eles preferem a morte a serem presos e interrogados. Depois de muita luta, conseguimos contê-los e partimos daquele vilarejo. Logo depois, encontramos os corpos de dois elfos negros totalmente mutilados, uma completa bagunça, não havia como saber o que acontecera ali. Seguimos o rastro de sangue e, antes que pudéssemos vê-los depois das árvores, atirei uma flecha para surpreender quem quer que fosse. Eu não fazia ideia de que *você* estaria ali, e muito menos de que poderia tê-la acertado se Calion não tivesse se colocado na frente. – Terminou sem fôlego e nervosa.

– Tudo bem mãe, entendo que foi um acidente. Nunca teve intenção de me machucar, está tudo bem! – falei rapidamente quando vi as lágrimas escorrerem por seu rosto.

Depois de meia hora de pedidos de desculpas e mais lágrimas, minha mãe finalmente se acalmou e se dirigiu à porta.

– Não se preocupe com o que seu pai disse. Calion pode vir aqui sempre que quiser, já percebi que são muito apegados – disse, sorrindo um pouco e enxugando o rosto mais uma vez enquanto saía do quarto.

Quis perguntar à minha mãe o que significava exatamente renegar Calion, mas ela já tinha saído e fechado a porta. Tentei adormecer novamente, era frustrante demais não conseguir. Fiquei imaginando que a qualquer momento o vilarejo poderia ser atacado e todos sairiam correndo, gritando e prontos para a guerra.

Aqueles ataques não faziam sentido para mim. O acordo que fora firmado era bem claro quanto às invasões e aos ataques: se continuassem daquele jeito em nossas terras, a trégua teria fim e a guerra recomeçaria, deixando mais uma vez o rastro de morte e tristeza pelos dois mundos. Não queria acreditar que a rivalidade chegaria a tal ponto.

Eu e minha imaginação fértil fomos surpreendidas com batidas hesitantes à porta. Levantei da cama apreensiva e confusa. Meus pais não bateriam à porta, e quem mais poderia ser àquela hora? Não era educado visitar ninguém depois que a lua surgisse, a menos que fosse convidado.

Senti a ligação com o meu Aías, forte e inquebrável.

– Quem é? – perguntei sem abrir. Não custava nada ter certeza. Agora que morava no meu vilarejo, poderia me confundir, afinal de contas, a ligação e as sensações que ele provocava eram muito novas para mim.

– Calion – respondeu a voz profunda do outro lado.

Graças a Freya! Abri a porta rapidamente e Calion me alcançou, puxando-me para um abraço apertado. Retribuí e ficamos uns minutos apenas assim, abraçando um ao outro, sem precisar dizer nada, apenas sentindo aquela conexão que ainda me era tão incomum.

– Eu não poderia estar aqui. Perdoe-me, Arien, não quero criar problemas para você – falou me soltando apenas o suficiente para olhar meu rosto. – Minha mãe e Bellon ficaram furiosos. E Maggo, que estava na minha casa...

Maggo estava na casa dele? Fazendo o quê? Fiquei intrigada no mesmo instante. Não fazia ideia de que meu amigo e ex-protetor fosse próximo dos pais de Calion ou que tivessem algum assunto para tratar.

– Tudo bem, minha mãe permite que você venha aqui, não há problema algum. – Sorri para ele, que copiou minha expressão um pouco hesitante.

– Tem certeza? – Esperou que eu confirmasse e continuou: – Preciso... hum... contar algo sobre ela.

– Eu já sei. Ela já... me contou tudo. – Suspirei e voltei para a cama com Calion me seguindo, mesmo sem convite. – O que Maggo estava fazendo na sua casa? – Mudei de assunto. Não queria refletir sobre como flechas pareciam destinadas a me acertar sempre que possível.

– Não sei ao certo, todos estavam bastante tensos quando eu e Nasvar chegamos – respondeu, deitando-se ao meu lado. – Aliás, pensei que ele estivesse do meu lado, mas fez questão de contar a todos o que aconteceu – reclamou.

– Acho que ele gosta de você, mas não podia simplesmente esconder ou perderiam a confiança nele. Isso porque meus pais contariam depois, com toda certeza.

– Pode ser. Ele sempre diz que tenho que ser o melhor para conseguir protegê-la como devo. – Fez uma pausa antes de continuar, divertido: – Minha mãe quase enlouqueceu, ficou muito brava. Bellon também não gostou muito, mas acho que até ficou um pouco orgulhoso – acrescentou, rindo, mas com a testa franzida como se fosse algo errado Bellon se orgulhar dele.

– Maggo falou com você? – perguntei curiosa. Eu teria que perguntar a Maggo o que estava fazendo na casa de Calion. Não que eu desconfiasse que meu amigo contaria todos os meus segredos ao meu Aías, mas não custava nada garantir que não fizesse isso.

Sua postura mudou, ficando um pouco tensa e séria.

– Sim. Muita coisa, aliás – falou simplesmente.

Engoli minha ansiedade, temerosa sobre o que meu amigo e ex-protetor teria contado a ele. Quando percebi que Calion não revelaria mais nada, fiz outra pergunta que estava me incomodando muito:

– O que seria eu renegar você?

– Algo que espero que nunca faça – respondeu ainda mais tenso. – E espero nunca decepcioná-la o bastante para isso.

– Você não vai – garanti. – Só estou curiosa.

– Vou contar o que significa então...

– Não precisa – interrompi. – Você nunca fará nada para que eu queira renegá-lo, tenho certeza.

Calion sorriu, mas a tensão ainda não tinha abandonado completamente os seus ombros.

– Me prometeria isso? – perguntou inseguro.

– Prometo que nunca renegarei você – anunciei, revirando os olhos, divertida ao vê-lo relaxar depois disso.

(Capítulo 07)

No dia seguinte, percebi que todos os elfos estavam um pouco tensos e os rumores de que uma guerra estava a caminho eram evidentes. A área de treinamento estava mais cheia e todos se esforçavam para melhorar suas habilidades. Segui o mais rápido que pude ao encontro de Tyne.

– Arien! – Tyne me abraçou à sua maneira, envolvendo-me em seus braços pequenos. – Senti sua falta, você nem me avisou que não viria ontem!

– Desculpa, eu… tive um imprevisto. Foi tudo muito rápido, não tive tempo de dizer que não poderia vir.

– Tudo bem. Estou tão ansiosa para treinarmos! Acho que descobri qual era o problema, o porquê de seu poder de defesa não se manifestar!

Respirei profundamente, até perceber que minha amiga me encarava com os olhos grandes e brilhantes, cheios de expectativa. Forcei um sorriso e tentei me empolgar:

– Isso é ótimo! Qual era o problema?

– Acho que… bom, eu não estava desejando machucar você de verdade quando tentei.

Ah, não!

– Certo… E o que vamos fazer agora?

Eu não deveria ter perguntado, e não deveria ter saído da cama naquela manhã. Calion me pediu para que ficássemos mais, que não treinássemos naquele dia, mas argumentei que, se uma guerra estava a caminho, eu queria estar preparada ou, pelo menos, o mais preparada possível.

Depois de algumas horas esquentando meus ouvidos com ofensas, insinuações e todas aquelas coisas das quais me envergonhava, incluindo falar sobre minha irmã – um assunto proibido –, Tyne disse que agora se concentraria na "parte física" da coisa. Esse era o momento em que eu seria ferida por alguém para ver se o tal poder finalmente se manifestaria.

Quando vi Lauriel se aproximar, tudo se tornou muito pior. Uma coisa era algum desconhecido me ferir para tentar descobrir qual era o maldito poder de defesa que eu – supostamente – tinha, outra, bem diferente, era apanhar de alguém que me conhecia *e me detestava*.

– Lauriel, faça o que combinamos – Tyne pediu enquanto a elfa dava um sorrisinho e acenava com a cabeça. Ela provavelmente estava se divertindo muito com aquela situação.

Se eu pensava que não poderia haver mais humilhação do que aquilo, estava muito enganada.

Assisti, abismada, à Lauriel pegar alguma coisa no chão, voltar à sua postura original e jogar aquilo em mim. Não doeu, mas tentei me proteger com os braços pela surpresa. Arfei de indignação ao ser atingida e olhei para o que ela tinha arremessado. O fato de ser apenas uma pedrinha, nada que fosse me ferir de verdade, tornava sua atitude ainda mais audaciosa. Um absurdo!

Meu alívio não durou muito. As pedras foram aumentando de tamanho e Lauriel jogava-as com mais força, atingindo-me nos braços, nas pernas, nas costas e na barriga. Eu tentava me proteger de todas as formas com as mãos, mas não era suficiente. Senti a atenção dos elfos em mim, meus olhos arderam e meu rosto esquentou de vergonha.

Eu não precisava passar por essa situação. Era humilhante e minha treinadora não parecia preocupada com isso. Senti a raiva borbulhando dentro de mim, ardendo, queimando, enquanto encarava Lauriel. Tentei me controlar, afinal de contas, estávamos treinando, e não queria chamar ainda mais atenção.

Depois de várias pedras, Lauriel se dirigiu à Tyne, parecendo impaciente:

– Não está funcionando. Talvez eu deva feri-la de verdade! – Desembainhou a espada com raiva.

E foi nesse momento que houve um estalo em mim, como se alguma coisa tivesse sido estimulada o suficiente. Senti algo se mover abaixo dos meus pés com força, seguindo para Lauriel. Assisti fascinada e amedrontada as raízes emergirem, envolverem seus pés e, logo depois, seus punhos. Uma última raiz solitária subiu e envolveu seu pescoço. Eu não sabia o que estava acontecendo, como começou ou como terminar aquilo.

– Pelos deuses! – Ouvi Tyne arfar ao meu lado. – Descobrimos! Já pode parar agora, Arien.

Levei alguns segundos observando a cena, abismada. Minha energia estava completamente dispersa, num caos que absolutamente não conseguia controlar.

– Como? – perguntei desesperada. – Como eu paro?

– Não estou brincando, Arien. Pare! – ela repetiu.

– Eu não sei!

– Pare com isso, filha de Loki! – Lauriel gritou tanto quanto podia, a raiz se estreitava ainda mais em seu pescoço e a forçava a respirar ruidosamente. Agitando os braços e as pernas como estava, só parecia fazer com que outras raízes brotassem para prendê-la. – Quando eu me soltar, vou matá-la! – ameaçou. – Vou matar você, maldita!

– Eu. Não. Sei! – gritei ainda mais desesperada do que antes. A energia que fluía de mim ia direto para a elfa, mas eu não conseguia pará-la, não tinha absolutamente nenhum controle sobre ela.

– Arien! – Ouvi a voz familiar do meu Aías e parei de encarar Lauriel. Calion veio ao meu encontro, abrindo espaço entre alguns elfos que se aproximaram para assistir à confusão. – Você está bem?

Balancei a cabeça positivamente. Sua preocupação era comigo? Lauriel estava presa com raízes apertando cada vez mais seu pescoço, mas Calion estava preocupado comigo.

– Sim, eu acho.

– Não se preocupe, vai ficar tudo bem – falou, rodeando-me com os braços. – Lauriel, talvez você deva dizer que não vai matá-la, que não vai machucar a Arien de qualquer forma.

– Você… enlouqueceu? – ela perguntou fracamente com a voz entrecortada.

– Se esse é um poder de defesa, ela está se *defendendo*. Você precisa fazer com que ela sinta que não precisa se defender.

– Não. Vou. Machucá-la. Arien! – falou entre respirações, sua voz raivosa e o ódio no seu olhar provavam o contrário. A raiz em seu pescoço se estreitou ainda mais e o desespero a dominou por completo. – Juro que não vou, prometo que não irei machucá-la. Eu sinto muito, sinto muito mesmo. Pelos deuses, por Freya, eu imploro, Arien... Socorro, eu...

As raízes a liberaram, e ela caiu no chão sem forças. Havia marcas de onde as raízes estiveram segundos antes em seu corpo e Lauriel respirava com dificuldade. Depois de alguns minutos, levantou-se apontando o queixo para cima.

– Conseguiu o que queria, já descobriu qual é o seu maldito poder – Lauriel disse raivosa enquanto Calion estreitava mais os braços ao meu redor. – Não é *comigo* que você tem que se preocupar, leão.

– Você está bem, Lauriel? – perguntou Tyne aturdida, ainda encarando as raízes espalhadas pelo chão. – Eu sinto muito... Não esperava que fosse acontecer dessa maneira.

– Não poderia estar melhor – respondeu cínica. – Pelo que pude perceber, não deu certo antes porque não queria machucá-la realmente, apesar de estar jogando as pedras.

– Nos fale mais sobre essa sua teoria! – incentivou Tyne.

– Foi no momento em que tive uma real intenção de machucá-la que tudo mudou e o poder dela se manifestou. E quanto mais vontade de mat... machucá-la eu tinha, mais as raízes se prendiam ao meu redor. – Lauriel tocou o pescoço por um instante e se virou para mim. – Talvez esteja segura.

Franzi a testa para ela, sua declaração e seu tom incerto me deixaram confusa.

– Por que eu não estaria? – perguntei, mas sua resposta foi me medir com o olhar, apertar os lábios e dar de ombros.

Apesar de não querer admitir, me senti vingada quando vi Lauriel sofrer daquela forma e me observar com um pouco mais de respeito. Eu era capaz de machucá-la, afinal. O problema era que não queria sentir aquilo; meu poder se mostrou perigoso e até um pouco cruel. Não gostaria que ele se manifestasse nunca mais.

Apesar de um pouco assombrada, eu era capaz de ir sozinha para casa. No entanto, Calion insistiu que fosse para sua casa e me levou até lá, pedindo-me para esperar por ele porque ainda queria discutir um assunto importante com Nasvar.

Sua nova casa era extremamente diferente da anterior, parecia pacífica e confortável, como um lar de verdade. Notei que havia vários objetos estranhos espalhados pela casa, provavelmente lembranças de algum acontecimento em suas vidas. O embrulho que Calion e eu buscamos no outro vilarejo também estava ali, no parapeito da janela e ainda envolto no tecido.

Eu estava muito curiosa. Foi por aquele objeto que fomos até o antigo vilarejo do meu Aías e sofremos o ataque dos elfos negros. Meus olhos ainda estavam fixos analisando o embrulho que, pelo tamanho e largura, poderia ser uma arma. Não uma espada, porque não era tão longa, mas não uma faca porque não era tão pequena. Tive um sobressalto quando uma mão quente tocou meu ombro.

– Oh, querida, desculpe se a assustei. – A mãe de Calion sorriu para mim. – Sabe o que é isso?

– Não, Calion não me contou.

– E não quer saber do que se trata? – perguntou, avaliando-me curiosamente.

– Prefiro que ele mesmo me conte, senhora. – Não podia negar que não queria saber qual objeto era aquele, mas, se meu Aías não tinha me mostrado, provavelmente ainda não desejava que eu soubesse. Ou simplesmente achava que eu não precisasse saber.

– Certo. Você parece gostar do meu filho… Será que ele já contou sobre o pai dele? – perguntou direta, sem o constrangimento que imaginei que ela teria ao falar sobre esse assunto.

– Sim. Eu… sinto muito por tudo o que aconteceu.

– Não sinta – ela continuou tão depressa que não tive oportunidade de perguntar por que dissera aquilo. – Estou muito satisfeita que você e Calion estejam se acertando, mas não quero que meu filho sofra.

– Eu entendo. Foi muita imprudência sairmos quando a situação com os elfos negros está tão complicada.

– Não só em relação a isso, Arien. Calion teme o seu desprezo, espero que ele não se decepcione com você.

– Ele não irá, senhora – garanti timidamente. Eu tentava me convencer de que realmente não o decepcionaria, mas sabia que esse dia acabaria chegando.

Enquanto Caladiel murmurava um "bom, muito bom" naquele seu tom firme, meu Aías entrou na casa com Maggo no seu encalço.

– Esse anão me seguiu até aqui assim que me viu! – Calion anunciou a contragosto enquanto sua mãe encarava meu amigo.

– Caladiel, vim resolver aquele assunto com você. Acho muito injusto tudo o que…

– Aqui não é o lugar para discutirmos isso, Maggo – ela interrompeu friamente o anão.

– Não sabia que tinham tantos assuntos assim para discutir – Calion apontou, estreitando o olhar para meu amigo.

– Quero muito falar com você, Maggo – falei assim que tive chance.

Ele olhou para mim levantando uma de suas sobrancelhas grossas.

– Certamente, minha jovem, assim que puder, irei até sua casa. Agora tenho assuntos para tratar aqui.

– Vamos para a sua casa, Arien – Calion me chamou, já na porta.

– Não! Você fica, leão, o assunto é...

– Maggo, por favor! – Caladiel pediu nervosa.

Depois de muita discussão, Calion permaneceu em sua casa enquanto eu deveria ir para a minha. Entretanto, ao ver os olhares curiosos sobre mim pelo vilarejo, mudei de ideia e fui até o lago que tanto gostava.

Não tive oportunidade de perguntar a Calion o que achou do meu poder de defesa e, para falar a verdade, estava até com certo receio de fazê-lo. Agora, mais que antes, eu era uma aberração. Pensei, com desgosto, que isso tudo serviu ao menos para me vingar das provocações e maldades de Lauriel.

Fiquei extremamente assustada por perceber que não era capaz de controlar aquele poder estranho. Podia acabar até matando alguém sem querer, só porque meu poder de defesa considerou que a minha vida estava sendo ameaçada. Todos achariam que fiz de propósito, que tive a intenção de matar.

Estava com medo de logo me tornar uma assassina, e tive uma pequena prova do que Calion sentiu depois de matar aqueles dois elfos negros. A culpa, a confusão que domina por completo, é perturbadora. Se tivesse realmente matado Lauriel, não fazia ideia de qual seria minha punição.

As punições para nós, elfos da luz, eram consideradas brandas pelos elfos escuros. Apesar disso, ninguém queria ter o destino de ser merecedor de qualquer uma das punições reservadas àqueles que não são dignos de pertencerem aos *Ljósalfar.*

Tive um sobressalto quando Lauriel sentou-se ao meu lado à beira do lago. Fechei as mãos em punhos imediatamente, mais por hábito do que por qualquer outra razão. Ela parecia cansada, com o suor escorrendo em sua têmpora, provavelmente porque ainda treinara depois de ter "ajudado" a provocar minha defesa. Era realmente uma lutadora invejável.

– Pode curar isso? – perguntou, mostrando os punhos marcados pelas raízes. – Os curiosos que não viram o que aconteceu estão fazendo muitas perguntas.

– Claro – respondi baixinho e permiti que a energia fluísse de mim, desejando realmente curá-la por ter sido a culpada daquilo.

– Impressionante – ela murmurou depois de alguns segundos.

– Obrigada.

– Não agradeça, Arien, seria melhor se você não fosse assim – balbuciou rapidamente, emendando uma palavra na outra. – Eu nem deveria estar aqui, muito menos falando com você. Mas preciso tentar… – Ela suspirou. – Na realidade, não sei o que preciso fazer. Eu sinto muito – adicionou depois de não saber mais o que dizer.

– Qual é o problema?

Ela me encarou por tanto tempo que foi enervante. Eu queria desviar o olhar, levantar e ir para o mais longe possível dela ou que ela simplesmente sumisse dali.

– Só o que posso dizer é que você deve se cuidar – disse rapidamente e se levantou. – Obrigada pela cura. E não é prudente ficar aqui sozinha – acrescentou antes de partir, deixando-me ali, atônita.

Abracei os joelhos, sentindo-me ansiosa. Aquelas meias-palavras estavam me deixando cada vez mais confusa e nervosa a respeito de tudo. A única criatura para quem eu tinha certeza de que poderia desabafar era Eirien, a saudade cravada no meu peito parecia nunca cessar. O tempo podia até amenizar a dor da perda e conformar os corações revoltados, mas nunca apagaria as memórias daqueles que amaram verdadeiramente.

Voltei para casa assim que o sol se pôs. Ouvir murmúrios sobre si mesma não é a coisa mais agradável do mundo, então acelerei o passo para fugir dos olhares espantados e dos cochichos das criaturas do vilarejo. Eu imaginava que a notícia do que acontecera mais cedo já tivesse se espalhado, mas esperava que fossem mais discretos.

Agradeci fervorosamente por não encontrar meus pais no caminho para o quarto. Provavelmente, já sabiam do ocorrido, e eu não estava disposta a comentar nada a respeito. Queria esquecer o que aconteceu.

Assim que abri a porta do quarto, um abraço caloroso me envolveu, mas não fiquei surpresa dessa vez.

– Você demorou.

– Aconteceu alguma coisa? Como foi a tal conversa com Maggo?

– Confusa – falou, analisando meu rosto. – Pensei que o anão quisesse discutir sobre você, mas não era isso.

– Sobre o que ele queria falar? – perguntei curiosa.

– Não entendi direito. Foi mais uma conversa entre minha mãe e Maggo, não sei por que ele quis que eu ficasse lá se não me contou nada relevante – respondeu, puxando-me para a cama.

Assenti com a cabeça lentamente.

– Calion. – Limpei a garganta, tomando coragem. – Sobre o que você viu hoje lá na área de treinamento com a Lauriel... – Fiz uma pausa, sem saber como continuar. Encontrar seus olhos brilhantes era perturbador agora. Não queria nem imaginar como me sentiria caso ele dissesse o que eu tanto temia.

Calion passou o braço ao redor da minha cintura e me puxou para perto.

– Nunca vi nada parecido antes, Arien. É um poder incrível!

Senti-me relaxar ao notar que ele não me achava uma aberração completa, poderia ser mais fácil do que imaginei então.

– Não é um poder incrível, posso acabar matando alguém sem querer. É medonho – exclamei.

– Discordo. Nada depende de você, pelo que pude perceber. Depende das intenções do outro: se ele quiser machucá-la, será machucado. É muito simples.

– Estou contente que não me repudie por isso. Muito aliviada, de verdade.

Uma risada reverberou em seu peito, tão cálida e sincera que me fez estremecer.

– Eu nunca vou repudiar você, isso é um absurdo, Arien – comentou ainda divertido com o meu medo. Passou o polegar pela minha bochecha até meu queixo carinhosamente, provocando uma trilha de fogo em meu rosto que parecia me marcar.

A situação no quarto mudou rapidamente, uma energia desconhecida se instalou entre nós. Assisti aos seus olhos dourados ficarem mais brilhantes e escuros enquanto parecia gravar meu rosto de todas as formas possíveis. Ofeguei baixinho ao me dar conta do quanto nossos rostos estavam próximos, perigosamente próximos.

– Eu... é melhor irmos dormir – falei rapidamente, tentando dissipar a nuvem de desejo que nublou meus pensamentos.

– Não vai conseguir fugir disso para sempre, Arien – retorquiu com a voz rouca, fazendo-me suspirar.

Não seria possível eu ser tão óbvia e ele, tão convencido.

– Fugir de quê? Não estou fugindo de nada, estou... com sono – disse, virando-me para o outro lado.

– Você sabe do quê – proferiu antes de dar um beijo casto no meu ombro. – Durma, Arien.

Calion se transformou em leão, deixando-me mais à vontade. Logo me acalmei com sua respiração profunda e constante ao meu lado. Adormeci, perdida em tantos pensamentos que mal conseguia contá-los.

Eu não deveria ter saído da cama, pensei novamente. Assim que acordei e pus os pés para fora do quarto, meus pais me prenderam em casa até eu responder todas as suas perguntas sobre o que aconteceu com Lauriel no dia anterior. Não disseram que eu era uma aberração, é claro, mas ficaram muito assustados.

Tyne também estava um pouco cautelosa e imaginei se alguém ainda me trataria normalmente depois daquilo. A única exceção era Calion, que não mudou de forma alguma comigo e até parecia achar meu novo poder "incrível".

– Você... quer treinar sua defesa hoje, Arien? – Tyne perguntou, hesitante, assim que cheguei à área de treinamento.

– Não acho uma boa ideia. Meus pais estão muito... surpresos. Acham melhor eu não treinar isso por um tempo.

E como treinaria se não controlo tal poder? É perigoso demais.

Ela concordou com a cabeça várias vezes antes de prosseguir:

– Precisamos pesquisar sobre o seu poder do Akasha.

– Não é o de curar? – perguntei impaciente, não querendo descobrir mais nada àquela altura.

– Bom, sim... Mas andei pesquisando, e pode haver outra coisa! – argumentou com um grande sorriso de empolgação.

– Não sei se devemos, Tyne. Por que não continuamos só com a cura de sempre? – sugeri.

– Porque você deve explorar todo seu potencial, querida. Não aceito de você nada além do máximo que pode conseguir!

Suspirei, sabendo que ela era exatamente daquele jeito. Nunca desistiria de mim, nunca aceitaria menos do que achava que eu era capaz.

– Certo – aceitei a contragosto. – Que outro poder seria esse?

Depois de falar sem parar, e sem dar nenhuma oportunidade de me posicionar, Tyne tentou resumir tudo em *apenas* duas horas. Explicou-me novamente sobre o Akasha, não que fosse necessário, mas para "contextualizar". A paixão dela por falar era emocionante, mas também irritante.

Quando Tyne finalmente chegou ao ponto central de qual seria esse meu outro poder, além da cura, tudo ficou muito pior. Infelizmente, precisei pedir que repetisse várias vezes, porque não estava entendendo muito bem.

– Não me importo de explicar de novo, querida! – repetiu pela terceira vez. – Acredito que o seu poder seja algo além da cura. O Akasha é o elemento que corresponde ao espírito e só depende pura e unicamente de energia!

– E o meu poder é...? – incentivei. – Resume isso aí, Tyne!

– Arien! – reclamou. – Não é óbvio? O Akasha corresponde ao espírito, à força dos deuses! – Ela olhou para mim de novo, para ver se ficara "óbvio". Ainda não estava. – Renascer, Arien.

– Eu tenho o poder... de renascer? – Tentei.

Ela grunhiu, frustrada. Errei.

– De devolver a vida aos outros, Arien – falou impaciente.

Eu não queria rir, mas não consegui segurar a gargalhada que escapou. Quanto mais Tyne me reprovava com o olhar, mais eu ria. Ela esperou impaciente, com os braços cruzados, até me acalmar.

– Desculpa, mas isso é ridículo.

– Não é, não! Faz todo sentido e há registros de que já houve alguém com esse poder ao ter o Akasha como elemento – explicou muito séria.

– E como funcionaria? – perguntei. Não que tivesse acreditado, porque não acreditei. Mas a mágoa em sua voz me impediu de falar: "Não quero ouvir nem mais uma maldita palavra sobre isso".

– Só precisamos matar algum animal para...

– Não! Você enlouqueceu? Agradeço pelo que sempre fez por mim, mas esse é o limite, Tyne. Nada de novos poderes esquisitos pelos quais preciso matar para treinar, nada disso – determinei sem a diversão de antes.

– Mas... Arien, pense bem: você pode ter uma capacidade extraordinária nas mãos! Imagine o que é capaz de fazer!

Balancei a cabeça enfaticamente. Eu não conseguia acreditar que possuía tal poder, muito menos que Tyne seria capaz de matar o que quer que fosse só para me treinar, porque eu com certeza não seria.

– Tyne, vamos treinar normalmente ou me dispense. Não quero nem saber desse assunto!

– Certo – concordou com desagrado, franzindo os lábios. – Se é treinar o que você quer...

Treinamos por horas. Tyne parecia querer se vingar da recusa, esgotando completamente minha energia, o que ela fez muito bem. Percorremos a área de treinamento curando tudo o que ela apontava, sempre fazendo questão de dificultar para mim. Curar a distância, de olhos fechados, incluindo sem saber o que deveria curar, apenas disseminando o poder em todas as direções até atingir o que ela queria.

Eu estava esgotada e contente ao mesmo tempo, pelo menos já sabia controlar o meu poder de cura. E não houve nenhum episódio em que "roubei" a energia de nada dessa vez, como acontecera com a árvore que tentei curar.

Quando Tyne achou que era suficiente, ou porque percebeu que eu já não aguentava mais, dispensou-me do treinamento. O pôr do sol fazia seu caminho entre a copa das árvores quando fui procurar Calion onde costumava treinar com Nasvar. Era um pouco afastado, mas sempre suspeitei que Nasvar não gostasse de qualquer plateia curiosa por ser bastante reservado.

Eu queria compartilhar com meu Aías o que Tyne dissera sobre meu suposto novo poder, ainda mais estranho que os outros. Por que eu não podia só ter nascido com um poder elemental normal? Eu adoraria ter o poder do fogo ou qualquer outro, desde que não fosse justamente o Akasha.

Meus pés aceleraram assim que avistei Calion. Tarde demais, notei que ele não estava sozinho. Parecia se esconder atrás de uma árvore. Gelei quando vi a elfa de cabelo negro resplandecente se inclinar para ele, segurando seus ombros e quase tocando os lábios em sua orelha.

Arfei sem conseguir me conter. A cena parecia cravada na minha mente, a dor que consumiu meu peito foi alarmante. Eu não deveria me sentir assim, mas também não precisava nem queria ver esse tipo de coisa. E logo com ela? Por que com Lauriel? Pisquei para afastar as lágrimas dos meus olhos estranhamente úmidos.

Não sei se fiz algum ruído, já que tudo estava bastante nublado na minha mente àquela altura, mas, em um segundo, Calion levantou a cabeça e me encontrou. Fechei as mãos em punhos e me virei, não queria atrapalhar mais seus assuntos. Fui para casa o mais rápido que consegui, quase correndo pelo vilarejo.

Passei por algumas vielas para pegar um atalho e fugir de Calion. Tudo o que não queria agora era olhar para a cara dele. E, mesmo que soubesse que não deveria me sentir dessa forma, não conseguia evitar.

– Arien! – Alguém me chamou enquanto passava rapidamente por um dos becos.

– Agora não – falei irritada para quem quer que fosse.

Segui para casa ainda mais rápido. Só queria ficar lá, quieta, pelo tempo que pudesse.

– Arien, você está bem? – perguntou novamente aquela voz irritante assim que cheguei perto de casa.

Virei-me furiosa para encarar quem insistia e dei um suspiro desanimado.

– Oi, Rauthar. Estou bem.

– Não parece. Vamos entrar, você está muito pálida.

– Eu já disse que estou bem, pode ir.

– Precisamos conversar, Arien.

– Agora realmente não é o melhor momento para isso!

– Venha, você está nervosa – disse e me puxou pelo braço em direção à minha casa.

Eu estava pronta para protestar, mas não queria chamar atenção desnecessária, então deixei que me conduzisse.

– Obrigada – falei assim que chegamos e me movi para interromper seu aperto. Por um segundo, pensei que ele não fosse me soltar, mas logo depois suas mãos me liberaram.

– Preciso mesmo falar com você. Será que não posso entrar um minutinho sequer?

Suspirei, sua insistência era impressionante.

– Certo.

Fiquei ansiosa assim que entrei e Rauthar fechou a porta atrás de si. Eu deveria ter conversado com ele lá fora. Sua aproximação era perturbadora, por mais que eu tentasse me convencer de que estava imaginando tudo aquilo só por não gostar de Lauriel.

– Até que enfim terei um tempo com você – disse, sorrindo e se aproximando.

Dei dois passos para trás, não gostava de como tentava invadir meu espaço pessoal.

– O que tem para falar comigo? – perguntei com pressa para que ele fosse embora.

– Está ansiosa, minha linda?

Minha linda? Não tinha ideia de onde Rauthar tirara aquilo, mas não estava gostando. Franzi o cenho e cruzei os braços.

– Não me chame assim. E, se não tem nada para falar, por favor, vá embora.

– Você não vai me tratar assim, Arien, eu não aceito – sentenciou, aproximando-se mais enquanto eu me afastava. Bati as costas na parede, foi uma péssima escolha de posição.

– Realmente, eu… hum… tenho mais o que fazer. Então, se puder adiantar o assunto – argumentei, procurando por algum sinal de que meus pais estivessem em casa. Mas, se estivessem, já teriam aparecido.

Rauthar se aproximou mais, deixando-me contra a parede. O brilho em seus olhos me alertou de que eu deveria gritar ou correr, ou os dois. Em poucos segundos, o desconforto que sentia na presença dele se transformou em um medo estranho.

– Não tem ninguém em casa, Arien – falou calmamente, como se soubesse o que pensava. Provavelmente notou o modo como eu girava a cabeça, procurando alguém ou uma rota de fuga. – Já quero ter essa conversa com você há muito tempo.

Sua mão tocou meu rosto e segurou meu queixo, forçando-me a fitar seus olhos. Minha respiração ficou presa na garganta, não queria que ele me tocasse daquele jeito ou de qualquer outro. Tentei afastar seus dedos do meu rosto, mas ele prendeu meu punho rapidamente com a outra mão.

– Não vou machucá-la, Arien. Eu deveria, mas não vou. Não ainda – proferiu, deixando-me confusa. – Não me olhe assim.

Não ainda? Então, ele pretendia me machucar de alguma maneira. Senti que minhas mãos tremiam um pouco. Obedeci, abaixando o rosto rapidamente, pois não queria deixá-lo mais irritado. Eu precisava me livrar dele!

– Você é muito linda, Arien, sabia disso? – sussurrou, aproximando o rosto do meu. Desviei agilmente já sabendo qual era a sua intenção. Uma náusea passou por mim quando ele correu o nariz pela minha pele. – Estou muito feliz por ter sido sua irmã quem morreu e não você.

Já chega! Ninguém fala da minha irmã dessa maneira sem uma resposta. Empurrei o peito de Rauthar com a mão livre o máximo que pude, não tive muito sucesso, mas estava me esforçando para mantê-lo longe.

– Não estou interessada, saia da minha casa! – vociferei com a maior coragem que pude reunir.

– *Você* não me diz o que fazer – falou num tom frio o bastante para me amedrontar. – Seja boazinha, não quero machucar você.

– Vá embora! – gritei, a raiva fazia meu sangue ferver.

– Fique quieta! – sibilou furioso, apertando meu punho cada vez mais.

Estava machucando muito! Olhei-o desesperada, mas ele não diminuiu seu aperto.

– Eu não queria, mas isso é o que você merece! Isso é culpa sua!

Ouvi suas palavras, eu estava completamente incrédula, minha mente ficou turva e urrei de dor ao som do meu punho sendo quebrado! Sua mão feria minha boca, apertando-a para abafar meus gritos. A agonia era sufocante, meu punho queimava e reagi cegamente, empurrando, chutando, fazendo de tudo para me livrar daquela dor.

– Sinto muito, minha linda. – Pude escutá-lo, já afastado de mim, quando parei de gritar. Ainda atordoada, encarei-o enquanto segurava o meu punho ferido, que já estava se curando por causa do meu poder, sem nenhum esforço de minha parte para isso. – Não conte sobre nossa conversa a ninguém, acho que não preciso explicar o porquê. Vejo você depois.

Rauthar saiu sem dizer mais nada ou olhar para trás, como se não tivesse acabado de me agredir. Depois de alguns minutos, notei que estava no chão, encolhida contra a parede, segurando o punho, apesar de não estar mais quebrado. Não havia nenhuma marca que pudesse provar o que aconteceu, como eu contaria a alguém?

Não entendi por que Rauthar estava fazendo aquilo comigo, nós nunca tivemos nenhuma briga. Muito pelo contrário, ele sempre tentava controlar Lauriel quando me insultava. E agora ele parecia alguém que eu não conhecia, frio e cruel, capaz de machucar e de impor sua vontade sem remorso.

Quais seriam seus motivos para agir assim? Ele só podia estar louco, já que nunca o ofendi de qualquer maneira que fosse. Abracei a mim mesma, deixando as lágrimas quentes rolarem pelo meu rosto. Não conseguia segurá-las. A sensação de abandono me dominou e nunca quis tanto alguém para me ouvir naquele momento.

(CAPÍTULO 08)

Eu tinha acabado de comer quando Maggo chegou a minha casa. Fingi o máximo que pude não ter acontecido nada, apesar de ele perguntar duas vezes.

– ... Então, Durgi quis cobrar tantas moedas pelo martelo que desisti! Dá para acreditar, Arien? Meu próprio irmão me cobrando fortunas por uma arma tão simples? É inaceitável! – disse indignado, cruzando os braços sobre a barriga inchada.

– Pensei que se desse bem com Durgi. Seu problema não era com o Gasdak?

– Sim, sim, as peles que ele vende são as melhores de Nidavellir. E as mais caras também! – reclamou.

Assenti lentamente com a cabeça, sorrindo um pouco. Ouvir as histórias sobre os irmãos de Maggo sempre me divertia, mas naquele dia nada do que dizia era capaz de me distrair.

– Você está bem mesmo? – Maggo perguntou novamente.

– Sim – respondi rapidamente. – Me faria um grande favor, Maggo?

– É claro que sim, não precisa pedir duas vezes.

– Eu sei que você... bem, você não tem mais nenhum compromisso que o prenda aqui em Alfheim. Mas gostaria de pedir que ficasse um pouco mais, por favor.

– Não se preocupe, Arien, nem precisava pedir. – Ele me avaliou semicerrando as pálpebras. – Sei que está acontecendo alguma coisa. Não vou embora até ter certeza de que você ficará bem. E ainda preciso saber se o leão é digno de você.

– Obrigada. Se puder ficar... um pouco por perto, seria bom também – pedi.

Maggo crispou os lábios muito desconfiado, mas sabia que eu não diria nada. Meus pais entraram em casa ruidosamente, conversando e rindo. Quase parecia que retomávamos a rotina anterior à entrada de Calion em minha vida, quando nos reuníamos e conversávamos por horas.

– Amanhã preciso falar com você, Arien – meu pai avisou quando eu estava indo para o quarto. – É importante.

Concordei apaticamente, sem pedir maiores explicações, e segui meu caminho.

Estranhamente, não me sentia agitada. Mas, apesar de estar cansada, não consegui dormir rapidamente. As horas se arrastavam enquanto tentava bolar uma estratégia para fugir de Rauthar, porque com toda certeza não o deixaria tocar em mim novamente.

Três batidas à porta do meu quarto me sobressaltaram, agarrei-me ao travesseiro e levantei cambaleando. Disse a mim mesma que Rauthar não viria sabendo que meus pais estavam ali, muito menos bateria à porta. Mesmo assim, não soltei o travesseiro. Seria mais cautelosa dessa vez. Levantei-o com uma mão enquanto abria a porta com a outra, pronta para atacar, correr e gritar.

– Arien? – A voz profunda de Calion ressoou, aliviando um pouco a tensão que se instalara no meu corpo. – O que está fazendo com esse travesseiro? – perguntou intrigado.

– Nada – respondi evasiva. – Como entrou aqui? O que você quer?

– A porta estava destrancada, como sempre – respondeu confuso. – Preciso falar com você, Arien. O que viu na área de treinamento foi só...

– Eu não quero saber, Calion. Isso não é assunto meu, e você é livre para fazer o que quiser. Não estou com raiva.

– Não está? – perguntou com um misto de emoções cruzando seu belo rosto. Alívio e algo mais que nem quis identificar; era melhor não saber.

– Não.

Ele balançou a cabeça uma vez e passou por mim, entrando no quarto. Logo o segui para impedi-lo de se instalar na minha cama.

– Você não pode dormir aqui, Calion!

– Por que não? – questionou, franzindo o cenho.

– Porque não! Você tem casa, vá dormir lá. Ou na casa de quem quiser, mas aqui, não!

Calion me observou divertido e um lento sorriso se espalhou pelos seus lábios. *Ótimo*, tornei-me motivo de piada agora.

– Parece que você se importa mais do que diz. Isso tudo é por causa da Lauriel?

Balancei a cabeça, negando enfaticamente, não confiando na minha própria voz para isso, já que era por causa dela, sim. Depois de tudo o que acontecera no dia, a minha energia para discutir qualquer coisa estava esgotada.

– Então não vai se opor que eu durma aqui – disse com um sorrisinho, deitando-se na minha cama depois de tirar o colete de couro e a camisa branca.

Deitei ao seu lado, furiosa e esmurrando o travesseiro algumas vezes sob a minha cabeça. Agora é que não dormiria mesmo, a tensão irradiava do meu corpo. Calion suspirou diversas vezes por ter que encarar minhas costas, imaginei.

– Arien, por favor... – ele começou e apertei as pálpebras, estava exausta com tudo aquilo. – Lauriel e eu estávamos apenas conversando.

– Conversando escondidos atrás de uma árvore, tão próximos quanto fosse possível? Deve ter sido uma conversa realmente *muito* agradável – disparei sem conseguir me conter. – E não importa, não é da minha conta, não quero saber.

– Ela disse que queria falar comigo onde ninguém visse. – Suspirou. – Será que pode olhar para mim?

– Não. O que ela queria?

– Falar sobre você.

Isso me fez virar para ele, confusa e curiosa. Calion sorriu triunfante.

– O quê?

– Não sei. Assim que fomos para trás daquela árvore, você apareceu. E depois fugiu.

– E o que falaram depois que eu saí? – Ignorei sua acusação sobre minha fuga.

– Nada. Eu tentei alcançar você, mas a perdi de vista. Vim para sua casa, mas não estava aqui. Fui para o lago, mas também não estava lá. Vasculhei o vilarejo inteiro até ver Maggo entrando aqui. Então, imaginei que você já tivesse chegado e estivesse segura.

Engoli em seco, não podia estar menos segura.

A explicação de Calion acalmou meu coração nervoso pelo menos, apaziguando os sentimentos caóticos que haviam se instalado em mim. Isso não podia estar acontecendo, não deveria sentir nada pelo meu Aías além de amizade e companheirismo.

– O que está acontecendo, Arien? Você me recebeu hoje de uma maneira tão estranha, e estava muito pálida...

– Não está...

– Antes de mentir para mim, só diga que não vai me contar agora.

– Não vou contar agora – afirmei, suspirando.

– Certo. Só quero que saiba que estarei aqui quando precisar. Pode me contar qualquer coisa – falou, cravando os dedos na minha cintura e me puxando para perto com facilidade.

Suspirei, comovida. Calion teve seus motivos para achar que era melhor ficar longe de mim. O problema era que, rápido demais, ele se tornou uma parte importante da minha vida, senão fundamental.

– Obrigada – expressei com sinceridade.

– Odeio ver você assim, Arien, tão ansiosa... – disse, plantando um beijo cálido na minha testa. Aquele gesto tão casto, tão sincero, deixou meus olhos úmidos e suspirei, encostando a cabeça no seu peito rijo.

Calion não perguntou novamente o que estava acontecendo, não me pressionou em nenhum momento. Apenas me segurou nos braços e me embalou enquanto me confortava com sua presença, com seu carinho. Ali, sentia-me completamente segura e era onde desejava ficar, pelo menos, para sempre.

No dia seguinte, fiquei com Calion o máximo que pude. Sua presença me acalmava e animava ao mesmo tempo, e isso também manteria Rauthar longe. Meu Aías não se importou, muito pelo contrário. Conversamos sobre como eram nossas vidas antes de nos encontrarmos e termos a ligação. Percebi que ele realmente sentia muito a falta do pai e seu ressentimento por Nerwen só parecia aumentar a cada dia.

– Ele tem habilidade com adagas. Gostaria que você o conhecesse. Lembro de pouca coisa, mas sei que foi um grande guerreiro – falou orgulhoso.

– Tenho certeza de que ele sentiria orgulho de você.

– Acho que sim – concordou com um sorriso, que sumiu logo depois. – Sinto saudade dele.

Estávamos sentados sob uma árvore à beira do lago, a chuva fina que caía já estava cessando e dava lugar à Ponte. Suspirei, observando maravilhada as cores tão bem delimitadas como se manejadas até a perfeição, pintadas pelos próprios deuses.

– Olha, Arien, a Ponte! – Ele apontou. – O povo de Midgard a chama de "arco-íris".

– Você conhece o povo de Midgard?

– Não, mas meu pai me falou tudo sobre eles. São criaturas estranhas... Acreditam que no final do arco-íris tem riqueza.

– E não tem?

– Não esse tipo de riqueza. Eles acreditam que haja moedas ou algo assim – falou, franzindo o cenho. – Não sabem que é a passagem para Asgard.

– Você acredita mesmo que a Ponte seja a passagem para a cidade dourada?

– Sim. Enquanto não houver outra explicação, acredito ser a passagem que os deuses usam para sair de Asgard e ir para os outros mundos.

Pensei muito sobre aquilo. Caso a Ponte servisse não apenas para os deuses, com certeza, tentaria usá-la para buscar Eirien, nem que tivesse de ir para Helheim para isso. No entanto, sentia que minha irmã não estava lá, ela não pertencia ao lugar daqueles que morrem sem glória. Apesar da maneira como partiu, Eirien era honrada e nunca iria para Helheim. Para mim, ela estava em Niflheim, e sua presença me garantia que o Mundo dos Mortos não poderia ser tão ruim. Calion queria tanto seu pai de volta quanto eu queria a minha irmã. Mas, para ele, não era impossível.

– Está me ouvindo, Arien? – Calion chamou, tirando-me do devaneio.

– Desculpe, o que disse?

– Me acompanharia no Festival da Colheita?

– Claro – respondi, sorrindo. O Festival da Colheita era quase tão incrível quanto o Festival dos Encontros. Não tinha a mesma emoção, mas envolvia música, dança, muita comida e bebida. – Eu nem lembrava que estava tão próximo!

– E amanhã temos a comemoração do nascimento. Nossos pais vão se reunir em minha casa, já está tudo resolvido – falou, pousando um beijo rápido nas costas da minha mão.

Senti meu rosto esquentar sob seu olhar e, antes que ele pudesse fazer qualquer coisa, uma voz alta e irritada ressoou no ambiente calmo:

– Arien! Não acredito que está aqui se escondendo do treinamento! – Tyne falou indignada, colocando as mãos pequenas na cintura estreita.

– Não estou me escondendo, ainda não está na hora!

– Você está certa! Já *passou* da hora, venha!

– Desculpe por isso – disse, virando-me para Calion, que parecia frustrado por Tyne ter nos encontrado. – Nos vemos mais tarde. – Plantei um beijo rápido na sua bochecha antes de levantar e ir ao encontro de Tyne, que já estava gritando por mim novamente.

– Logo hoje que trouxe alguém para conversar com você, resolve sumir?! – resmungou pelo caminho.

– Desculpe, Tyne. – Suspirei.

Por que era tão difícil entender que só queria ficar livre de tudo aquilo por um tempo? Treinávamos todos os dias! Com exceção daqueles de cerimônias e festivais, não havia descanso. E agora que os elfos negros resolveram invadir nossas terras, só piorou tudo: os elfos ficavam na área de treinamento até sua quase completa exaustão, nunca satisfeitos com seus desempenhos.

Assim que chegamos, avistei uma fada tão adorável quanto Tyne, porém marcada pelo sofrimento. Fadas são criaturas extremamente emocionais, que gostam de espalhar alegria por onde passam, amantes da natureza e de tudo que é puro. Entretanto, quando uma fada guardava mágoa, ela ficava amarga como fel.

O rosto daquela fada com asas verdes era o mais perfeito retrato da tristeza. Seu olhar cravado no meu informou-me de que, não importava quanto tempo passasse, nunca se recuperaria e nunca me deixaria esquecer o que aconteceu. Meu coração acelerou à medida que me aproximava, seus olhos aflitos encontraram os meus e logo se encheram de lágrimas.

– Nos deixe sozinhas, Tyne – pediu gentilmente com a voz fraca, fazendo-a parecer ainda mais frágil.

Suprimi um suspiro. Só olhar para o seu rosto fazia-me lembrar de tudo o que me esforçava para esquecer todos os dias.

– Arien – cumprimentou-me com um aceno de cabeça. – Lembra-se de mim?

– É claro que sim, Nalla. Como você está?

– Como você está vendo – respondeu simplesmente.

Eu sabia que ela não fazia aquilo por mal, mas, ainda assim, era desconcertante.

Depois de alguns minutos de silêncio sob sua fria observação, resolvi perguntar o que queria, para sair logo dali.

– Queria falar comigo?

– Soube que aprendeu a curar direito – apontou, e eu concordei com a cabeça. – Isso é muito bom. Pena que não foi mais cedo.

Deixei escapar um arquejo ferido, senti meus olhos úmidos e amaldiçoei Tyne por me forçar a conversar com aquela fada novamente. A dor dela não era maior que a minha, mas parecia se esforçar para me deixar pior o quanto pudesse.

– O que você quer, Nalla? – perguntei sem rodeios, segurando as lágrimas.

– Quero fazer você enxergar, Arien. Sempre foi tão desatenta a respeito de tudo, da sua vida e da dos outros... Você é poderosa, Arien. Não pense que eu gostaria que fosse, mas é!

Mordi o lábio tentando não me magoar, tentando não me deixar abater por nada do que ela estava dizendo.

– O poder que tanto despreza é importante para os outros. Acho que não aprendeu a lição... Não bastou matar Rianel e sua irmã? Quem mais vai precisar morrer para você enxergar o que está na sua frente?

– Eu não matei ninguém – sussurrei enquanto desistia de segurar as lágrimas. Era impossível. O ressentimento e a dor gotejavam de cada palavra dita. Eu ainda era a culpada para ela, e nunca deixaria de ser. – Eu não os matei, você sabe disso.

– Você os deixou morrer! – acusou.

– Pare. Chega, já chega, por favor! O que você quer?

– Quero Rianel de volta, Arien – sussurrou. – Mas sei que disso você não é capaz. No entanto, sei que pode fazer mais do que fez no passado, mas se recusa! Nunca honrará sua irmã desse jeito.

Chega! Eu não aguentava mais aquela fada maldita cuspindo tudo o que quisesse na minha cara como se eu não sentisse nada sobre aquilo, como se para mim fosse fácil esquecer o que aconteceu. Virei-me e andei de volta para casa, não parando nem quando seus chamados ficaram mais fortes do que aquela voz de vítima que ela costumava usar.

Nalla e Rianel eram amigos desde que ele nascera. Para onde ele fosse, ela o acompanhava como uma sombra. Quando minha irmã morreu e Rianel foi arrastado para o outro mundo por ser seu Aías, Nalla se fechou em torno de si mesma conservando a mágoa e o rancor.

Eu não podia acreditar que Tyne fizera aquilo. Tirar Nalla da floresta na qual se escondia só para tentar me convencer a treinar aquele poder ridículo, que eu nem sabia se realmente tinha, foi um absurdo. Tyne estava passando dos limites, magoava-me para conseguir o que queria, mesmo sabendo que eu não aguentava esse tipo de situação.

As lágrimas escorrendo pelo meu rosto chamaram atenção enquanto fazia meu caminho de volta para casa. Minha vista estava tão desfocada que não percebi alguém se aproximando, até ouvir a maldita voz:

– Arien! – Rauthar chamou, fazendo-me congelar no lugar. As emoções se embolavam dentro de mim e minha mente parecia um emaranhado de linhas que se partiam cada vez mais. – Por que está chorando?

Eu não conseguia falar, muito menos me mover enquanto ele ainda estava com os olhos grudados nos meus. Só continuei encarando Rauthar, desejando que sumisse da minha frente e da minha vida de uma vez por todas.

– Responda, minha linda. Eu sou o único que pode fazer você chorar – falou friamente.

Ele era, definitivamente, louco. Pelo menos parei de soluçar e lamentar, a tristeza dando lugar à fúria.

– Arien. – Ouvi a voz profunda e preocupada de Calion antes de me virar. – Você está bem? Não ia treinar? – perguntou assim que me alcançou, envolvendo-me em seus braços.

Senti meu corpo relaxar enquanto ele me tocava, levando embora parte das minhas aflições e dos meus problemas. Calion alcançou meu rosto e o levantou, forçando-me a encontrar seu olhar.

– O que aconteceu? – perguntou, correndo os polegares pelas lágrimas que ainda estavam no meu rosto.

– Encontrei alguém que não gostaria – respondi e, com o cenho franzido, Calion rapidamente grunhiu para Rauthar.

– O que foi, leão?

– O que ainda está fazendo aqui? Suma! – meu Aías ordenou enquanto me apertava contra seu peito.

– Acho que ela prefere vir comigo – falou presunçoso. – Não é, minha linda?

Encolhi-me mais contra Calion. Eu não iria com aquele louco para lugar nenhum! Apenas seu olhar já era capaz de me fazer fugir para outro mundo, se fosse possível. Meu Aías estreitou os braços ao meu redor.

– Aí está a sua resposta – expressou num tom duro. – Agora suma antes que eu arranque seus olhos.

Não ousei encarar Rauthar, estava com medo demais para fazer isso. Eu teria que redobrar meus esforços para não o encontrar pelo vilarejo, o que era muito difícil, considerando que ele sabia tudo sobre mim, e minha rotina era inflexível de muitas formas.

Calion e eu seguimos para a casa dele. Senti-me mais que aliviada por isso, assim Rauthar não me faria uma visita para "conversarmos" como da última vez em que esteve em minha casa.

Quando Calion me levou para o quarto dele e apenas nos deitamos em silêncio, dei-me conta de que não podia mais esconder o meu segredo. Ele já havia me contado sobre o seu pai, mas não depositei a mesma confiança nele.

Isso mudaria naquele dia, ele merecia saber. Umedeci meus lábios secos e toquei seu braço o mais levemente que pude, não querendo perturbá-lo. Seus olhos estavam fechados e ele parecia cansado. Talvez eu devesse esperar, afinal. Antes que pudesse me virar, contudo, Calion pegou minha mão e abriu os olhos lentamente.

– Oi – sussurrei.

– Oi – respondeu com a voz rouca, sorrindo.

Perdi a coragem por um momento. Depois de contar tudo o que precisava, talvez ele nunca mais me olhasse daquele jeito; talvez nunca sorrisse novamente para mim. Tomei uma respiração profunda para me preparar. Calion me puxou pela cintura para ficarmos mais próximos. Baixei meu rosto rapidamente, não conseguiria falar nada o encarando, pois a vergonha e a culpa me consumiam.

Depois de alguns minutos em silêncio, engolindo em seco e já perturbada pelas lembranças, comecei a contar:

– Eu tinha uma irmã mais velha. O nome dela era Eirien – sussurrei, sem saber como continuar. – Ela… hum… cuidava de mim, éramos inseparáveis. Ela usava arco e flecha como minha mãe, era uma das melhores arqueiras do vilarejo. Sua bondade era incomparável e parecia sempre estar pronta para qualquer missão, fazia parte do grupo de buscas. Seu Aías era o Rianel… – Respirei profundamente, era difícil falar sobre aquilo. Eirien era a minha irmã amada, alguém que eu faria qualquer coisa para ter de volta. – Ela era perfeita, eu queria tanto ser como ela, sempre quis… Certo dia, estávamos um pouco afastadas do vilarejo, ela procurava por ervas medicinais para tratar um animal doente. Ela disse que eu não precisava ir, pois voltaria logo… – Suspirei, piscando para afastar as lágrimas e as lembranças. – Mas insisti, porque queria estar com ela. Claro que ela deixou que eu fosse. Então, quando eu estava distraída, Eirien gritou.

Encolhi-me, seu grito apavorado ainda estava vívido na minha lembrança como uma cicatriz que nunca desaparece.

– Levantei a cabeça e a vi correndo para mim… Não sabia o que estava acontecendo. De repente, ela se jogou contra mim e nós caímos. Ouvi alguém fugindo, mas não vi quem era. Ela estava em cima de mim e não se mexia. Eu a empurrei um pouco, havia sangue em minhas mãos, no meu vestido… Havia tanto sangue em toda parte… Ela tinha sido atingida por uma flecha. Eu queria ajudá-la, mas não sabia o que fazer, não consegui fazer nada. Gritei por socorro e alguns elfos nos encontraram. Disseram que eu tinha que fazer… tinha que curar. E eu tentei! – falei, sentindo as lágrimas escorrendo vergonhosamente pelo meu rosto. – Eu tentei, mas foi inútil. Minha irmã morreu só depois de alguns minutos, ainda dizendo que tudo ficaria bem e tentando me acalmar. Seu sorriso foi a última expressão que vi em seu rosto.

Calion estava extremamente quieto, mas não me atrevi a encontrar seu olhar porque temia o que veria ali ou o que deixaria de ver. Remexi-me inquieta, tentando me afastar, mas seus dedos se cravaram mais em minha cintura.

– Eu sinto muito, Arien – falou com a voz rouca. Continuei evitando seu olhar. – Imagino que deva sentir muito a falta dela.

– Sim. Eu estou contando isso porque… você precisa saber, Calion. Não sou extraordinária, meus poderes não são magníficos. A minha irmã morreu e a culpa foi minha.

– Não foi sua culpa, Arien – discordou. – E sim, você é extraordinária.

Balancei a cabeça tristemente, eu sabia a verdade. Meus pais nunca disseram que a culpa foi minha, mas eles e eu sabíamos que poderia ter curado Eirien. Eu ainda não dominava o poder, mas devia ter tentado mais.

Calion levantou minha cabeça gentilmente, num convite silencioso para que o encarasse. Não havia nenhuma reprovação ou desprezo em seu olhar como imaginei que teria. Suspirei de alívio.

– Acha que sua irmã a consideraria culpada?

– Não – respondi com convicção. Eirien era boa demais para me acusar de qualquer coisa, ela nunca apontaria o dedo para mim, acusando-me de ter causado sua morte.

– Então, por que você acha que é a culpada?

– Porque é a verdade, foi o que aconteceu e…

– Não. O que aconteceu foi que alguém tentou matá-la e sua irmã a salvou. Serei eternamente grato a ela por isso – disse, afagando meu rosto com a ponta dos dedos. – Você tentou curá-la e não conseguiu; você *tentou*, Arien. Não é culpada de nada.

Sorri fracamente para ele. Eu deveria ter pensado que Calion não apontaria o dedo para mim como os outros.

– Me enganei sobre você. Pensei que, depois que soubesse, me desprezaria por eu ser fraca e ter poderes inúteis.

– Você não é nada disso – falou, beijando minha testa carinhosamente. – Desde que a vi na margem daquele lago, consigo sentir o poder vibrando e fluindo de você, o tempo todo e em minha direção – acrescentou, sorrindo.

– Verdade? Eu não sinto – confessei surpresa.

– Sim. Assim que a vi na floresta, pensei que fosse a própria Freya envolta em toda aquela luz, mas foi muito melhor quando tivemos a ligação e soube que era minha.

Corei pela comparação à deusa do amor e da cura.

– Pensei que quisesse me matar naquele dia – disse, rindo um pouco.

– Eu estava um pouco irritado. – Sorriu envergonhado. – Não era para ter acontecido aquilo. Eu dormi e sonhei com você. Foi a primeira vez que vi seu rosto, tão belo e triste no meu sonho, sentada sozinha à beira daquele lago... Quando acordei, notei que estava próximo ao seu vilarejo e não me contive, precisava ver se estava bem, se era mesmo real. Meu plano era observá-la escondido, mas não consegui ir embora depois que a vi.

– Quis tocar você assim que se aproximou, mas tive medo de que tentasse arrancar meu braço – falei e Calion riu ruidosamente, fazendo a cama tremer abaixo de nós.

– Eu estava assim tão intimidador? – Concordei com a cabeça e ele ficou sério por um instante. – Perdoe-me por ter demorado tanto, Arien.

– Se prometer não me deixar nunca mais, está perdoado – afirmei, sorrindo.

– Isso é impossível, Arien – disse sério, deixando-me preocupada. – Não posso deixar o que já faz parte de mim – acrescentou, rindo da minha expressão. – Você me cativou e me prendeu completamente. Estou atado.

Calion se inclinou e plantou um beijo na palma da minha mão, levando-a para seu rosto e pressionando-a ali.

– Não faz ideia do quanto é preciosa para mim.

(Capítulo 09)

Minha irmã tocava a pata da raposa com delicadeza. Eu ainda estava surpresa que o animal lhe permitisse ser tocado dessa forma, já que parecia ter sido atacado há pouco tempo. O sangue escorria do ferimento e a raposa parecia tão assustada que não consegui sentir medo por ficar ali perto, observando Eirien limpar a ferida.

– Vai precisar de unguento para se recuperar mais rápido – falou depois de avaliar a pata. – Pode buscar para mim, Arien?

– Acabou, a mamãe usou ontem – respondi enquanto ajudava Eirien a improvisar uma cama de folhas para a raposa atrás da nossa casa.

– Tudo bem. Terei de procurar as ervas, então. – Eirien se levantou, pôs o arco e a aljava cheia de flechas nas costas novamente, vestiu as luvas de couro e sorriu para mim. – Não vou demorar, espere aqui.

– Mas quero ir com você, Eirien! – pedi rapidamente. Eu adorava aprender sobre as plantas medicinais, suas propriedades e o que eram capazes de fazer. – Por favor!

– E quando lhe digo não? Simplesmente não consigo – ela respondeu, rindo. – Mas não podemos demorar.

A risada de Eirien ecoou nos meus ouvidos e era impossível não corresponder. Seu sorriso era contagiante. Eu tentava imitar minha irmã mais velha e ser como ela em todas as situações, porque, para mim, ela era perfeita.

Seguimos para a floresta depois de deixarmos a raposa em segurança atrás da nossa casa. Era um dia muito bonito, observei, e Eirien não teria nenhuma busca naquela noite, o que significava que poderíamos ficar muito mais tempo brincando no lago.

Estávamos saindo dos limites do vilarejo e fiquei mais empolgada. Mamãe e papai raramente deixavam que eu saísse, mas não me importava tanto porque gostava muito de ficar por lá. Era divertido passear pelas vielas e conversar com todos que visse pela frente.

Eirien pegou minha mão e fomos mais depressa. Ela sabia exatamente onde encontrar as melhores ervas na floresta, mesmo assim, demorava um pouco escolhendo e explicando-me sobre suas propriedades.

– Essa daqui é muito importante, Arien! Ela é capaz de curar alucinações. Está vendo a cor? Quanto mais vermelha, melhor – falou, agitando uma folha.

– Alucinações? – perguntei, franzindo o cenho. – Por que alguém teria alucinações?

– Quando se está muito febril pode ter alucinações, ou caso seja alvo de algum poder – respondeu, dando de ombros e investigando o caminho à procura de outras folhas.

– Existe esse tipo de poder? – perguntei maravilhada. – Que incrível, Eirien!

– Mais ou menos… Não é tão raro quanto o seu, mas é bem interessante, não é? – falou enquanto eu torcia o nariz e ria um pouco. Minha irmã achava meu poder fantástico. Eu não concordava muito com ela, mas gostava que me considerasse especial.

– Eirien, aquela flor amarela não serve para aliviar a dor? – perguntei já me aproximando da florzinha.

– Chama-se Arnica; a flor não serve, mas as folhas, sim. Ela não pode ser aplicada em ferimentos abertos, então não é útil para nós. Mas, pegue-a, vamos levá-la para casa também.

Concordei com a cabeça, abaixando-me para colher e colocar as folhas no cesto.

– O que acontece se aplicar em ferimentos abertos? – Esperei pela resposta, ainda pegando as folhas. – Eirien? – chamei enquanto me virava para vê-la.

Minha irmã estava com os olhos semicerrados encarando a floresta à frente como se fosse um inimigo. Tornei a chamá-la e ela desviou sua atenção para mim, mas não me respondeu. Levantou a cabeça tão rapidamente para a floresta que quase perdi o seu movimento.

Seu grito apavorado foi meu único aviso de que havia algo terrivelmente errado. Eirien se jogou sobre mim pesadamente, empurrando meu corpo para baixo com seu peso até cairmos no chão. Eirien estava sobre mim, seu longo cabelo castanho cobria meus olhos. Fiquei assustada e quieta, temendo que tivesse mais alguém ali.

Chamei por ela algumas vezes, tentei me mover, mas não consegui sair de debaixo dela. Empurrei seus ombros um pouco e ouvi seu gemido de dor. Minha irmã estava sentindo dor, o pânico me dominou e senti minha garganta fechar. Esforcei-me mais e empurrei seus ombros novamente, virei seu corpo o mais gentilmente possível, colocando-o de costas na grama.

Investiguei seu rosto e afastei os fios. Ela estava apertando as pálpebras e a boca era uma linha fina.

– O que está acontecendo, Eirien? – sussurrei. – Você está bem? Está sentindo…

E foi nesse momento que percebi o sangue. Em minhas mãos, no meu vestido e nas roupas dela. O sangue vertia do seu estômago, do qual se projetava uma única flecha solitária. Comecei a ofegar, perdida no terror de ver a vida da minha irmã se esvair. Nunca tinha visto tanto sangue antes. Gritei por ajuda, gritei por ela, pedindo e implorando para que abrisse os olhos.

– Estou bem, Arien, não se preocupe – falou entre respirações.

– Pelos deuses, eu vou… vou ajudá-la! Eu vou curar você, minha irmã – balbuciei desesperadamente. Meus olhos já não enxergavam com clareza e afastei as lágrimas rudemente.

Segui os passos que Tyne ensinara: com as mãos trêmulas, toquei um pouco acima do ferimento e tentei reunir a energia e forçá-la para fora.

Sinta a energia, sinta o poder, transfira. Controle e transfira, é só transferir, repetia na minha mente, piscando para afastar as lágrimas que deixavam minha visão turva. Ela não podia morrer, não a minha irmã, não por minha culpa. Implorei a Freya, implorei a todos os deuses em meio aos soluços enquanto nada acontecia e o meu desespero aumentava.

– Socorro! Alguém nos ajude! – gritei. Eu precisava salvá-la, não importava de que forma.

– Está tudo bem, pequena Arien – minha irmã falou depois de longos minutos, sua voz distorcida pela dor. – Eu te amo, irmã, sempre amarei. – Suspirou fracamente.

Tinha um caroço na minha garganta que me impedia de falar que ela ficaria bem, que eu conseguiria curá-la e tudo voltaria ao normal... Impedia-me de dizer que eu também a amava.

Ouvi passos apressados se aproximando de nós. Posicionei as mãos novamente, tentando me concentrar mais.

– Pelos deuses! Odin, ajude-nos! – Uma voz implorou, atormentada. Continuei encarando a flecha e tentando transferir a maldita energia, mas nada acontecia. – Você precisa curá-la, o ferimento é muito profundo. – Aquela voz demandou, como se eu já não estivesse tentando fazer isso. Murmúrios me rodearam, todos exigindo que a curasse, e minha mente ficava cada vez mais nublada.

– Eirien! – chamei desesperadamente quando a vi fechar os olhos. Ela não podia ficar de olhos fechados, não podia desistir assim! Eu a curaria, eu tentaria até conseguir, até se extinguirem todas as minhas forças. – Eirien! – gritei novamente sacudindo seu corpo com uma dor lancinante dominando-me a cada respiração e sentindo minha visão escurecer enquanto sacudia seu corpo lânguido.

Acordei gritando e vertendo grossas lágrimas. Calion estava ao meu lado, segurando meus ombros com o rosto retorcido numa expressão preocupada. Fez-me sentar na cama e eu respirei profundamente algumas vezes, tentando tirar minha mente daquele lugar sombrio que odiava revisitar.

– Com o que sonhou? – perguntou depois de vários minutos.

– Com a minha irmã – respondi já calma o suficiente.

– Sinto muito, Arien. Acho que sonhou com ela por ter me contado sobre isso ontem. Eu não queria que ficasse assim.

– Não se preocupe, não foi a primeira vez.

A porta do meu quarto se abriu num rompante, assustando a nós dois. Meu pai vasculhou o quarto e, assim que encontrou Calion, amaldiçoou-o por estar ali. Sua indignação era tanta que não conseguiu falar sem gritar por vários minutos. Encolhi-me internamente, esperava que minha mãe tivesse conversado com meu pai sobre Calion poder vir à nossa casa livremente, mas realmente não estava certa se isso incluía autorizá-lo a dormir comigo.

– Eu não quero falar sobre isso agora – falou, respirando profundamente. – Calion, vá para a *sua* casa; Arien, você e eu precisamos conversar!

Meu pai não nos deu chance de explicar nada, arrastou Calion até a porta e o trancou do lado de fora, sem escutar meus pedidos para que esperasse e deixasse eu me despedir. Sua única resposta foi levantar uma sobrancelha para mim, esperando que o desafiasse. Suspirei frustrada quando nos sentamos à mesa.

– Olha, pai, se for sobre o Calion, eu sinto muito mesmo, mas...

Ele logo me interrompeu:

– Não se preocupe, não é sobre o leão – falou rapidamente, e fiquei mais cautelosa. O que quer que fosse era muito mais importante do que descobrir que Calion costumava dormir aqui.

– Então...?

– Você sabe que é muito preciosa para nós, não é, Arien?

Confirmei com a cabeça lentamente, desconfiando do assunto da conversa.

– Eu e sua mãe a amamos tanto que faríamos qualquer coisa por você. Sei que com a... morte da sua irmã, você ficou um pouco cética em relação a si mesma e ao seu poder.

Respirei profundamente, já percebendo aonde ele queria chegar.

– Mas, querida, você é tão poderosa e rara... Eu quero que explore seu poder o máximo que puder. Se não quiser fazer isso por si mesma ou por mim, faça por Eirien – declarou, deixando-me sem palavras. – Ela sempre acreditou em você, sempre soube que você era capaz de coisas incríveis. Se o que Tyne diz é verdade, que você consegue reviver qualquer um com o poder do Akasha... por favor, *tente*, Arien! Não precisa prometer que vai conseguir, só precisa tentar. Por Eirien, pela memória e pela honra da sua irmã, filha.

– Tudo bem. Eu vou tentar, pai – respondi finalmente.

Quando Eirien morreu, tudo na minha vida mudou. Todos que antes gostavam de mim e me tratavam bem passaram a evitar até o meu olhar. Não só porque não fui capaz de salvar minha própria irmã, mas também por ter sido o alvo daquela flecha. E, apesar de meus pais terem investigado muito, nada foi descoberto sobre quem tentou me matar, muito menos o porquê.

O que meu pai estava me pedindo era um absurdo, simplesmente impossível. Ser capaz de reviver alguém era demais. Mas não podia enfrentar seus argumentos. Eu tentaria por Eirien e para que todos parassem de insistir em me lembrar do que aconteceu.

– Verdade? – perguntou esperançoso. – Estou orgulhoso de você, querida. E, por concordar com meu pedido, vou permitir o leão nesta casa.

Sorri para ele, fingindo que não sabia que minha mãe já permitira isso. Não era culpa dele, sempre foi muito protetor.

– Obrigada, mas agora vamos mudar de assunto. Parabéns! – Levantei da cadeira e o abracei.

– Essa é a celebração mais feliz da minha vida, Arien. O dia em que um filho é concebido é uma bênção tão grande, querida. Você entenderá quando tiver essa sorte.

Um grande grupo passou o dia todo preparando a festa para a comemoração do meu nascimento e de Calion. A casa dele estava uma completa bagunça, e nós precisávamos organizar o caos para que tudo estivesse perfeito naquela noite para os nossos pais. Notei que Maggo não iria à festa e fiquei um pouco desanimada com isso. Ele era divertido, talvez não bêbado, mas gostaria que meu amigo estivesse presente. Entretanto, ele não se sentia à vontade perto de tantos elfos, ainda mais desconhecidos.

Contei tudo a Calion a respeito do tal poder de reviver os outros assim que pude, esperando que concordasse comigo, mas me enganei. Ele ficou ainda mais empolgado que meu pai ou Tyne. Apesar disso, não me pressionou, e sua empolgação era tão contagiante que ficava impossível me preocupar em falhar ou não rir com ele. Mas aquela expectativa que todos estavam criando a respeito desse poder me deixava temerosa.

Assim que nossos pais chegaram a casa de Calion, foram engolidos por um mar de abraços e congratulações. Depois de felicitar meus pais e os de Calion, e vice-versa, fomos para um canto tentando evitar os comentários impressionados sobre o meu novo possível poder. Aparentemente, Tyne não fora discreta sobre o assunto e não gostei nada disso.

– Ela contou para o vilarejo inteiro? – Calion perguntou depois que Jadel, o último a fazer um comentário sobre o assunto, se afastou.

– Não sei, mas não estou gostando. Eu ainda nem descobri se tenho mesmo esse poder e todos já estão me achando uma aberração – reclamei, encarando Tyne do outro lado da pequena sala.

– Tenho que discordar – ele falou, balançando a cabeça e me puxando para um abraço. – Podem até estar com medo de você, mas não a achando uma aberração.

– Com medo? – Levantei uma sobrancelha.

– É claro, o poder é usado para qualquer fim, a depender de quem o manipula. Não é porque somos elfos da luz que somos completamente livres de ter más intenções.

– Eu não tenho más intenções! – sussurrei mortificada.

Calion disse um "eu sei disso" em meio a risadas causadas pela minha resposta indignada. Ele estava com um ótimo humor e, quando me apertou mais em seu abraço, aconcheguei-me encostando a cabeça em seu peito rijo. Nesse momento, meu Aías ficou tenso, endurecendo os braços ao meu redor. Levantei a cabeça para olhá-lo, mas Calion estava encarando a porta com uma expressão enraivecida.

Segui seu olhar e flagrei Rauthar entrando na casa. Como se chamasse seu nome, nossos olhares se encontraram e eu congelei. Ele parecia extremamente irritado ao observar, com o cenho franzido, os braços do meu Aías, que me prendiam como uma jaula mesmo depois de eu tentar me afastar um pouco.

Rauthar ajeitou sua postura confiante, deixando a expressão subitamente fria sem revelar nenhuma emoção. Ele estava se aproximando de nós e mal podia acreditar que tivesse tamanha coragem, já que Calion parecia prestes a pular em sua garganta.

– O que está fazendo aqui? – Meu Aías cuspiu no momento em que Rauthar chegou perto o suficiente, fazendo questão de tentar ser o mais discreto possível. Estragar a comemoração dos nossos pais com certeza não estava planejado.

– Vim felicitar seus pais, é claro – respondeu calmamente.

– E quem permitiu isso? Quem disse que era bem-vindo aqui?

– Jadel, Aías do pai da Arien e meu treinador. Falando nela, poderia nos deixar conversar um minuto?

Prendi a respiração e torci para que Calion não o deixasse me arrastar para qualquer lugar ali. Continuei encarando os braços do meu Aías, sem mover um músculo sequer. Eu estava completamente petrificada e sabia que ele podia sentir isso, e que depois me faria perguntas das quais eu teria de fugir.

– Não. Fale com quem quiser e vá embora – Calion respondeu, e eu me permiti soltar a respiração que estava prendendo.

– Quero falar com ela – retrucou, dando de ombros. – O que foi, leão? Tem medo de que ela o troque por mim?

Calion parecia a ponto de me soltar e atacar Rauthar no meio da festa, então tirei uma das mãos de suas costas e toquei seu peito rapidamente. Não queria que ele pensasse que aquele absurdo era possível, mas também não queria irritar Rauthar. Eu tremi de medo pensando no que ele poderia fazer depois.

– Você quer uma luta? – Calion desafiou.

– Adoraria – Rauthar respondeu com um sorriso enorme.

Calion já estava me soltando depois de dizer um simples "lá fora", mas agarrei sua mão com força. O que ele estava fazendo? Brigaria com Rauthar no meio da festa dos nossos pais? Pedi silenciosamente para não fazer essa loucura, mas seus olhos apenas encaravam o elfo à nossa frente.

– O que está acontecendo? – Uma voz perguntou atrás de mim e me virei rapidamente. Tínhamos chamado atenção.

– Nada – afirmei com a voz fraca ao senhor Bargon, que não pareceu convencido com a minha resposta.

– Não sei o que está acontecendo aqui, mas vai acabar agora. Esse não é o lugar para resolverem suas diferenças – o senhor Bargon falou num tom autoritário e tratou de levar Rauthar dali, para meu alívio.

Suspirei e me virei para observar Calion, que parecia um leão espreitando a caça. Apertei sua mão suavemente para tentar desviar a atenção dele para mim. Funcionou, mas ele me encarava com tanta intensidade que me senti nervosa. Vi um tremor passar pelo seu corpo como quando está prestes a se transformar.

– Por que ele não a deixa em paz, Arien?

Comecei a falar que não sabia, mas Calion me interrompeu:

– Não tenho medo da competição, mas quero saber com o que estou lidando.

– Que competição? – perguntei confusa enquanto ele suspirava pesadamente.

– Posso ter um momento com a Arien? – o senhor Bargon perguntou depois de retornar à festa, não deixando que Calion me explicasse sua afirmativa.

– Claro, senhor, vou perguntar se nossos pais precisam de alguma coisa. Já volto.

Virei-me para o senhor Bargon, curiosa sobre o que gostaria de falar comigo. Nossa última conversa fora sobre a filha dele, Nora, que morrera num confronto com os elfos negros.

– Senhor Bargon, se for sobre o comportamento de Calion, eu…

Ele me interrompeu, levantando uma mão.

– Não é sobre isso, embora eu esteja impressionado com a veia possessiva do seu Aías. Quero conversar sobre o seu possível novo poder.

Respirei fundo, preparando-me para a conversa e amaldiçoando Tyne mais uma vez.

– Sei que gosta de Tyne, estão treinando há muito tempo, mas gostaria de me oferecer para ser seu treinador – falou, deixando-me completamente surpresa. O líder do nosso vilarejo quer *me* treinar? – Acredito que a fada, por mais esforçada que seja, não esteja pronta para auxiliá-la nesse novo desafio.

Senhor Bargon terminou e fiquei a encará-lo, sem saber o que responder. Eu estava furiosa com Tyne? Sim, muito, extremamente furiosa. Mas ela sempre foi minha treinadora e, mesmo com seu jeito estranho, tentou me ajudar da melhor maneira que pôde. Eu não sabia se estaria à vontade para treinar com aquele elfo tão experiente. Entretanto, aquela seria uma experiência única. O senhor Bargon não costumava treinar ninguém; não que eu soubesse, pelo menos.

– Eu posso… hum… responder depois? – perguntei debilmente.

– Certamente, não precisa se apressar em tomar sua decisão – respondeu e nos despedimos.

Eu ainda estava surpresa com a proposta.

Meu olhar cruzou com o de Tyne, do outro lado da sala. Ela parecia tão insegura e nervosa que parte da minha irritação por sua atitude se dissipou. Eu teria que conversar com ela em algum momento, então decidi fazê-lo o quanto antes. Segui ao seu encontro enquanto lembrava de tudo pelo que passei depois que ela começou com aquela história do novo poder.

– Arien, sei que deve estar me odiando agora, mas, por favor, entenda: eu só fiz isso porque…

Ela começou falando descontroladamente como sempre. Fiz um gesto para que parasse, mas foi inútil.

– Você não entende! Eu *preciso* ajudar você! Há uma guerra vindo, eu posso sentir, Arien. Os elfos negros não são nada comparados ao que está por vir. Por favor, você tem que tentar e… dar uma chance a si mesma porque, se não o fizer, eu não sei como…

Ela estava falando demais e eu não conseguia entender quase nada.

– Tyne, pare de tagarelar! – pedi, abaixando a voz, porque já tínhamos chamado atenção o bastante. – Vim dizer que tentarei descobrir qual é esse tal poder que você acredita que possuo – declarei a contragosto.

Como se por encanto, Tyne mudou completamente. A expressão de preocupação em seu rosto foi substituída por uma alegria genuína, ela aprovou com a cabeça rapidamente e deu um sorriso enorme.

– Sabia que cairia em si, Arien! Estou tão contente!

– Não fique. Eu não gostei de você envolver a Nalla nessa situação. Como pôde fazer isso? Sabe muito bem que ela me odeia.

– Ela não odeia você! – defendeu, desfazendo-se do meu comentário com um gesto nervoso. – Ela é assim por causa da morte do Rianel, não tem nada a ver com você.

– Tanto faz. – Dei de ombros, não queria falar sobre aquele assunto. – Sei que ela me considera culpada de qualquer forma.

– Vocês brigaram, foi isso? Rauthar falou algo comigo sobre ela ter aborrecido você...

– O-o quê? – gaguejei, sentindo um frio se espalhar pelo meu corpo.

– Deixa para lá, não foi nada de mais. Estou tão empolgada para treinarmos seu novo poder, Arien! – falou, juntando as mãos e abrindo um sorriso enorme no rosto delicado.

Eu ainda estava alarmada sobre Rauthar ter ido falar com ela. Não queria aquele doente em qualquer lugar perto dela, mas não daria a chance para Tyne perceber que havia algo errado. Ela era muito perceptiva. Suspirei, sendo obrigada a mudar de assunto.

– Ainda não vamos treinar.

– Por que não? O que há para esperar? Você não vai me enrolar, Arien...

– Não é nada disso. É só que... recebi uma proposta na qual preciso pensar – respondi, desviando os olhos.

– Que proposta?

– Alguém quer me treinar.

Por um momento, Tyne pareceu tão incrédula que cheguei a ficar ofendida. Era tão impressionante alguém querer me treinar? Eu não sou tão ruim assim! Meus poderes não são letais, mas podem ser úteis. Não ajudaram muito quando precisei anos atrás com a minha irmã, mas ajudaram com Calion quando fomos atacados pelos elfos negros.

– Quem? – perguntou depois de se recuperar do seu choque exagerado.

– Senhor Bargon.

– Verdade, Arien? Nossa, assim fico até com medo de você querer trocar de treinador – falou, dando uma risadinha.

– Tenho que decidir isso ainda.

– Então, você está cogitando... – ela começou, mas logo pôs as mãos unidas ao peito fazendo uma expressão de aflição. – Não acredito que fará isso comigo! Você está me castigando?!

– Não estou. – Suspirei, já cansada por ter que discutir aquilo e explicar meus motivos. – Mas o senhor Bargon pode me ajudar muito, ele tem mais experiência...

– Eu também posso! – esbravejou e olhou para os lados, percebendo que chamara atenção. – Deixa para lá. Você tem que decidir, não vou pressioná-la.

Tyne saiu tão rápido que não tive tempo de fazer com que entendesse meu ponto de vista. Eu não estava deixando de escolhê-la por querer puni-la por ser tão indiscreta sobre o meu possível novo poder ou por ter mandado Nalla falar comigo, mas, sim, por realmente acreditar que ter um treinador diferente seria uma nova experiência capaz de me ajudar.

Bargon é o elfo mais calmo e compenetrado que já conheci. Talvez Nasvar também fosse assim, mas podia notar uma inquietação na sua expressão sempre que aquela máscara de indiferença não o protegia.

Tarde demais, percebi que estava sem companhia e, apesar de a festa ainda estar cheia, não pude deixar de sentir uma aflição. Rauthar estava ali em algum lugar e, com certeza, muito furioso por Calion tê-lo enfrentado. Não perdi tempo e fui comemorar a festa dos meus pais em segurança ao lado deles.

Tinha plena consciência de que não poderia fugir de Rauthar para sempre. Mais cedo ou mais tarde, acabaríamos nos encontrando e teria de enfrentá-lo. Não fazia ideia do porquê o maldito poder de defesa não funcionou contra ele como ocorreu com Lauriel. Ela sequer tinha posto as mãos em mim de verdade, apenas sacara a espada e dissera que me mataria, no entanto, nem conseguiu se aproximar. Já Rauthar não só chegou perto como também machucou meu punho. Eu tinha certeza do que senti quando meu poder reagiu ao ataque de Lauriel, mas não sabia como fazer o mesmo com Rauthar.

E eu teria que aprender bem depressa. Nem quando minha irmã morreu senti tanto medo. Quem quer que tivesse tentado me matar, não conseguira e não tentara de novo. Na época, minha dor era tão grande que a morte parecia bem-vinda. Pelo menos, eu teria encontrado Eirien no mundo dos mortos.

Agora não só temia a minha própria morte, como também não estava mais disposta a morrer. Porque a minha morte implicava na morte de Calion também, e eu não podia fazer isso com ele. Não seria tão fraca e covarde.

(Capítulo 10)

Eu parecia estar flutuando em meio às nuvens, completamente à vontade. Sentia um pouco de calor, mas não era nada comparado ao meu conforto naquele momento. Os raios do sol invadiram aos poucos o meu devaneio, forçando-me a despertar completamente.

Então, entendi que, na verdade, as nuvens eram um grande leão ao qual abraçava, como uma almofada. Calion já estava acordado e me encarava com seus brilhantes olhos dourados incrivelmente intensos. Eu já tinha quase me acostumado com essa maneira de ele me olhar... Quase.

– Oi, bom dia – falei enquanto tentava me desvencilhar de suas patas pesadas sem sucesso.

Um tremor passou pelo seu corpo e soube que estava se transformando em elfo novamente.

– Oi. – Logo me circundou com os braços e me puxou para mais perto.

O pouco avanço que fiz me afastando foi inútil, dei uma risadinha.

– Você parece gostar de me abraçar.

– Não faz ideia do quanto – confirmou. – Tenho uma novidade... Preciso fazer uma pergunta a você.

Fiquei imediatamente tensa. A festa do dia anterior não teve nenhum incidente como Calion tentando arrancar o coração de Rauthar com as presas, mas tinha certeza de que ele ficara incomodado e curioso sobre as insinuações daquele elfo maldito. E eu não queria mentir para ele.

– Que seria...? – incentivei, esforçando-me em deixar a voz o mais estável possível.

– Você se chatearia se eu tentasse entrar para o grupo de buscas? – perguntou me encarando.

Suspirei de alívio e meu corpo relaxou completamente. Rápido demais. Calion levantou uma sobrancelha, perceptivo.

– Se é o que você quer, claro que não me chatearia. Tem meu apoio no que precisar. Você quer isso?

– Não exatamente – ponderou por um instante e tornou a me encarar. – Quero provar que sou digno de ser o seu Aías.

– Você é digno, Calion, não precisa provar nada a ninguém! – falei, tocando seu rosto.

– Isso é um alívio, porque a sua opinião é a única que realmente importa para mim. – Suspirou e cobriu minha mão com a dele. – Mas seu pai não me aprova, e quero mostrar a ele e a todos de que eu sou capaz.

– Entendo. Só não quero que se sinta obrigado a nada.

– Não se preocupe com isso. Agora vai me dizer que pergunta pensou que eu faria para deixá-la tão tensa?

– Nenhuma. Posso contar a minha novidade agora? – Mudei de assunto rapidamente. Apesar de seus olhos se estreitarem, confirmou com a cabeça. – O senhor Bargon se ofereceu para ser o meu novo treinador!

Uma expressão confusa passou pelo seu rosto, mas assim que percebeu minha animação abriu um sorriso arrebatador.

– Ah… Isso é… ótimo! Maravilhoso!

Não consegui segurar meu riso enquanto ele fingia que estava surpreso e alegre por mim. Eu havia esquecido que Calion não conhecia o senhor Bargon.

– Perdoe-me, acho que ainda não o apresentei a você. Você o viu na festa de ontem, nos interrompeu por um momento – falei em meio às risadas. – Senhor Bargon é o elfo mais experiente desse vilarejo, ele é… era o pai da Nora, uma elfa que partiu para o outro mundo há algumas luas.

– Eu sei quem é Nora. Nasvar fala muito dela – declarou enquanto o encarava confusa.

– Nasvar fala dela? Por quê?

– Ela lhe pertencia – respondeu simplesmente, dando de ombros. – Sente saudade.

– Pertencia a ele? Não, a Aías dela se chamava Liria.

– Não dessa maneira, Arien. Ela lhe pertencia – ele repetiu e continuei encarando-o sem entender. – Eram unidos perante a deusa Frigga.

– Ah! – Agora eu entendia. Sempre via os dois juntos, mas nunca notei que o envolvimento deles estava muito além do superficial. Eu estava extremamente surpresa! – Ele deve estar sofrendo muito.

– Demais. – Seu cenho franziu por um minuto e ele mudou de assunto: – Quero fazer um pedido a você.

– Qual? – perguntei desconfiada.

– Acredita que ontem notei que havia elfos que ainda não sabiam que eu pertencia a você e você a mim? Isso é um absurdo, precisamos mostrar a todos. Por isso, vamos juntos à área de treinamento hoje.

– Isso é impossível, Calion. Sempre andamos juntos, o vilarejo inteiro já notou.

Ele negou com a cabeça, convicto.

– E sempre vamos juntos à área de treinamento também.

– Hoje iremos de uma forma diferente – declarou simplesmente.

A "forma diferente" de Calion se mostrou uma surpresa sem precedentes para mim, e um orgulho maldisfarçado para ele. Quando saímos da casa dele e fomos até a área de treinamento, eu estava montada nas costas do leão ainda com medo de cair, apertando as pernas ao seu redor e puxando a juba quando o sentia acelerar. Foi um passeio silencioso e até divertido. Meus protestos não serviram para nada. Quando alegou que pensaria que estava envergonhada por ser vista em sua companhia em sua forma animal, concordei com aquilo.

Os olhares incrédulos nos acompanhavam, então percebi que talvez nem todos soubessem realmente que éramos Aías um do outro. Assim que chegamos na área de treinamento, saltei do meu leão, que logo se transformou em elfo com um sorriso no rosto.

– Obrigado por isso.

– Não precisa agradecer – dispensei sua gratidão desnecessária, pois adorava vê-lo sorrindo daquela maneira.

Maggo surgiu, vindo de onde Calion costumava treinar com Nasvar. Franzi o cenho, sabendo que ele não gostava da área de treinamento e sempre ficava distante quando eu treinava com Tyne.

– Ora, olá para vocês – falou enquanto observava ao redor. Ele estava nervoso, mas eu não conseguia entender o porquê.

– O que está fazendo aqui? – Calion disparou rapidamente, curioso. Eu também pretendia perguntar, mas não daquela maneira.

– Não devo explicações a você, leão, mas não tenho problema algum em contar que estava apenas falando com o seu treinador.

– Com Nasvar? Por quê? – perguntei.

– Porque ele também quer se certificar de que eu sou digno – meu Aías me respondeu, cerrando os punhos para Maggo.

– Não era isso, mas realmente me preocupo com esse assunto também. Preciso ir – falou apressado observando o céu.

– O que mais Maggo poderia conversar com Nasvar? – perguntei a Calion assim que o anão foi embora correndo apressado, atravessando a área de treinamento.

– Não faço ideia.

Observei, sentada na grama, meu Aías treinar próximo a uma árvore. Como ainda não decidira sobre qual treinador escolher, achei melhor ficar um tempo sem treinar. Não que não quisesse fazê-lo, só não queria Tyne me influenciando. Entretanto, apesar de estar cogitando trocar de treinador, não podia simplesmente acabar com nossa amizade de anos.

Minha amizade com Tyne foi uma das coisas que me ajudou a suportar a perda da minha irmã. Embora suspeitasse sobre o que pensava ao meu respeito, ela nunca teve coragem de me acusar de nada, sua natureza bondosa não permitia isso.

Levantei decidida a falar com Tyne e acabar com aquele mal-estar que se instalara entre nós. Eu sabia que ela só queria o melhor para mim, mas precisávamos discutir ser necessário haver um limite. Atravessei a área de treinamento o mais rápido que pude, torcendo para que Tyne estivesse por perto, treinando outro elfo.

Vasculhei todos os locais ocupados, atenta também aos olhos azuis e frios de Rauthar para evitá-lo. Quando vi a pantera negra mais à frente, congelei no lugar. Ele não me viu, eu poderia simplesmente me virar e seguir na outra direção, como se mudasse de ideia sobre o meu destino, muito naturalmente, e ninguém na área de treinamento notaria.

Antes que pudesse fazer qualquer movimento, Jadel acenou para mim depois de se transformar em elfo novamente, chamando atenção de Rauthar. Quando seus olhos cravaram nos meus, arfei e recuei. Talvez eu ficasse congelada no lugar apenas por medo, de modo que ainda poderia correr e fugir dele o mais rápido possível.

Quebrei o contato visual me virando rapidamente e voltando com passos largos para onde Calion estava treinando. Mal andei metade do caminho quando a voz infelizmente conhecida me chamou. Eu apenas continuei a caminhar, ignorando-o. Ele não poderia fazer nada contra mim ali, onde todo mundo poderia ver.

– Arien, pare agora ou se arrependerá! – vociferou atrás de mim com uma fúria que nunca ouvi em sua voz. Meu corpo parou no mesmo instante e senti minha respiração ficar presa na garganta. – Muito bem – murmurou depois de se aproximar com um tom menos raivoso.

– O que você quer? – perguntei rapidamente, reunindo minha coragem.

– Você. Mas achei que já soubesse disso, minha linda. – Rauthar tentou pegar minha mão, mas me esquivei do seu toque asqueroso. – Se eu fizesse logo o que tenho de fazer seria muito mais fácil, mas não consigo machucar você.

Arquejei, encarando seus pés. Como ele podia dizer isso? Ele me machucou no outro dia, e eu tinha certeza de que, se lhe desse outra oportunidade, faria muito pior.

– E o que tem de fazer? – perguntei, tentando manter a voz firme.

– Você não vai querer saber – afirmou categoricamente. – Acho que não preciso dizer que seu comportamento tem sido deplorável, não é? Fugindo de mim sempre, andando com aquele leão como se pertencessem um ao outro... Não pense que não vi vocês hoje cedo. Ele é patético e agora quer lutar contra mim para entrar no grupo de buscas.

– O quê? – perguntei incrédula. – Ele vai lutar contra você?

– Não me interrompa! Acho que você está precisando de um aviso, Arien, e vou cuidar disso. Não se preocupe com o leão, serei misericordioso na luta – falou num tom perigosamente baixo, conseguindo agarrar minha mão e apertá-la dolorosamente. Sufoquei um gemido de dor, preocupada em não deixar ninguém perceber algo errado.

Tantas coisas passaram pela minha mente naquele momento que não sabia o que dizer. Eu nunca tive curiosidade de saber como se entrava no grupo de buscas, por isso nunca perguntei nada a respeito aos meus pais, mas não fazia ideia de que pudesse ser algo assim. Calion teria que enfrentar Rauthar numa luta para entrar no grupo, e isso eu não poderia aguentar.

Eu quis perguntar sobre o tal aviso, do que ele estava falando, mas só murmúrios de dor incoerentes saíam da minha boca. Rauthar dava intervalos entre os apertos na minha mão, deixando-a se curar para que pudesse me machucar novamente. Aquela tortura estava fazendo a energia crepitar dentro de mim e, por um momento, senti que talvez meu poder de defesa fosse finalmente se manifestar contra ele.

– Algum problema aqui? – perguntou Jadel atrás de Rauthar.

Baixei o olhar rapidamente.

– É claro que não. Eu só ia acompanhar Arien até sua casa. Com licença, Jadel.

– Nada disso, você ainda não terminou seu treinamento.

Rauthar se virou para ele, sua expressão mudando rapidamente para uma impassibilidade ímpar.

– Eu vou levá-la e volto para continuarmos.

– Não. Tenho certeza de que Arien pode encontrar o caminho para casa sozinha – Jadel falou e Rauthar apertou minha mão dolorosamente de novo.

Concentrei-me em não fazer nenhum barulho ou me mover de modo suspeito para interromper o contato.

Talvez, se fosse rápida o suficiente, as marcas ainda estariam ali e poderia provar a Jadel que Rauthar estava me machucando, poderia contar tudo o que estava acontecendo. Mas será que Jadel acreditaria em mim? Ele é Aías do meu pai e seu amigo, entretanto, não fazia ideia do seu apreço por Rauthar, a quem treinava há tanto tempo.

Puxei a mão novamente, com mais força, e Rauthar a liberou com rapidez. Olhou-me reprovador, como se minha atitude fosse condenável. Estava prestes a mostrar minha mão a Jadel, mas a marca vermelha sumira e já era tarde demais.

Rauthar se aproximou mais de mim, fazendo-me dar um passo para trás. Embora achasse que não teria coragem de me agredir diante de Jadel, não quis contar com a sorte.

– Adoro seu poder – sussurrou, dando uma risadinha.

Eu mal podia acreditar no quanto ele era cruel!

Afastei-me dele rapidamente enquanto Jadel o levava para o treinamento. Senti meus olhos úmidos. Eu precisava acabar com essa situação, não a aguentaria muito mais tempo. Deveria contar a alguém, eu precisava contar!

Ainda estava muito nervosa quando voltei para casa, não era para onde eu queria ir. Na verdade, meus pés quase me levaram involuntariamente para o lago que tanto gostava, mas não podia ser tão estúpida e dar a Rauthar a chance que tanto queria de ficar a sós novamente comigo.

Gostando ou não, teria que ficar ali até pensar numa saída para aquela situação horrível. Minha cabeça latejava, mas precisava me controlar. Respirei profundamente várias vezes. Eu tinha que perguntar a alguém sobre como se entra para o grupo de buscas, porque com toda certeza não queria que Calion e Rauthar lutassem.

Vasculhei em todos os cômodos até encontrar minha mãe untando a ponta afiada das flechas em seu quarto. Bati à porta, mesmo já estando aberta.

– Pode entrar, querida.

Entrei no quarto e me sentei no chão ao seu lado, observando suas coisas espalhadas ao seu redor.

– Está se preparando para outra busca? – perguntei. – O que é esse líquido?

– Sim, estou. Isso aqui serve para desestabilizar mentalmente o inimigo. Causa alucinações e nos ajuda a interrogar os elfos, é ótimo para a colaboração deles.

– Pretendem usar isso nos elfos negros?

– Precisamos capturar alguns deles e fazer perguntas, então, sim.

Assenti com a cabeça lentamente. Eu nunca tivera o mínimo de interesse em participar do grupo de buscas do vilarejo; em parte por achar que não seria de utilidade nenhuma para o grupo, seria apenas um peso morto para alguém proteger.

– Mãe, o que eu precisaria fazer para entrar no grupo de buscas? – perguntei do modo mais desinteressado que consegui.

Ela me avaliou seriamente, sabendo muito bem que não me interessava por aquilo. Mesmo assim, respondeu normalmente:

– Precisaria treinar muito e provar que é capaz de ser um de nós.

– E como eu... provaria isso?

– Desafiando alguém que também quisesse entrar no grupo e mostrando seu poder da melhor maneira possível.

Maldição! Então poderia haver mesmo uma luta entre Calion e Rauthar.

– Certo. Eu suponho que esse... desafio não seja uma luta até a morte, não é?

– Arien, claro que não! – respondeu, fazendo-me suspirar de alívio. – Só até um dos dois ficar inconsciente.

Ah, *ótimo*. Assim fico muito mais tranquila! Olhei-a incrédula, era dessa forma que se avaliava alguém para participar do grupo? Quem deixasse o outro inconsciente primeiro seria o vencedor?

– Mãe, isso é horrível. Deve haver outra maneira de saber se as habilidades são boas para participar do grupo.

– Absolutamente, Arien. Esse é o costume e a tradição. Por que está preocupada com isso agora?

Recolhi-me internamente, minha atitude a fez desconfiar.

– Por nada, curiosidade apenas. Quando partem? – perguntei, torcendo para que a mudança de assunto a distraísse.

– Ainda hoje, e não sei se voltaremos antes do Festival da Colheita.

– As coisas estão… complicando?

– Já estão complicadas o bastante. – Suspirou. – Não sabemos até quando iremos apenas nos defender e procurar informações. Precisamos atacar, nos impor perante esses seres desprezíveis.

– E o que está faltando para isso?

– Que algum deles abra a maldita boca. Sempre que conseguimos capturar um com vida, nós o perdemos na primeira oportunidade que eles têm de se matar sem revelar nada.

Observei-a completamente chocada. Eles preferiam morrer a dizer alguma coisa? Eu sabia pouco sobre os elfos negros, mas pensei que lealdade não estivesse em jogo quando a aposta era a própria vida.

– Com sorte, pegaremos um desta vez. Sempre estão rondando o antigo vilarejo do seu Aías, todos lá são grandes sobreviventes.

Fiquei um pouco culpada por me sentir extremamente aliviada naquele momento. Se Calion tivesse demorado um pouco mais para se aproximar e termos nossa ligação, ele poderia estar no vilarejo e, talvez, não como um sobrevivente. Meu primeiro pensamento foi nele e na sorte de tê-lo ali comigo. Só depois pensei no que todos os elfos estavam enfrentando naquele vilarejo: a tensão constante e o alerta de que um ataque poderia acontecer a qualquer momento.

Depois que meus pais saíram para mais uma busca, tranquei a porta da frente e a dos fundos. Não tínhamos tal costume, porque nunca foi necessário. Não era comum criaturas roubarem ou entrarem nas casas sem serem convidadas em Alfheim. Mas aquilo mudou. Eu sabia que Rauthar não perderia a oportunidade de entrar na minha casa se lhe desse uma chance, ainda mais agora que meus pais saíram em uma missão com o grupo de buscas.

Calion chegou a minha casa mais tarde do que de costume, e tive que me levantar para abrir a porta para ele.

– Por que a porta estava trancada hoje? – A confusão em seu rosto quase me fez arrepender daquela ideia.

– Meus pais saíram em outra busca – respondi, dando de ombros. – Você demorou – comentei na tentativa de mudar de assunto.

– Treinei até muito tarde hoje, preciso estar pronto antes do Festival da Colheita.

Cruzei os braços e o encarei, não teria um jeito mais fácil de fazer aquilo. E, mesmo que odiasse tentar dissuadi-lo de algo que ele desejava, não podia lidar com o fato de que iria lutar com o desprezível do Rauthar.

– Não quero que entre para o grupo de buscas, Calion. Por favor... não faça isso – pedi insegura.

– O quê? Por que não?

– Porque... você não precisa – improvisei, aquele não era o motivo principal, mas não deixava de ser verdade. – Disse que queria provar ser digno e eu digo que você é! Então, não precisa fazer nada disso.

– Por que está mentindo para mim, Arien? Ontem, quando falei sobre esse assunto, você não viu problema algum, e agora está me pedindo para desistir. O que mudou? – perguntou, encarando-me intensamente. Como pude achar que ele não desconfiaria de nada?

– Não estou mentindo. Eu só... Por que não me contou que seria uma luta?

– O problema é a luta ou quem vou enfrentar?

Engoli em seco, não queria responder aquilo. Em parte, porque Calion não podia saber a verdade e, também, porque não entenderia se tentasse explicar. Eu não estava preocupada com Rauthar, estava preocupada com ele.

– Pensa que sou tão fraco assim? – perguntou sem disfarçar a mágoa em sua voz.

– Não é nada disso, Calion! – Suspirei. – Eu só não quero que você lute contra ele.

– E por quê?

Eu quis falar tudo para ele, aquela situação que me afligia e fazia com que me sentisse impotente e fraca. Queria desabafar e contar todos os meus problemas. Mas simplesmente não conseguia! A vergonha e a humilhação me dominavam, e o medo que sentia de Rauthar fazer algo contra Calion só me tornava mais covarde. Meu rosto esquentou e engoli em seco.

– Eu... Desculpe – falei, suspirando. – Estou sendo muito egoísta, sinto muito.

– Arien, não! Eu sei que está acontecendo alguma coisa, por que não me conta?

– Não está acontecendo nada. Só estou muito cansada, Calion, poderia... ir embora?

– Quer que eu vá embora? – perguntou incrédulo, parecendo não saber como reagir.

– Sim, por favor – respondi, fugindo do seu olhar inquisidor.

Não queria que fosse embora realmente, mas sentia que se me pressionasse um pouco mais, eu contaria tudo, e as consequências poderiam ser terríveis. Eu teria que pensar num jeito de terminar aquilo ou acabaria morrendo com a situação.

Cometi o erro de me voltar para Calion enquanto me encarava da porta. Seu olhar espelhava o meu de várias maneiras, a tristeza e a rejeição que vi ali me machucaram mais do que qualquer agressão que poderia sofrer. Arrependi-me no mesmo instante em que a porta se fechou, sua saída muda fez meu coração rasgar-se como nunca havia sentido.

No entanto, não poderia ir atrás dele. Era arriscado demais, e o que eu diria? Tranquei a porta rapidamente e segui para o meu quarto, apenas para deitar e esperar o dia nascer, já que eu tinha consciência de que seria impossível dormir. Pelo menos, não enquanto me lembrasse da tristeza de Calion e do que me aguardava lá fora.

(Capítulo II)

Os dias que se seguiram foram da mesma forma em todos os aspectos. Eu acordava, inventava mil coisas para fazer, todas inúteis, mas que me mantinham ocupada demais para não sair de casa. Eu me sentia segura, apesar de prisioneira do meu próprio calvário.

A cada dia que se passava ficava mais difícil resistir a não sair, a não abrir a porta quando Calion aparecia, agora não somente à noite, mas durante o dia também. Pedia para que eu abrisse a porta e falasse com ele, perguntava o que estava acontecendo com aquela voz que partia meu coração incontáveis vezes.

Essa era a pior parte. Quando Calion aparecia, vivia meu único momento de felicidade e também de maior tristeza. Meus sentimentos ambíguos estavam me fazendo ficar cada vez mais ansiosa e deixando minha mente entorpecida. A única coisa boa foi não ter visto Rauthar desde que me prendi na minha própria redoma.

Eu estava deitada na cama, como em todas as outras manhãs, sem conseguir mais inventar o que fazer, quando ouvi as batidas à porta. Eu teria me assustado se não pensasse que era Calion. Meu coração saltou e corri para escutar sua voz do outro lado.

– Arien, abra a porta. – A voz profunda de Maggo me surpreendeu. – Sei que você está aí.

Destranquei a porta e abri uma fresta, estava curiosa demais para saber o que fazia ali.

– Oi – falei com uma voz que mal reconheci como minha.

– Vim aqui para darmos um passeio.

– Hum... Obrigada pelo convite, mas não estou muito... disposta.

– Nada disso. Você abrirá essa porta e sairá comigo para uma caminhada. Há dias que não vejo você!

– Não prefere entrar? – convidei esperançosa, porque realmente não queria me arriscar a sair.

– Não.

Respirei profundamente antes de abrir a porta e sair, fechando-a atrás de mim. Maggo não desistiria de me tirar de casa e, se insistisse em ficar, ele colocaria a porta abaixo alegando haver algo errado.

Maggo me avaliou por um instante e logo começamos a caminhar. Eu estava me sentindo um pouco menos sufocada por ter saído de casa, mas meu olhar vasculhava todos os lugares pelos quais passávamos.

– Estou curioso, Arien. Calion me detesta e, mesmo assim, foi pedir minha ajuda para saber o que estava acontecendo com você – falou direto.

– Não está acontecendo nada.

– Então o leão estava inventando que não conseguia ver você há dias? Aliás, desde que você pediu para que ele desistisse de entrar no grupo de buscas?

– Eu só queria passar algum tempo sozinha – fugi da pergunta.

– Certo. E por quê?

Caminhávamos para o lago, Maggo sabia como me deixar à vontade para falar sobre o que ele quisesse, era muito esperto.

– Porque eu quero.

– Verdade? Está evitando seu Aías porque quer também? Conte-me o que ele fez, Arien, e darei uma lição nele.

– Não o estou evitando – comentei, sentando-me à beira do rio. – Só quero um tempo para mim.

Eu não gostava de mentir para Maggo nem para ninguém. Pelos anos de convivência, ele percebia quando mentia e sempre me fazia dizer a verdade, mas desta vez me esquivaria ao máximo. Era necessário.

– Não a tenho visto na área de treinamento.

– O senhor Bargon se ofereceu para ser meu novo treinador.

– Muito bom. Mas imagino que Tyne não tenha reagido muito bem.

– Realmente, nada bem – falei, suspirando. – Ela não entende que o senhor Bargon pode me ajudar mais e que isso não abalará a nossa amizade.

Passar aquele tempo com Maggo me acalmou bastante. Eu me sentia quase relaxada quando ele me deixou na porta de casa. Tinha tanta vontade de procurar Calion que quase não entrei. A ausência dele fazia meu corpo ficar em um estado de letargia permanente, o qual não conseguia entender.

Meus pais muitas vezes ficavam longe dos seus respectivos Aías e nunca os vi reclamando ou indispostos por causa disso. Mas aquilo que sentia não era invenção. Era perceptível o que a saudade dele estava fazendo comigo.

Atravessei o corredor estreito e fui para o meu quarto rapidamente, tentando evitar que meus pés fossem involuntariamente à casa de Calion para pedir que me perdoasse por evitá-lo. Só queria passar alguns minutos ao lado dele, só pelo prazer da sua companhia.

Assim que entrei no quarto e vi o verde cintilante sobre a minha cama, fiquei completamente confusa. Aproximei-me com cautela, não fazia ideia do que era aquilo e muito menos por que estava ali.

Arfei quando percebi que era um par de asas verdes. Sentindo o chão me engolir, meus joelhos fraquejaram e caí aos pés da cama, apoiando-me com as mãos para me manter erguida o suficiente e encarar o que estava à minha frente.

Eu conhecia aquelas asas. A imagem do rosto de Nalla, completamente triste e magoado, veio à minha mente. Eu não fazia ideia do que estava acontecendo e o mundo parecia girar quando me levantei novamente. Vi um pequeno pedaço de papel amassado ao lado das asas. Peguei-o com as mãos trêmulas e não acreditei nas palavras escritas.

A morte se apaixonou pela vida, e agora a persegue para o primeiro e último beijo.
Rauthar

Senti um suor frio na nuca antes de perceber que estava tremendo. Os soluços que saíam da minha boca não pareciam meus, eu estava desligada do meu próprio corpo. Não conseguia me mover ou articular uma frase coerente. Eu não podia acreditar que Rauthar fizera isso, eu não *queria* acreditar.

Aquilo tinha que acabar. Pelo que consegui entender do bilhete, mesmo com a minha mente completamente nublada, meus dias estavam contados. Mas não deixaria que ele fizesse aquela monstruosidade com mais ninguém. Eu teria que sair da minha maldita redoma e fazer alguma coisa!

Depois que meus soluços cessaram e as lágrimas pararam de escorrer pelo meu rosto, consegui me mover e pegar uma sacola para colocar as asas dentro. Mal conseguia olhar para elas e encarar o que acontecera por minha causa.

Saí entorpecida de casa, mal vendo por onde andava. A única coisa que sabia é que precisava devolver aquilo a quem pertencia; dar àquela pobre fada o descanso que merecia. Eu não a matara, mas não tinha dúvidas de que foi por minha culpa que ela morrera.

Quando cheguei ao lago, andei mais um pouco e abri a sacola. Coloquei as asas ali, misturadas às folhas secas e à terra. Logo as observei se fundirem à natureza ao redor. Quando uma fada morria, seu corpo era reabsorvido pela natureza assim que tocasse o solo. O fato de Rauthar ter mutilado Nalla a sangue frio para conquistar uma prova de que a matara só me fez sentir mais ódio dele.

A raiva encobriu completamente meu medo por ele, o que era bom de certa forma. Eu estava cansada de fazer com que outros se prejudicassem pelas minhas falhas, aquilo não mais aconteceria se eu pudesse evitar. E eu evitaria de qualquer maneira! Gritaria como uma louca para todos que quisessem ouvir que Rauthar era um seguidor de Loki, sem princípios ou honra. Finalmente cheguei ao meu limite.

Passei em casa para deixar a sacola percebendo a atenção dos outros sobre mim, mas não me importei nem um pouco. Aquele bando de curiosos podia me olhar à vontade, pois estava completamente anestesiada, e nada do que pensassem ou dissessem me afetaria naquele momento.

Segui para a área de treinamento decidida a falar com Tyne. Não sobre a morte de Nalla, é claro, pois não colocaria a vida dela em risco dessa maneira. E, justamente para que ela não corresse perigo, diria qual era a minha decisão: treinar com o senhor Bargon.

Assim que cheguei onde costumávamos treinar e vi Tyne amparada por uma elfa, minha consciência me chicoteou novamente. Aquilo era culpa minha. Tyne estava triste porque Nalla morrera, o que aconteceu por interesse de Rauthar em me ferir. Percebi, tarde demais, ser este o "aviso" sobre o qual se referiu no outro dia.

– Tyne – chamei, aproximando-me lentamente. Ela rapidamente levantou a cabeça do abraço da elfa e seus olhos se encheram ainda mais de lágrimas.

– Arien! – gritou com a voz entrecortada e se lançou contra mim, abraçando-me e chorando no meu ombro. – Você não sabe o que aconteceu! A Nalla... Oh, pelos deuses! Foi uma crueldade tão grande! Mataram a pobrezinha e cortaram suas asas. Ficou pendurada por uma corda para seu corpo não sumir. Acredita nisso? Oh, deusa Joerd não permitirá que quem fez isso durma em paz!

Tentei reconfortá-la com palavras calmantes, mas fui de pouca ajuda já que o seu desespero se embolou ao meu e acabamos chorando juntas por um bom tempo.

Eu nunca gostei de Nalla, não poderia negar isso. O fato de sempre deixar claro o que pensava de mim por não ter sido capaz de salvar minha irmã não me permitia ter qualquer simpatia por ela. Mas isso não significava que desejasse sua morte, de maneira alguma. Eu me sentia culpada e cansada daquilo tudo.

– Não se preocupe, Tyne. A deusa da Terra não permitirá tal coisa – assegurei, tentando consolar nós duas. – Eu estou muito triste por Nalla, mas vim falar com você sobre outro assunto.

Tyne secou o rosto com as mãos delicadas e me encarou.

– Decidi que treinarei com o senhor Bargon.

– Tudo bem. Não se preocupe, Arien, isso não mudará nada entre nós – respondeu, fungando um pouco. – Acho que até será bom para eu... me recuperar do quc aconteceu.

– Estarei aqui se precisar de mim – falei, dando-lhe um último abraço.

Eu queria ficar mais com Tyne, confortá-la e dizer que tudo ficaria bem, mas realmente não tinha essa certeza e ainda restava muito o que fazer. Eu estava esgotada quando cheguei à casa de Calion, o sol se pondo foi meu único alívio por saber que aquele dia tenebroso estava chegando ao fim.

Eu deveria ter batido à porta, pensei novamente depois de já estar na sala da casa dele. A porta estava destrancada e meu ímpeto para vê-lo era tanto que apenas entrei, não levando em conta todos os dias que o tinha mantido afastado. Mas agora era tarde, eu não voltaria.

Segui para o seu quarto com passos firmes, agradecendo por seus pais não estarem no meu caminho para fazer perguntas. Eu podia sentir os milhares de correntes se estreitando ao meu redor e me puxando cada vez mais enquanto praticamente corria pelo corredor para encontrá-lo, eu podia sentir que ele estava ali.

Antes que pudesse entrar no quarto, bati contra alguma coisa que me envolveu completamente e me puxou para si com tanto desespero quanto o meu ao envolver seu pescoço, tocar seus ombros e seus braços, matando minha saudade e alimentando meu alívio como podia.

Em um movimento tão rápido que mal registrei, Calion me levantou e me carregou para seu quarto. Não tive tempo de protestar, não que fosse fazer tal coisa. Ele me pôs na cama com uma calma que eu mesma não tinha. Puxei seu braço com força, não conseguindo fazer com que caísse ao meu lado como pretendia, mas chamando sua atenção o suficiente.

Seu sorriso parecia um oásis no meu desalento. Meu coração inflou, mal parecendo que sofrera tanto com sua ausência a cada segundo que passamos separados. Calion conseguiu se soltar das minhas mãos persistentes e trancou a porta, voltando e deitando-se ao meu lado rapidamente.

Não tive tempo de pedir desculpas ou dizer que sentia muito por tê-lo ignorado como ensaiei por todo o caminho até sua casa. Ele apenas me puxou contra si e me abraçou tão apertado que eu teria protestado se não estivesse adorando seu descontrole.

– Arien! – sussurrou contra meu pescoço.

Sufoquei um suspiro de prazer tanto por seu hálito me provocar arrepios quanto por sua voz rouca me fazer sentir menos saudade, como se aqueles dias tenebrosos não tivessem existido.

– Oi – respondi enquanto brincava com seu cabelo. – Sentiu minha falta?

– Não faz ideia do quanto.

Permiti-me relaxar mais. Mesmo que não quisesse admitir ou sequer pensar sobre aquilo, no fundo, temia que Calion estivesse ressentido demais e me rejeitasse.

– Perdoe-me pelos últimos dias. Eu não queria mantê-lo afastado, só precisava… de um tempo para mim.

– Não posso dizer que entendo, Arien. Mas se for por causa da disputa para entrar no grupo de buscas…

Balancei a cabeça, afastando-me dele para poder encarar seus olhos.

– Não vou mentir para você e dizer que fico feliz que precise lutar contra Rauthar. Mas é por você, porque estou preocupada com *você*! No entanto, não tenho o direito de pedir para desistir de algo que queira, mesmo que seja essa loucura – resmunguei.

– Obrigado. Isso é importante para mim. Não só porque quero provar a todos que sou digno de você, mas também porque há tempos quero uma chance para colocar aquele desgraçado no seu devido lugar – falou se referindo a Rauthar.

Suspirei, sabendo que seria inútil tentar fazê-lo mudar de ideia.

Eu não conseguiria mais viver daquele jeito, então, no meio da calmaria de estar ao lado de Calion, uma ideia surgiu em minha mente. Rauthar não poderia me tocar se eu não estivesse ao alcance dele. Eu resolveria tudo de uma maneira ou de outra.

– Calion, você... fugiria comigo? – perguntei, tentando soar distraída e desinteressada.

– Fugir de quê?

Dei de ombros, fingindo que sua pergunta não tinha me afetado. Fiquei desanimada por ele não aceitar rapidamente sem fazer perguntas.

– Fugir daqui. Poderíamos ir para o seu vilarejo ou para qualquer outro. Seria uma aventura! – Tentei persuadi-lo. Eu não disse do que fugiríamos, mas de onde, e torci para que não insistisse naquela parte.

– Isso é impossível, Arien. – Calion me soltou completamente e encarou meus olhos, sua frase pareceu partir o último fio de esperança que tinha dentro de mim de sair daquele problema. – Alfheim está infestada de elfos negros, partir daqui agora seria loucura. Da última vez que soube, este vilarejo era um dos poucos que ainda não fora atacado. É perigoso se aventurar nas florestas com essa situação.

Eu entendi a explicação dele, mas não consegui parar de me sentir como se estivesse completamente sozinha. Ele acreditaria em mim se contasse? Talvez. Eu sentia que podia confiar plenamente em Calion, mas o que aconteceria depois de contar? Uma onda de desespero e humilhação passou por mim. Eu seria apontada no vilarejo como a mais fraca das criaturas e traria desonra para a minha família. Confessar ser incapaz de lidar com as agressões de um elfo seria como atestar minha inutilidade para todo o vilarejo.

Calion estava falando alguma coisa em relação ao Festival da Colheita, mas mal registrei suas palavras. Eu teria que dar um jeito sozinha, e daria. Livraria-me daquele miserável asqueroso por mim mesma nem que fosse a última coisa que fizesse na vida.

– Arien, está me ouvindo?

– Desculpa, estava pensando em uma coisa. O que dizia?

– Nada de mais, só estou animado por passarmos nosso primeiro Festival da Colheita juntos – declarou com um sorriso que não chegava aos seus olhos.

– Está mesmo? Não parece tão feliz.

Calion suspirou e afagou minha bochecha com o polegar.

– Só gostaria de saber o que está acontecendo. Queria que me deixasse participar da sua vida, Arien. Quero ser o que você precisa.

Aproximei-me dele novamente. Se realmente fizesse o que estava planejando, talvez Calion nunca me perdoasse, se é que eu voltaria a vê-lo algum dia. Aquele pensamento e suas palavras me deixaram emocionada.

– Você já é tudo o que eu preciso, Calion, acredite nisso – sussurrei como se aquilo fosse um segredo que ninguém mais, além dele, pudesse ouvir.

Tarde demais, percebi que nossos rostos estavam tão próximos que eu podia sentir sua respiração na minha pele. Encarei seus olhos dourados intensos e me perdi neles completamente, sem poder fazer nada para me impedir.

Envolvi seu rosto com as mãos e o puxei para mim, colando minha boca na dele, surpreendendo a nós dois antes que pudesse formular um pensamento coerente sobre o que acontecia. A verdade é que não estava nem querendo pensar, meu desejo assumiu o controle por completo quando senti a maciez dos seus lábios contra os meus. Se eu iria embora, queria uma despedida da qual me lembrasse para sempre.

A surpresa de Calion não durou nem um segundo, logo me puxou para mais perto e correspondeu, sem amarras, ao meu beijo. Sua língua seduzia a minha para participar daquela dança sensual com investidas precisas, gemi enquanto meus sentidos se inflamavam a cada respiração ofegante dele.

O beijo, que começara calmo e doce, transformou-se rapidamente em uma necessidade urgente. Minha mão já puxava seu cabelo quase com violência quando seus lábios deixaram os meus e partiram para uma tortura deliciosamente lenta no meu pescoço, beijando e mordiscando minha pele enquanto eu tentava clarear a mente.

Quando Calion avançou mais contra mim e me dei conta do que estava fazendo, consegui me afastar. Murmurei um pedido incoerente de desculpas, já que ele não se afastava de maneira alguma.

– Desculpe. Eu não… deveria ter feito isso – falei entre respirações, e Calion levantou a cabeça rapidamente.

– Não diga isso, Arien, não consigo acreditar que já tenha se arrependido.

– Não me arrependi, só precisava dizer alguma coisa depois de atacar você dessa forma – informei sorrindo e Calion riu com a voz rouca.

– Pode me atacar assim sempre que quiser, não tenho defesas contra você. – Buscou minha mão entre os lençóis um pouco bagunçados e a trouxe aos lábios, plantando um beijo cálido na palma.

– Preciso ir para casa – falei depois de um instante. Eu não queria ir, mas seria o melhor a fazer.

– Durma aqui, por favor, prometo me comportar – pediu. – Está muito tarde para você voltar agora.

– Acho que o problema será *eu* me comportar – murmurei tão baixo que não tive certeza se me ouviu.

Concordei e relaxei ao seu lado novamente. Rauthar tinha invadido minha casa e colocado as asas de Nalla sobre a minha cama. Isso significava saber exatamente que nem eu ou meus pais estávamos naquele momento e que a porta ficara destrancada. Rauthar estava me espionando. Não me surpreendi, mas também não fiquei satisfeita por ter chegado àquela conclusão absurda.

Eu aproveitaria a companhia de Calion o máximo possível, uma vez que não poderia tê-lo por perto novamente depois de executar o que planejava. Não era um bom plano. Realmente era péssimo, mas era minha única saída considerando a inatividade da minha defesa contra Rauthar. Diante dele, estava impotente.

Calion insistiu para que ficasse em sua casa enquanto meus pais não voltassem da busca. Ele desconfiava que algo estava acontecendo e eu até gostava de seu zelo exagerado, pois me fazia sentir menos insegura.

Voltei para casa depois que acordamos apenas para buscar algumas das minhas coisas. Eu não precisava levar muito, então demoraria pouco tempo e, logo, poderíamos voltar.

Entrei na minha casa enquanto Calion conversava com Maggo do lado de fora. Entendi pouco da conversa, mas consegui ouvir: "pare de perseguir minha mãe e deixe a Arien em paz. Por que não volta logo para o seu mundo?". Eu não fazia ideia de que a relação entre eles estava tão ruim.

Uma mão pálida e agressiva tapou minha boca rapidamente, a outra pegou meus braços e os prendeu para trás. O desespero me invadiu enquanto me via completamente aprisionada por Rauthar. Tentei gritar por socorro, mas o som abafado e incoerente que saiu dos meus lábios aprisionados só serviram para fazer meu agressor rir baixo atrás de mim.

– Você não dormiu aqui esta noite – ele observou. – Acho que não gostou da surpresa, não é, minha linda?

Soltando minha boca, Rauthar me virou mantendo meus braços presos enquanto me contorcia contra seu aperto.

– Não posso acreditar que fez aquilo com a Nalla! Você é completamente louco, seu desonrado infeliz – falei, fazendo questão de não ser nada silenciosa antes de ele tapar minha boca novamente.

– Cale essa maldita boca! Eu acho bom você não falar nada a ninguém ou adivinha qual fadinha será a próxima? – sussurrou, aproximando-se mais de mim. – Sua querida Tyne. Tão meiga, tão frágil…

Apenas o encarei com lágrimas contidas. Ele não faria aquilo com Tyne, eu não permitiria!

– Não farei isso se você me der o que quero, é claro.

Sua proximidade era asquerosa, eu mal podia suportar seu toque que parecia queimar contra minha pele. Contorci-me de novo, tentando soltar meus braços desesperadamente.

– Só eu posso salvá-la, Arien. Torne-se minha e posso livrá-la do seu destino – sussurrou mais uma vez. – Não chore, minha linda. Darei até o festival para você decidir se prefere ser minha ou morrer. Agora vou sair pelos fundos. Lembre-se de Tyne se tiver vontade de contar a alguém, sei que é impulsiva.

Não notei estar chorando até ele mencionar. Rauthar me soltou e partiu rapidamente, deixando-me completamente perdida e angustiada. Ele ameaçou a vida de Tyne, imaginei suas belas asas sobre minha cama como as de Nalla. A náusea e o ódio passaram por mim e me sentei para tentar acalmar minha respiração.

Eu tinha até o Festival da Colheita para decidir o que fazer, mas não seria nenhuma das duas opções de Rauthar. Além de Tyne, eu também corria perigo. Tentar me fazer escolher entre minha própria vida e pertencer a ele era tão covarde que mal podia acreditar se tratar de um de nós, parecia mais um monstro frio e desonrado como aqueles dois elfos negros na floresta.

Acalmei-me o máximo que pude e arrumei minhas coisas com rapidez, então disparei pela porta e encontrei Calion conversando com o senhor Bargon. Respirei profundamente e fui até eles, tentando colocar um sorriso no rosto.

Calion pegou minha mão e encarou-me sorrindo. Seu sorriso congelou no rosto assim que pôs os olhos em mim, acho que não o enganei.

– Conheci o senhor Bargon – informou, estudando minha expressão.

– Olá, queria mesmo falar com o senhor. Quero que... o senhor me treine. Se ainda estiver disposto, é claro – falei nervosa. O senhor Bargon era o líder do vilarejo e imaginava que, sendo bastante ocupado, poderia ter mudado de ideia.

– Isso é ótimo, Arien. Soube que parou seu treinamento com Tyne há alguns dias. Começaremos amanhã, de acordo?

– Sim, senhor, amanhã está ótimo – concordei rapidamente, surpresa por ele saber que interrompi meus treinos.

Despedimo-nos do senhor Bargon, passamos na casa de Calion para deixar meus pertences e seguimos para a área de treinamento. Meu Aías estava bastante inquieto. Não demorou muito para começar a falar:

– Você andou chorando. Aconteceu alguma coisa?

Odiava mentir para o meu Aías, mas sabia que ele desejaria matar Rauthar quando descobrisse suas ameaças. Provavelmente, nada poderia contê-lo, e matar um elfo da luz implicava consequências severas. Por outro lado, manter as coisas como estavam era inviável. Não me restava outra escolha, precisava proteger a todos daquele asqueroso.

– É só que... vou sentir saudade de casa.

– Vai ser por pouco tempo – Calion respondeu, tentando me confortar.

Sorri para ele, adorava o jeito como sempre procurava me deixar mais feliz.

– Não se preocupe comigo, vou aproveitar para arrancar de você todas as informações que quero.

– Que informações? – perguntou intrigado e curioso.

Dei de ombros. Eu gostaria de saber tudo sobre ele, o máximo possível. Tudo aquilo que perdi enquanto estávamos distantes.

– Tudo. Por exemplo, como você vivia lá no outro vilarejo, como você era...

Calion encolheu os ombros, um pouco constrangido. Eu não estava esperando essa reação.

– Eu era um pouco... diferente. Meio revoltado com a coisa toda de ter que me juntar a alguém para o resto da vida. Treinava bastante também, nada de mais.

– De sua revolta eu já sabia! – falei, rindo. Ainda me lembrava de como ele estava irritado por ter a ligação, por mais maravilhosa que fosse a sensação. – Por que treina tanto?

– Preciso estar preparado para tudo – respondeu simplesmente, puxando-me para onde treinava com Nasvar. – Sempre tive esperança de poder ir à fronteira para buscar meu pai.

– Entendo. – Se treinar me ajudasse a ter Eirien de volta, também me dedicaria o tempo todo, o máximo que pudesse.

Calion me deu um beijo cálido na testa antes de seguir até Nasvar, que andava de um lado para outro. Sentei embaixo de uma árvore e observei os dois treinarem por horas. Senti que o poder fluía de mim até Calion, curando-o a todo momento e fazendo Nasvar me encarar com uma expressão de desgosto.

Ri um pouco na tentativa de me desculpar, pois não era de propósito. Para curar Calion, não precisava nem sequer pensar a respeito, era tão natural quanto respirar. Apesar de ser apenas um treinamento, notei que ambos se machucavam algumas vezes, atacando com força mal calculada.

Sentia saudade dos meus pais, eles nunca haviam passado tanto tempo em uma busca. Minhas mãos suaram quando pensei que talvez tivessem encontrado um grupo de elfos negros com quem lutaram. Sabia da capacidade dos dois, mas não podia deixar de me preocupar. Meu vilarejo era o mais seguro até agora, queria-os ali, junto a mim, e não tentando salvar Alfheim, mesmo que pensassem ser uma obrigação deles.

Escolheram fazer aquilo a partir do momento em que entraram para o grupo de buscas. Ninguém era obrigado a fazê-lo, mas era uma grande honra participar. E agora Calion também queria ingressar. Ficaria longe sempre que saísse em uma busca, e eu morreria de saudade. Mas era aquilo o que ele queria e eu respeitaria por mais que não gostasse. Assim como ele também não gostaria do que faria depois do Festival da Colheita. Rauthar dizia ser a única salvação do meu destino, mas não fazia ideia sobre o que se referia. Suas charadas me deixavam sem paciência, além de não acreditar em nenhuma delas. Eu nunca seria dele, mesmo que para isso passasse a vagar pelos mundos, fugindo da sua obsessão.

Entretanto, era preciso admitir que aquela decisão estava me matando por dentro. Ficar longe de Calion seria extremamente difícil, já que meu corpo parecia ser atraído sempre que o via. Eu também sentiria tanta falta dos meus pais que chegava a doer só em pensar. Também sentiria saudade de Maggo e Tyne, mas faria aquilo principalmente para protegê-la. Enquanto permanecesse ali, ela não estaria segura, sempre estaria sob a ameaça de Rauthar, sendo sua moeda de troca pela minha submissão.

Quando Nasvar disse que Calion estava dispensado, suspirei de alegria. Era fascinante vê-lo treinar, mas já estava cansada de só ficar sentada pensando nos problemas. Fui rapidamente ao encontro dele, no entanto, ao contrário do que pensei que faria, Calion não me abraçou.

– O que foi? – perguntei, imaginando que Nasvar falara alguma coisa que não devia.

– Estou todo suado.

Fomos para casa a passos lentos, eu suspeitava que Calion gostasse de simplesmente me exibir por aí. Assim que chegamos, ele foi tomar banho e me deixou na sala com seu pai, Bellon.

– Mal o reconheço, sabia? – falou depois de alguns minutos de silêncio entre nós. – Está tão diferente...

– Isso é ruim?

– De forma alguma! – respondeu, sorrindo, era extremamente simpático. – Ele tem até me tratado muito bem depois que nos mudamos.

– Calion o tratava mal? – indaguei surpresa e até um pouco desapontada, não esperava isso dele. Por que tratar mal alguém que cuidara dele quando seu verdadeiro pai não pôde; alguém que fazia a mãe dele feliz? Não consegui pensar em nenhum motivo.

– Ele mal me dirigia a palavra antes de conhecer você. Acredito que nunca tenha me aceitado de verdade.

– Mas... por quê? – perguntei um pouco desconcertada.

– Depois da ligação, quando retornou ao vilarejo, estava tão desesperado que mal o reconheci – explicou com um sorriso nos lábios e o olhar viajante. – Nos disse que vira a coisa mais linda de Alfheim, completamente irritado e perdido. Contou que teve a ligação e que mal conseguia estar ali naquele momento, que precisava voltar para ver você. Naquele dia falou comigo de verdade, com respeito, pediu conselhos e perguntou se eu e a mãe dele nos mudaríamos para cá se fosse necessário. Caladiel estava completamente eufórica, nunca aceitou que Calion sofresse com o erro do pai. Então, só o que impedia a mudança era minha decisão. Era o líder do vilarejo e Calion sabia que seria difícil abandonar meu posto repentinamente.

Continuei encarando Bellon sem saber o que falar, presa em cada uma de suas palavras. Ele não entendera a minha pergunta: o que queria saber é por que Calion não o aceitava. Mas o que dissera era tão surpreendente que não consegui formular uma resposta.

Outra coisa que me chamara atenção é Bellon ter se referido ao que o pai de Calion estava passando como "erro". Ele teria errado em ir para a guerra ou em outra coisa? Não consegui pensar em mais nada para entender por que usara essa palavra.

– Quando concordamos em nos mudar, Calion veio correndo até aqui, tão ansioso para saber se você ainda o queria que mal conseguíamos acompanhá-lo – continuou a contar diante do meu silêncio. – Chegamos e ele não conseguia tirar os olhos de você quando entrou na sala, foi engraçado.

Sorri, relembrando aquele dia. Eu tinha ficado extremamente triste com toda a situação, Calion não queria ser meu Aías e me sentia completamente rejeitada. Agora, tudo aquilo parecia tão distante como se nunca tivesse acontecido.

Bellon e eu rimos um pouco enquanto Calion entrava na sala. Cumprimentou o pai normalmente. Eu teria que perguntar por que o tratava mal, ainda não conseguia entender. Despedi-me de Bellon e segui meu Aías pelo corredor.

– Vocês pareciam estar se dando bem – observou distraidamente.

Considerei aquilo, eu não fazia ideia de que Bellon era assim. Quando o vi na minha casa, mal prestei atenção em muita coisa, mas pensei que fosse alguém reservado. Na verdade, era simpático e divertido. E, apesar de eu não ter falado quase nada, acho que nos demos bem realmente.

– Sim, gostei dele. Deve ter sido um bom pai para você.

Vi a tensão em seus ombros quando ele subiu na cama ao meu lado, depois de trancar a porta. Eu estava muito curiosa para saber por que não gostava de Bellon, pois não via motivos para isso.

– Ele tentou – disse simplesmente e ficou quieto por um tempo. Suspirei frustrada por não conseguir mais informações. – Sou eu quem não tem sido um bom... filho.

– Por quê?

– Nunca o aceitei de verdade. – Procurou minha mão entre os cobertores e a apertou rapidamente. – Sempre achei um absurdo minha mãe se unir com ele, porque meu pai não está morto! Ela o traiu com Bellon, que por sua vez entrou nas nossas vidas ocupando todos os lugares que eram do meu pai. Mas não comigo, eu jamais permiti, não trairia o meu pai dessa maneira.

Fiquei surpresa com os sentimentos de Calion. Realmente, traição era uma coisa terrível, mas sua mãe e Bellon não pareciam sofrer com nenhuma retaliação a respeito disso, o que era muito estranho. Calion não o detestava, somente não o aceitava por achar que estava tomando um lugar que não lhe pertencia.

– Ele parece gostar de você – respondi gentilmente, porque achava mesmo aquilo.

– Temos uma relação melhor agora. Mas ele não é o meu pai, não gosto que haja como se fosse. Agora chega desse assunto... – Calion me puxou pela cintura para mais perto, com uma intenção clara.

Impedi sua aproximação antes que seus lábios tocassem os meus e eu perdesse completamente a razão como já havia acontecido. Seu olhar confuso me fazia milhares de perguntas que nem precisavam ser ditas, eu mesma tinha me colocado naquela situação complicada.

– Não sei se isso é certo, Calion – sussurrei, vendo sua expressão escurecer. – Somos Aías, unidos pelos deuses para lutarmos juntos na guerra, não para... – comecei a argumentar, mas ele me interrompeu.

– Não aceito que diga que o que eu sinto não é certo, Arien! Não sei como se sente sobre mim, mas percebo que não é completamente indiferente.

– Só não sei se todos aceitariam que acontecesse... algo entre nós além de sermos meros parceiros de batalha – disse sem fôlego, tentando ignorar qualquer pensamento sobre os possíveis sentimentos dele por mim.

Calion suspirou pesadamente, encarando o teto.

– Não me importo com o que todos irão pensar. Mas, se isso incomoda você, poderíamos ser discretos e não contar a ninguém. Só não me peça para desistir de você, não sou capaz, Arien – propôs contrariado.

Eu queria continuar do jeito que estávamos, queria muito. Calion sempre tentava fazer com que me sentisse bem, preocupava-se com meu bem-estar, e isso só me fazia querê-lo ainda mais. Abri um grande sorriso para ele, que logo se desfez depois de eu considerar a situação em que estava.

Rauthar queria algo que nunca poderia dar a ele, e não havia nenhuma maneira de me livrar de suas ameaças continuando ali. Quando perguntei se Calion fugiria comigo, reservei a esperança de que ficaríamos juntos, apesar de tudo. Mas, agora que se negou a partir comigo, teria de resolver aquilo sozinha.

Quando fugisse para longe, sem avisar ninguém, sem deixar ao menos um bilhete, todos ficariam em pânico. E causar dor àqueles que amava era muito difícil, mas seria para a minha sobrevivência. Talvez Calion nunca me perdoasse por abandoná-lo, exatamente como Nerwen fizera com o pai dele. Eu iria traí-lo depois de ter dito que nunca o abandonaria. Era apenas uma mentirosa.

Senti meus olhos úmidos e o rosto do meu Aías ficou confuso, seu polegar acariciou minha bochecha à espera de uma lágrima que eu não permitiria cair tão facilmente. Não tinha escolha, devia fazer aquilo por Tyne e por mim mesma. Ainda que Calion nunca me perdoasse, eu jamais deixaria de... de quê? *Amá-lo*, pensei tolamente. Mas isso não era possível, não podia estar apaixonada, não havia uma hora pior para tal sentimento finalmente me dominar.

– Você me perdoaria se o decepcionasse algum dia? – perguntei sem conseguir segurar a avalanche de emoções dentro de mim. Eu precisava de uma palavra dele, qualquer coisa que me tranquilizasse de que não o perderia, mesmo fazendo exatamente aquilo que prometi nunca fazer.

– É impossível você me decepcionar – respondeu, plantando um beijo na palma da minha mão.

– E se acontecesse? – insisti.

– O amor sem o perdão é o suicídio da felicidade. O perdão não é uma fonte inesgotável de bondade... Mas, se o amor for mais forte que o orgulho, haverá perdão – respondeu com o olhar intenso. Suas palavras me deixaram menos tensa e mais pensativa.

Calion... me amava? Seria capaz de amar alguém que não tinha absolutamente nada a oferecer, insignificante e fraca? Eu nunca achei ser possível tal coisa acontecer um dia. Observei que ele não respondeu se me perdoaria, mas achei melhor não insistir porque ainda temia sua opinião sincera.

– Durma bem – sussurrei antes de selar meus lábios aos dele num pedido silencioso para que me perdoasse um dia.

(Capítulo 12)

Segui para a área de treinamento com a determinação renovada. Eu me esforçaria e tentaria aprender qualquer poder que tivesse! Eu queria ser útil, digna da admiração dos meus pais e de todos aqueles que me rodeavam. Entretanto, meu bom humor não se devia apenas a estar indo treinar com um elfo muito experiente como o senhor Bargon, mas também porque acordara completamente embolada ao meu Aías, numa confusão inacreditável de braços e pernas.

Calion estava atado a mim quando despertei, e ele também me prendia junto a si inconscientemente, imaginei. Toquei-o brevemente com a ponta dos dedos, explorando seu tronco enquanto a luz invadia o quarto aos poucos. O sorriso que ele não conseguiu conter foi meu único aviso de que não estava tão profundamente adormecido assim. Tentei ficar com raiva por ter sido enganada daquela forma, mas minha expressão só serviu para que ele gargalhasse, afundando o rosto na curva do meu pescoço, fazendo um arrepio delicioso se apoderar de mim.

Pudera eu estar animada! O bom humor dele me contagiava e fazia querer ficar por perto o máximo que conseguisse. Mas nós dois tínhamos que treinar, então segui para o meu encontro com o senhor Bargon imaginando que tipo de treinador ele seria e sentindo um pouco de nervosismo.

– Olá, Arien – cumprimentou assim que cheguei à área de treinamento. Observei que se vestia de maneira muito simples, não parecia preparado para uma guerra como grande parte dos treinadores ali. Ninguém diria que ele era o líder do vilarejo se o vissem daquela forma despojada. – Como você está nesta manhã? – perguntou com um sorriso no rosto que não entendi muito bem, parecia misterioso, como se soubesse de algum segredo.

– Bom dia. Estou muito bem, senhor Bargon, obrigada – respondi educadamente.

– Apenas Bargon, Arien. Bargon é suficiente – disse, dispensando meu tratamento respeitoso. Eu não o chamaria só de Bargon, não era louca. Se meus pais ouvissem aquilo, fariam-me andar por todo o vilarejo arrastando pedras e pedindo desculpas, ou algo assim. Meu coração se apertou de saudade deles. – Vamos começar, então.

O senhor Bargon parecia um pouco perdido e constrangido. Perguntei se era a primeira vez que treinava alguém e ele confirmou, deixando-me completamente surpresa. Duvidei bastante daquilo, mas não comentei nada. Sugeri que começássemos com uma mostra do que já sabia fazer, o que não era muita coisa.

Saímos andando pela área de treinamento e percebi que o senhor Bargon não gostava de ficar parado num mesmo lugar por muito tempo, preferia se movimentar e observar os outros treinarem. Curei tudo o que vi pela frente sob seu olhar atento. Eu não sabia fazer nada além disso, então me empenhei mais do que o usual.

Chegamos até onde Lauriel e Rauthar treinavam e interrompi meu passo no mesmo instante. Encarei ansiosamente o meu treinador, torcendo para que considerasse suficiente minha exibição e começássemos a fazer qualquer coisa em um lugar distante daqueles dois.

– Muito bem, você domina o poder da cura – aprovou com ar pensativo. – Tenho uma pergunta: de onde vem sua energia?

Encarei-o sem saber o que responder. A energia estava dentro de mim. Eu sempre imaginei que estivesse simplesmente ali, que não vinha de qualquer lugar, apenas residia em mim. Considerei sua pergunta por um momento e decidi falar o que achava de verdade:

– Acho que vem... de dentro de mim... talvez – respondi cada vez mais nervosa ao observá-lo balançar a cabeça negativamente. – A energia está simplesmente em mim, não dá para explicar.

– Então, não sente energia alguma além da que está dentro de você?

Respirei profundamente, tentando perceber tudo ao meu redor. O orvalho sobre as folhas parecia vibrar sob o meu olhar, o vento me embalou trazendo consigo um zumbido que eu já conhecia, a terra abaixo dos meus pés pareceu esquentar minimamente como se também afirmasse sua presença ali, meus dedos crepitaram rapidamente depois de juntar as mãos. Consegui sentir até mesmo a energia do senhor Bargon ao meu lado, forte e inabalável, que puxava da água tudo o que precisava para si. Então entendi.

– Sinto! – sussurrei maravilhada com a percepção das novas sensações. Nunca parei para prestar atenção no que aqueles elementos me mostravam o tempo todo. – Posso sentir energias além da minha.

Tentei explicar aquilo, que eu mesma só percebera há alguns instantes, da melhor maneira que pude. O senhor Bargon pareceu um pouco surpreso algumas vezes, mas, na maior parte do tempo, apenas balançava a cabeça como se já esperasse aquilo. Quando terminei minha explicação, ele estava particularmente contente.

– E esse é o seu Akasha – falou, referindo-se ao meu elemento. – Ele originou os outros elementos, então você tem influência sobre todos eles.

Fiquei surpresa com sua declaração e imensamente feliz pela palavra "influência" estar ali. Talvez pudesse usar um dos elementos que realmente servia em batalhas em algum momento, talvez pudesse descobrir uma maneira de fazer aquilo!

– Verdade, senhor? – perguntei contente, ignorando sua careta por continuar não o chamando apenas de Bargon. – E eu posso usá-los?

– A qualquer momento que quiser. É de onde vem o seu poder, todos os elementos provêm da sua energia.

Desanimei ao entendê-lo. Eu não tinha os poderes de todos os elementos, é claro que não. Como poderia? Senti-me estúpida só de pensar que poderia usá-los para me defender ou atacar em algum momento. Na verdade, o senhor Bargon só estava dizendo que todos os elementos me davam energia. Contei a ele sobre quando tentei curar uma árvore e aconteceu tudo ao contrário do que eu e Tyne esperávamos. Ele pareceu bem satisfeito, muito diferente de como me senti naquela ocasião.

– Isso aconteceu porque provavelmente você estava com pouca energia, então, ao invés de curá-la, dirigiu um pouco da energia dela para si mesma. Talvez, se tivesse continuado depois disso, conseguisse curá-la normalmente.

Parecia uma boa explicação, clareou minha mente e percebi que realmente fazia sentido. Eu estava mesmo me sentindo cansada, mas nunca passou pela minha cabeça ter a capacidade de fazer qualquer coisa parecida com aquilo, então fiquei bastante assustada.

– Nesse caso, quando precisar de energia, basta usar a de qualquer elemento por perto? – perguntei só para confirmar.

– Acredito que sim. Precisamos testar, vamos – o senhor Bargon falou animado e partimos novamente, andando pela área de treinamento.

Notei que Rauthar nos encarava abertamente, encolhi-me um pouco sob o peso do seu seu olhar. Sabia que ele não poderia fazer nada comigo com meu treinador por perto, ainda mais porque me deu até o Festival da Colheita para me "decidir", mas não confiava em sua palavra nem por um segundo. Acelerei o passo ao lado do senhor Bargon quando vi Lauriel murmurar alguma coisa capaz de capturar a atenção de Rauthar.

O senhor Bargon e eu percorremos a área de treinamento praticamente toda, parando próximo dos treinadores e pedindo permissão para exercitar meu poder de cura em qualquer coisa que ali estivesse. A expressão de alívio no rosto de vários elfos que estavam treinando nos fez rir depois de nos afastarmos. Percebi que o senhor Bargon era mais divertido do que poderia imaginar. Como era o líder do vilarejo, pensei que seria completamente sério e retraído.

Assim que avistei Calion no lugar em que costumava treinar com Nasvar, meu coração retumbou no peito e meus pés aceleraram na direção dele sem permissão. Ouvi um riso baixo atrás de mim, mas não me importei. Mal cheguei a dar alguns passos quando Calion se virou para me encarar com seus olhos grandes e brilhantes de leão.

O urso à sua frente urrou uma vez depois de Calion ser atingido por estar distraído, mas ele não voltou para revidar. Apenas foi em minha direção, assim como eu seguia para a dele.

– Arien! – falou logo que se transformou em elfo e se aproximou de mim, suspirando aliviado enquanto seus poucos ferimentos se curavam. – Como está seu primeiro dia de treinamento?

– Muito bom. Realmente, melhor do que esperava. – Olhei para os lados nervosa quando ele pegou minha mão e a levou até os lábios.

– Pensei que não viria nunca – reclamou.

– Se continuar falando assim, vou supor que já estava com saudade – brinquei e observei nossos treinadores se aproximarem.

– Está certa – respondeu simplesmente, sorrindo um pouco constrangido. Não tive tempo de perguntar se falava sério, porque Nasvar e meu treinador nos alcançaram.

– Espero que esteja treinando muito, jovem – o senhor Bargon se dirigiu a Calion. – Tempos difíceis estão a caminho.

– Estou ciente disso, senhor, tenho me esforçado ao máximo.

– Ah, tem? – perguntou Nasvar atrás dele, transformado em elfo novamente. – Então por que não estamos treinando? Arien, eu agradeceria se não distraísse mais o meu protegido.

Calion revirou os olhos enquanto me sentia completamente surpresa. Eu não fazia ideia de que Nasvar o escolhera como seu protegido e fiquei muito curiosa para saber o motivo de tal decisão.

– A culpa foi minha, Nasvar – meu Aías grunhiu para o treinador.

– Não, tudo bem. Não quero atrapalhar vocês – falei rapidamente, tentando segurar aquilo na memória para perguntar-lhe mais tarde.

Saímos sorrateiramente enquanto Calion retomava seu treinamento. Eu estava temorosa que alguém percebesse meus sentimentos por Calion, mas parecia que ele não fazia tanta questão de esconder o que sentia. Tentei afastar o senhor Bargon dali o mais rápido que pude.

Assim que demos mais uma volta pela área de treinamento, o senhor Bargon achou que eu finalmente tinha gastado energia suficiente. Já poderíamos testar se conseguia realmente absorver a energia de qualquer outro elemento quando precisasse.

Aproximamo-nos de uma árvore, um pouco afastada de todos por insistência de meu treinador, então pus as mãos espalmadas no tronco.

– Eu... não sei bem como fazer isso – confessou um pouco nervoso, me observando. – Como lhe dar instruções, quero dizer. Mas vou tentar – falou determinado antes de continuar. – Tente... sentir a energia da árvore, a sua essência. E depois só... tente puxar a energia para si.

Respirei profundamente algumas vezes, sentindo a textura da árvore e concentrando toda minha atenção em sua magnitude e energia. Friccionei os dedos na superfície, sentindo minha própria energia, fraca, atrair a energia da árvore de uma maneira que nunca achei possível.

Arfei quando a energia da árvore se juntou à minha, estabelecendo-se dentro de mim facilmente. Observei atentamente se não estava, por acaso, matando a árvore ou algo assim; afinal, era a primeira vez que absorvia energia conscientemente.

Na primeira vez que aquilo aconteceu, foi completamente por acaso. Agora parecia ser muito natural, como um empréstimo de energia.

Depois de ter praticamente toda a minha energia restabelecida, curei a árvore normalmente.

Virei-me contente para o senhor Bargon, que encarava a cena com naturalidade, como se visse aquilo milhares de vezes ao dia. Mas o sorriso enigmático no seu rosto me deixou ansiosa sobre meu desempenho, estava torcendo para que tivesse feito o processo da maneira certa.

– Então, como me saí? – perguntei sem conseguir me conter nem mais um segundo.

– Muito bem, muito bem – falou, balançando a cabeça positivamente. – Isso será muito útil para o seu poder de retorno.

– Poder de retorno? – repeti debilmente, não entendendo.

– O poder de retornar do mundo dos mortos, Arien.

Fiquei tensa no mesmo momento. Eu ainda tinha minhas dúvidas a respeito daquele assunto, e a principal delas era se *realmente* possuía aquele poder. Ainda me parecia inacreditável.

– Não se preocupe com isso. Apenas tentaremos sem expectativas, certo?

– Tudo bem – respondi simplesmente.

– Sei que não está sem energia – falou, levantando uma sobrancelha. – Mas entenderei se não quiser tentar isso agora.

Engoli em seco, realmente não queria tentar aquilo; nunca, na verdade. Mas fugir da descoberta de ter ou não o suposto poder só faria com que todos ficassem ainda mais curiosos. E continuariam com o assunto até eu provar que não poderia fazer aquilo. Suspirei resignada e decidi tentar, apesar de não querer sinceramente.

– Tudo bem, melhor acabar logo com isso. Quer dizer... tentar de uma vez – corrigi rapidamente. – Como faremos? Para trazer alguém de volta, esse alguém precisa estar...

– Morto, exatamente – ele completou minha frase, suspirando. – Não tenho ideia de como faremos isso.

Matar não é exatamente fácil para nós, elfos da luz, mas matávamos. Entretanto, agora a situação era mais complicada. Matar para treinar e ainda correr o risco de não devolver a vida à vítima era uma situação horrível. Pensei rapidamente que Lauriel poderia se oferecer da mesma forma como se oferecera para jogar pedras em mim! Estava prestes a sugerir o nome dela quando o senhor Bargon falou:

– Vamos pedir ao seu amigo anão que mate algum animal para nós! O que acha?

Franzi o cenho, pois não queria aquilo. Eu mal tinha o tal poder e já não gostava dele.

– Isso é cruel, senhor – murmurei.

– Eu sei. Mas é a única solução que vejo.

Suspirei derrotada, imaginando que dizer "não treinar esse poder é uma solução" não seria uma boa escolha para começarmos.

– Esperar algum animal velho e doente morrer? – sugeri com um pouco de esperança.

– Arien... – o senhor Bargon respondeu com um sorriso triste nos lábios. – Temos que fazer isso. Falaremos com o anão, certo?

– Certo – aceitei resignada. – O nome dele é Maggo. Acredito que se o senhor o fizer se sentir inferior, ele não nos ajudará.

O senhor Bargon murmurou algo como "ele faz tudo por você", mas concordou em ser cortês com meu amigo.

Fomos em cada canto do vilarejo, nas tabernas inclusive, e Maggo não estava em lugar nenhum. Quando finalmente decidimos parar, todos os elfos já estavam nos observando intrigados por estarmos à procura desse anão, não por minha causa, mas pelo interesse do senhor Bargon, que nunca sequer trocara duas palavras com ele.

Quando meu treinador se despediu de mim em frente à casa de Calion, percebi que realmente fiz uma boa escolha. Apesar de gostar de Tyne, não concordava com o seu jeito de me treinar. Ela era muito diferente do senhor Bargon, que se revelou calmo, paciente e até um pouco divertido.

Entrei na casa do meu Aías rapidamente, não querendo dar chance para Rauthar me encontrar. Não confiava que ele realmente me dera um "prazo para decidir", além de suspeitar que estivesse me espionando. Não havia o que decidir, mas aquele era o meu trunfo e eu o usaria pelo menos até o dia do festival.

Encontrei Maggo e Caladiel numa discussão fervorosa. Assim que me notaram parada perto da porta com os olhos esbugalhados, pararam de gritar um com o outro. Estava muito intrigada sobre qual era o assunto tão importante que tinham em comum, mas achei melhor não me intrometer. A mãe de Calion não parecia disposta a dar explicações de qualquer coisa sobre sua vida para ninguém.

– Desculpe interrompê-los.

– Não tem problema, era uma conversa sem importância. – Caladiel arqueou uma sobrancelha para Maggo, desafiando-o a contradizê-la. – Bellon me disse que ficaria uns dias por aqui.

– Maggo, poderia me fazer um favor? – perguntei depois de Caladiel sair da pequena sala.

– Que favor? – Quis saber desconfiado. Ele era sempre assim e, justamente por isso, era tão sagaz e perceptivo.

– É só para me ajudar no meu treinamento. Poderia me encontrar na área de treinamento amanhã?

Maggo abriu um sorriso, pois gostava de me ver empenhada em melhorar minhas habilidades. Não aceitava o fato de que não fizesse parte do grupo de buscas, apesar de os meus pais participarem.

– Mas é claro que sim, Arien! Estarei lá amanhã bem cedo, não se preocupe.

Não tive tempo de dizer que não precisava ser tão cedo, porque Maggo disparou pela porta antes que pudesse reclamar. Ele adorava me forçar a levantar mais cedo do que era necessário.

Segui exausta para o quarto de Calion. Aprendi algo que nem sabia ser capaz logo no meu primeiro dia de treinamento com o senhor Bargon e no dia seguinte tentaria outra coisa, completamente nova. Eu já estava fazendo mais progresso com ele do que fizera em anos com Tyne. Ela é minha amiga, mas precisava admitir que fora uma ótima decisão trocar de treinador.

Suspirei profundamente e apertei as pálpebras fechadas depois de deitar na cama. Eu já estava me esquecendo de que o dia seguinte seria meu último dia de treinamento, pois o Festival da Colheita aconteceria logo no outro dia. A cada hora que passava, uma corda no meu pescoço parecia se estreitar e me sufocar aos poucos, não me levando logo ao mundo dos mortos, mas também não me deixando relaxar e viver em paz. Eu me sentia sob uma tensão constante.

Meu plano me incomodava por sua simplicidade, mas não poderia me dar ao luxo de preencher todas as lacunas. O tempo era meu inimigo. Lembrar do rosto de Nalla, triste pela morte de Rianel, e depois pensar em sua própria morte, e ainda ouvir a voz de Rauthar nos meus pensamentos dizendo que Tyne seria a próxima, tornara minha determinação confiante e cega ao mesmo tempo. Eu partiria para proteger todos, e para garantir minha liberdade também.

Lembrar que o meu vilarejo era o mais "seguro" também não ajudava, pois não parecia nada seguro para mim. E não conseguia entender por que os elfos negros não atacaram o meu vilarejo apesar de já o terem feito com todos ao redor. Eu tentava ignorar o risco de encontrar assassinos ainda mais cruéis fora do vilarejo ao fugir de Rauthar.

Calion entrou no quarto, interrompendo meus pensamentos. Observei-o enquanto enxugava o cabelo molhado rapidamente. Tentei me impedir de encarar seu corpo, sem sucesso. Iluminado pelas velas, as gotículas de água cintilavam na sua pele rija por cima dos músculos definidos, e meu olhar passeou pelo seu corpo sem permissão, até alcançar seu rosto, que tinha uma expressão, no mínimo, divertida.

Senti a face esquentar por ser flagrada encarando-o com um inconfundível interesse. Eu estava envergonhada, mas, além disso, estava sentindo um desejo quase incontrolável. Quando nossos olhares se encontraram, já me sentia completamente enfeitiçada.

Calion seguiu para a cama com o andar lento e cauteloso de quem parecia estar se preparando para atacar uma presa, seus olhos queimavam nos meus, com um brilho dourado ofuscante. Pairou sobre mim por alguns instantes, apenas me encarando sem nenhum resquício do divertimento de antes. Meu peito subia e descia numa respiração um pouco acelerada pela ansiedade e pelo desejo de que ele me tocasse.

Acariciou meu rosto uma vez, numa carícia tão gentil que me fez suspirar. Eu o queria com urgência e não adiantava tentar enganar a mim mesma: aquilo poderia ser tudo, menos errado. Ele deve ter visto no meu rosto a minha decisão, e era a única que poderia tomar. Ficar longe e imaginar que poderia acariciar outro alguém do mesmo modo deixava meu peito apertado com uma angústia que nunca senti antes.

– Arien… – Calion murmurou antes de esmagar seus lábios nos meus.

Todo o controle dele, naquele momento, pareceu evaporar quando correspondi ao seu beijo. Uma de suas mãos encontrou o caminho da minha cintura enquanto a outra segurou meu cabelo. Seu corpo pressionou o meu deliciosamente e aprofundei o beijo, esquecendo minhas preocupações, puxando seus fios sedosos de modo nada gentil para mantê-lo justamente ali, onde o queria.

Nossas respirações ofegantes se misturavam enquanto tentávamos tocar o máximo um ao outro. Aproveitei sua boca beijando e mordendo meu pescoço para explorar o que pude, suas costas largas e ombros fortes, os braços que me apertavam constantemente e se moviam para me puxar. Antes que eu percebesse, estava sentada em seu colo com minhas pernas envolvendo sua cintura.

– O que está fazendo comigo? – Calion sussurrou depois de nossas respirações se acalmarem.

Uma pequena parte de mim ainda tinha consciência sobre estarmos perigosamente próximos, mas o calor que emanava dele só me fazia querer chegar mais perto. Eu ainda estava olhando hipnotizada para seus lábios quando voltei a me inclinar sobre ele, querendo acabar com a distância quase insignificante entre nós.

Antes de beijá-lo como pretendia, Calion segurou meus ombros rapidamente, deixando-me frustrada. Abriu um sorriso ofuscante ao falar:

– Arien, o que foi isso?

Fiquei confusa com a sua pergunta, tive a impressão de que ele sabia exatamente o que foi aquilo já que ainda estávamos completamente agarrados um ao outro. Soltei as pernas de sua cintura com uma vergonha súbita e me afastei um pouco, talvez o tivesse entendido errado, se é que aquilo era possível.

– O que quer dizer?

– Pensei que não quisesse nada disso entre nós... Que fosse errado – expressou num tom duro.

– Eu quero você, Calion, é impossível que não veja isso – sussurrei mortificada. Como ele poderia pensar algo diferente depois do que acabou de acontecer?

– Você... me quer? – testou, levantando as sobrancelhas.

Em meio ao meu embaraço, consegui rir um pouco da sua expressão surpresa, não acreditava que ele poderia duvidar.

– Acho que é até um pouco óbvio agora – comentei divertida.

– Pensei que diria ser mais um dos seus erros e fingiria que nada aconteceu, como antes.

Suspirei, realmente podia ter dado essa impressão a ele, mas, depois desses últimos minutos, já parecia que aquela conversa fora completamente irrelevante.

– Não foi um erro – admiti. – Eu só estava... confusa. Nunca vi dois Aías juntos dessa forma. Ainda estou confusa.

Calion concordou com a cabeça lentamente e voltou a se deitar, puxando-me com ele. Rodeou-me com seus braços e inspirou profundamente na minha nuca, plantando um beijo casto nela.

– Posso esconder de todos se ficarmos juntos, já disse isso – falou normalmente, mas notei o pesar na sua voz.

Ele não estava satisfeito de não poder contar a todos sobre nosso envolvimento, mas me sentia insegura sobre como alguns dos nossos conhecidos reagiriam. Eu estava com medo mais uma vez de ser condenada sem um julgamento justo. Mas minha paixão por Calion era mais forte do que o meu medo das possíveis consequências, e a decisão de ficarmos juntos se consolidou dentro de mim no mesmo instante.

– Fico feliz. Não quero perdê-lo – sussurrei, apesar de não estar nada aliviada.

– Você não vai. Nunca – garantiu.

Mas sabia que o perderia. Assim que fugisse do vilarejo sozinha no Festival da Colheita, eu o perderia e não fazia ideia de quando tornaria a vê-lo. Não fazia ideia se ele me perdoaria pela loucura de sair quando Alfheim estava infestada de elfos negros e, especialmente, por não contar nada sobre Rauthar.

– Estou com saudade dos meus pais – falei sem pensar, sentindo um nó na garganta com aquela situação.

– Estão demorando mais desta vez?

– Sim, muito mais – respondi, piscando rapidamente para evitar as lágrimas. Eu estava preocupada demais com a segurança deles e nem poderia me despedir se não voltassem logo.

– Não se preocupe. – Tentou me confortar. – Seus pais são ótimos guerreiros. Logo estarão de volta.

Suspirei e me aconcheguei mais no seu abraço. Eu sempre achei meus pais fantásticos, mas nunca deixei de me preocupar que um dia tivessem um destino terrível, como o de Liria e Nora. Ficariam furiosos quando percebessem que sumi sem deixar pistas, e eu sempre me arrependeria de não ter me despedido. Dar adeus seria doloroso, mas ao menos teria uma última imagem na memória para me lembrar deles.

(Capítulo 13)

Quando cheguei na área de treinamento, bem cedo aliás, Maggo já estava caminhando impacientemente por lá. Abriu um sorriso enorme quando me viu, um contraste com minha expressão desanimada por vários motivos. Eu ainda teria que explicar ao meu amigo o que faríamos ali, gemi em frustração imaginando as toneladas de perguntas que ele faria.

– Bom dia, Arien! Só assim para você acordar na hora – falou com um sorriso triunfante quando o alcancei.

– Isso não é *acordar na hora* – reclamei. – Olhe em volta, Maggo, aqui está praticamente deserto! Você é muito cruel.

Maggo riu ruidosamente e não consegui evitar de me divertir com sua risada profunda e engraçada, como se estivesse engasgando a cada respiração.

– Certo, resmungona, agora me diga o que faremos aqui exatamente.

– Antes disso… – comecei, querendo adiar o assunto e, também, muito curiosa para arrancar dele algumas respostas que me intrigavam há algum tempo. – O que você e a mãe de Calion têm para tratar? Parece que o assunto de vocês não termina nunca…

Maggo suspirou pesadamente, o que me surpreendeu, pois não costumava se preocupar com nenhum elfo além de mim. Fiquei ainda mais curiosa para saber do que se tratava o assunto. Coçou a barba espessa uma vez antes de dizer:

– É uma coisa complicada.

Concordei com a cabeça, observando-o atentamente. Depois de alguns minutos, quando não continuou e desviou o olhar, falei novamente:

– Só vai me dizer isso? Não sei o que você e Caladiel poderiam ter em comum para conversarem tanto um com o outro.

– Não temos nada em comum – assumiu, mas depois pensou melhor. – Talvez o leão, já que ele é seu protetor e por muitos anos ocupei este lugar. De qualquer forma, não posso contar a você, não tenho esse direito.

Estreitei meus olhos para ele... Não podia ou não queria me contar? Parecia algo muito importante, talvez um segredo. Eu sempre respeitaria qualquer segredo que Maggo tivesse, apesar da minha curiosidade. Decidi que não o interrogaria mais sobre aquilo, não era assunto meu e me intrometer dessa forma na vida de Caladiel era muito desrespeitoso.

– Entendo – comentei rapidamente. – Então vou contar o que faremos aqui hoje... Aliás, o que *acho* que vamos fazer – corrigi sem saber, nem ao menos, como manifestar aquele poder. Era uma situação que beirava o ridículo, além de constrangedora.

Contei tudo sobre o meu poder a um Maggo atento e, logo depois, muito incrédulo. Ao que parecia, ainda não ouvira os comentários sobre o meu novo improvável poder. Quanto mais a boca de Maggo se escancarava, mais eu sorria. Era difícil deixá-lo surpreso com qualquer coisa, então sentia uma grande satisfação quando conseguia.

– Por que fui o último a saber desse seu poder? – indagou ainda sacudindo a cabeça em descrença.

– Eu preferia que ninguém soubesse.

– Acredita mesmo que pode fazer isso? – perguntou desconfiado, levantando uma sobrancelha.

– Não sei – admiti. Não poderia dizer que não acreditava de maneira alguma ou Maggo nunca me ajudaria a descobrir. Era uma de suas manias sempre dizer que, se nem eu mesma acreditava ser capaz, por que ele deveria acreditar?

Meu amigo era um pouco rigoroso segundo a visão dos outros, mas só o achava justo. Não era gentil ou solidário da parte dele, mas não estava falando nada errado, seu realismo e sinceridade eram apenas viscerais.

– Vamos descobrir, então. Aquele projeto de vassoura não é o seu treinador? – Seu tom debochado e o "apelido" que escolhera para o senhor Bargon me fizeram rir, apesar do meu constrangimento.

Consegui murmurar um "comporte-se" antes de o meu treinador se aproximar.

– Bom dia, Arien – cumprimentou e fez um aceno com a cabeça para o anão ao meu lado. – Bom dia.

Maggo foi igualmente seco ao cumprimentá-lo. Revirei os olhos com aquela implicância sem motivo dos dois. Sentindo uma tensão cada vez mais pesada entre nós, adiantei-me:

– Bom dia, senhor Bargon, vamos começar?

– Vamos, sim.

O senhor Bargon começou a caminhar, sem destino certo, enquanto explicava a Maggo o que precisaria fazer. Meu amigo não titubeou como eu em relação a matar o que quer que fosse. O peso na minha consciência parecia aumentar a cada palavra do meu treinador. Se aquilo não funcionasse, uma vida seria perdida à toa.

Fomos até o lugar mais afastado na área de treinamento, onde ninguém costumava ir por ser um espaço um tanto quanto pequeno entre várias árvores e mais escuro que o restante. Meu treinador avaliou o local por um minuto, enquanto um anão impaciente batia o pé no chão ritmicamente, deixando-me mais nervosa a cada segundo.

– Você quer parar com isso? – sussurrei, encarando seu pé nervoso.

– Escolha logo o que quer que eu mate, elfo.

– Não me apresse – resmungou enquanto analisava ao redor. – Não tenho o seu sangue frio, anão.

Maggo revirou os olhos e me encarou fazendo uma imitação silenciosa do meu treinador falando de maneira engraçada, gesticulando com os braços curtos. Mordi a bochecha tentando não rir, mas não consegui evitar um sorriso divertido.

– Consegui! – o senhor Bargon falou, atraindo nossa atenção para o que trazia nas mãos.

Arquejei baixo quando vi o pássaro azul preso entre suas mãos. Apenas a cabeça estava livre e a ave se mantinha estranhamente silenciosa, o que me fez pensar rapidamente que, de alguma maneira, ela já sabia o que estaria por vir. Senti meu coração palpitar, a culpa já me dominava.

– Senhor Bargon, não! – pedi sem saber mais o que dizer.

Meu treinador apenas me encarou, seu olhar pesaroso espelhando o meu. Aquilo era absolutamente desnecessário, eu já não gostava do maldito poder se era preciso matar o que quer que fosse para treiná-lo.

– É a única maneira, Arien, sabe disso. – Entregou o pássaro a Maggo, que o apertou com as mãos pequenas. Senti um frio na espinha e engoli em seco; era a única maneira, mas não queria concordar! Se não desse certo, nunca mais treinaria aquilo mesmo que insistissem. – Seja rápido, an... Maggo. Por favor, seja cauteloso.

– Cauteloso e rápido. – Maggo assentiu e me fitou.

Desviei meu olhar rapidamente, não assistiria àquela atrocidade.

Em poucos segundos, ouvi o passarinho protestar, emitindo um som tão desesperado e triste quanto me sentia naquele momento. O pavor que ouvi instalado ali me fez engolir em seco. Apertei os olhos, sentindo meu coração trovejar, implorei para que suas batidas abafassem o som do pássaro agonizando.

Os sons foram ficando cada vez mais fracos até que cessaram completamente, deixando o ambiente numa morbidez sufocante.

– Pronto. – Vi pela visão periférica Maggo dar o pássaro com cuidado para o meu treinador, que o colocou na grama.

– Está na hora, Arien – o senhor Bargon falou com a voz rouca. – Quanto mais rápido fizer, mais chance terá de trazê-lo de volta.

Ajoelhei-me na grama próximo ao pássaro, encarando, com pesar, aquela criatura tão frágil. Eu não queria nada daquilo, não desejava ter aquele poder e já estava quase ressentida pela possibilidade de tê-lo. Há alguns anos, faria de tudo para conseguir reviver alguém, mas naquele momento não me sentia honrada ou privilegiada por isso. Só sentia culpa.

– O que eu faço agora? – perguntei insegura.

O senhor Bargon alcançou um papel amassado e leu rápida e silenciosamente o que havia ali, encarando-me logo depois.

– Você... hum... tem que trazê-lo de volta se conectando com seu elemento.

– Meu elemento? O Akasha, que nem sei usar? – perguntei nervosa.

O pássaro definitivamente fora morto à toa se meu treinador achava-me capaz de usar meu elemento para revivê-lo.

– Exatamente. Ele não se manifesta, mas está dentro de você, Arien. Precisa acreditar nisso! – O senhor Bargon também estava nervoso. Ele não sabia se tentava convencer a mim ou a si mesmo de que aquilo era possível. – Vamos lá, sinta seu espírito, sua essência, todo seu poder e tente se conectar com o… – interrompeu a si mesmo quando percebeu que Maggo e eu o encarávamos como se falasse outra língua.

Aquilo não era possível.

Mesmo não acreditando muito naquele poder que eu – supostamente – tinha, inspirei profundamente, tentando me "conectar" de alguma forma ao pássaro. Mas como era possível se ele já estava morto? Balancei a cabeça descrente e me concentrei ainda mais no pequeno corpo inerte.

Por instinto, ou por pura criatividade em meio ao desespero, tentei relembrar como ele estava alguns minutos antes. O canto magnífico ecoando na floresta, o coraçãozinho batendo ritmicamente assim como suas asas. Eu poderia devolver tudo isso a ele, bastava encontrar a tal conexão.

Toquei suas penas com as mãos trêmulas. Estranhamente, ainda havia um rastro de energia ali, muito tênue. Não tive dúvida de que era sua energia se dissipando aos poucos. Inspirei profundamente com os olhos fechados, puxando aquela energia para mim e concentrando-a da forma que pudesse.

Eu sentia a pouca energia em minhas mãos, ansiando por se dissipar ou para ser absorvida. Era um pouco difícil controlá-la e, quando estava quase a perdendo, senti uma ligação entre aquela energia e outra, que parecia distante. A fraca conexão entre essas energias me fez duvidar se ambas eram do pássaro.

Atraí aquela energia para mim com toda a força que pude e, aos poucos, consegui concentrá-la em minhas mãos. Ouvi murmúrios de surpresa e abri as pálpebras rapidamente. O senhor Bargon e Maggo me encaravam espantados. Entendi o motivo disso assim que baixei o olhar. Minhas mãos revelavam um brilho ofuscante, como se a energia se mostrasse naquela luz.

Mais uma vez, apenas supus o que deveria fazer. Juntei as energias do pássaro e me concentrei, tentando, de alguma forma, empurrá-las para o seu corpo.

Não estava funcionando! E o desespero que me consumiu depois de perceber isso foi uma surpresa muito grande. Eu não deveria me sentir assim, já que tinha certeza de que não daria certo de qualquer forma. Mas agora queria salvar o pássaro, sua morte em vão pesava na minha mente de tal forma que senti meus olhos umedecerem.

Empurrei minha própria energia, em total desespero, fundindo-as de uma maneira que nem sabia se era possível, dando tudo de mim.

Arfei quando percebi que, lentamente, a energia se transferiu para o pequeno corpo, puxando cada vez mais da minha no processo. Empenhei-me até que consegui finalmente devolver ao pássaro toda a energia que consegui capturar, e até uma parte significativa da minha.

Minha respiração estava pesada quando observei minhas mãos novamente, agora um pouco vermelhas. O pássaro ainda não se mexia e soltei um suspiro de frustração. Pelo menos fiz o possível, o meu melhor. Se isso não foi o suficiente, é porque não tinha aquele poder. Por um momento, cheguei até a desejá-lo. A possibilidade de dar uma segunda chance à vida de alguém me fazia pensar que o destino poderia ser diferente.

Um movimento sutil chamou minha atenção e encarei o pássaro com expectativa, prendendo a respiração. Quando ele esticou as asas lentamente e tentou se levantar, senti uma felicidade tão grande que a minha visão ficou nublada e meu coração pareceu se encher com um sentimento completamente novo. Eu estava tão grata e maravilhada que só consegui ficar observando-o por um tempo.

Depois de contemplar a recuperação do pássaro, olhei para o meu treinador em busca de aprovação. Eu estava extremamente orgulhosa e surpresa por ter conseguido usar aquele poder pela primeira vez, e sem tantos problemas. O canto do pequeno pássaro azul ecoou entre as árvores depois de ele ter batido as asas para longe, enquanto o assistia emocionada.

Maggo sorria completamente embasbacado. Entretanto, meu treinador estava tão sério que me levou a pensar ter feito alguma coisa errada. O senhor Bargon suspirou e me parabenizou rapidamente, tentando disfarçar sua seriedade com um pequeno sorriso. Fiquei ainda mais desconfiada quando, parecendo preocupado, deu a desculpa de precisar organizar o Festival da Colheita e foi embora dali.

– O que deu no elfo? – Maggo perguntou, estendendo a mão para me ajudar a levantar da grama.

– Não faço ideia. – Pelo visto, não fui a única a perceber.

– Estou tão orgulhoso de você, Arien – Maggo comentou depois de um tempo que começamos a andar. – Realmente orgulhoso. Você está pronta, não precisa mais de mim.

Eu estava tão feliz com o sucesso do treino e com o elogio de Maggo que levei um minuto ou dois para entender suas palavras.

– Do que está falando? – inquiri nervosa, esperando que não confirmasse a minha desconfiança.

– Você já não precisa de mim, talvez não precise até mesmo do leão. É disso que estou falando, o meu trabalho aqui acabou.

– Maggo, por favor, não faça isso. Não vá embora, eu preciso que…

Eu precisava de quê? Maggo já não era mais meu protetor desde que tive minha ligação, mas ainda era meu amigo, e eu precisava do meu amigo. Meu egoísmo não conseguia aceitar que, apesar de gostar de mim, aquele não era o seu lugar e que, provavelmente, ele sentia falta da família e do próprio mundo, por mais que reclamasse deles.

– Vou esperar seus pais voltarem e partirei. – Suspirou, encarando o campo de treinamento. – Me preocupo com o leão.

Franzi a testa, observando-o. Desde quando Maggo se importava com qualquer elfo além de mim? Isso era novidade, ainda mais por se tratar de Calion. Eu nem ao menos via motivos para a sua preocupação, a não ser que ele ainda pensasse que Calion não servia para ser meu protetor.

– Ele é digno, Maggo! Está se esforçando muito e quer até entrar para o grupo de buscas.

– Sei disso – concordou, balançando a cabeça. – O leão é digno. O problema não é esse… Mas, tudo bem, não acredito que Nasvar deixaria qualquer coisa acontecer com seu protegido.

– E qual é o problema, então?

– Não se preocupe com isso – respondeu e desconversou nada sutilmente. – Está animada para o Festival da Colheita?

– Sim… Calion me convidou para acompanhá-lo. – Havia alguma coisa em relação ao meu Áias que Maggo estava tentando esconder, a preocupação começou a se alojar em mim.

– Ah, lembro-me de quando você reclamava e amaldiçoava seu Áias por ele parecer evitar tanto a ligação! E agora vocês estão assim, quem diria?! – comentou, rindo.

Senti o calor se espalhar pelo meu rosto enquanto Maggo ria. Eu tinha certeza de que, mais cedo ou mais tarde, existiriam comentários desse tipo, mas ainda não estava preparada para ouvi-los. Ainda mais porque meu relacionamento com Calion não era tão… normal quanto os outros relacionamentos entre Áias.

– "Estamos assim" como? Não estamos de jeito nenhum, temos um relacionamento normal de Aías, nada mais natural do que irmos a um festival juntos. Não tem nada de mais nisso, Maggo. Não sei o que você está pensando, mas é só isso mesmo: somos Aías, apenas companheiros de batalha. – Em meio ao meu nervosismo, tagarelei rapidamente na tentativa de explicar uma coisa que nem eu mesma entendia por completo.

Maggo riu mais ainda, deixando-me tímida.

– Não estou pensando nada. Só acho que se aproximaram rápido demais e, como você o odiava, é um pouco estranho que...

– Não nos aproximamos rápido demais. Não dessa forma que você... hum... Eu preciso ir ali, buscar o... falar com Tyne. Tchau, Maggo – falei, tropeçando nas palavras e me afastando para qualquer lugar longe daquele assunto.

Ainda ouvi seu riso, que mais parecia alguém sufocando, enquanto caminhava apressadamente com o rosto ardendo.

Nunca me incomodei com conclusões precipitadas ao meu respeito, porque sempre soube que a maioria do que pensavam não era verdade. Mas não gostaria que comentassem sobre o meu envolvimento com Calion. Nunca. E, de alguma forma, teria que me adaptar àquilo se quisesse continuar ao seu lado da maneira que estávamos.

Suspirei ao lembrar que logo não teríamos mais nada porque eu simplesmente desapareceria, se tudo desse certo. Depois do festival, decepcionaria e magoaria todos aqueles que me amavam, mas também estaria livre para seguir meu caminho da maneira que quisesse. Infelizmente, tudo o que queria era seguir esse caminho com Calion ao meu lado.

Fiquei surpresa ao encontrar o senhor Bargon na porta da casa de Calion, com o olhar perdido. Segui ao seu encontro, já bastante curiosa e cheia de perguntas.

– Estava à sua espera. Precisamos conversar sobre um assunto – disse assim que me aproximei.

Engoli em seco pelo seu tom sério.

– Sobre o quê?

– Sobre o que você fez hoje – respondeu direto. – Nunca vi algo como aquilo, Arien, foi impressionante.

Meu peito se inchou de orgulho, mas não me atrevi a sorrir ou agradecer. Meu treinador estava impassível, não parecia feliz por eu ter conseguido descobrir e, aparentemente, controlar meu poder.

– Qual é o problema, senhor Bargon?

O elfo suspirou e se pôs a andar de um lado para outro como costumava fazer quando estava inquieto.

– Já vi alguns poucos poderes raros em minha vida neste mundo, mas o seu é realmente... impressionante. E poderes impressionantes chamam muita atenção, Arien. Você deve tomar bastante cuidado, isso pode colocá-la em perigo.

– Não sei se entendi. Está dizendo que, por causa dos meus poderes, posso correr perigo?

– Exatamente. Não é incomum alguns elfos desejarem o poder dos outros e, muitas vezes, fazerem de tudo para consegui-lo.

– Não consigo imaginar um elfo sequer que gostaria de ter o meu poder, senhor Bargon.

– Eu consigo – respondeu. – Sugiro não comentar muito sobre esse assunto por aí. Sou muito precavido, desculpe, não quis assustar você.

Apenas continuei encarando meu treinador, confusa e apreensiva com o que dizia. Comecei a refletir assim que o senhor Bargon se foi e entrei na casa. Por muitos anos, realmente apenas negligenciei meu poder, desvalorizando-o como se não fosse nada, mas minha opinião tinha mudado.

Ainda não era o poder ou o elemento dos meus sonhos, longe disso, porém era importante de certa forma. O poder de curar e reviver o que eu bem quisesse tinha seu valor, e poderia ser bastante útil. Só não conseguia enxergar com clareza quem desejaria para si esse poder ao invés de algum realmente forte e determinante em batalha, como o de fogo.

Se soubesse usar meu poder há alguns anos, minha irmã ainda estaria comigo. Se fosse um pouco menos ingrata com o meu destino e com o presente que os deuses me deram, provavelmente teria conseguido curá-la ou revivê-la. Se Eirien estivesse ao meu lado, tudo seria diferente, tudo seria melhor.

Meus pensamentos estavam indo para aquele lugar que odiava revisitar. Agradeci internamente quando Calion me encontrou na sala.

– Como foi o treinamento? – perguntou me abraçando por trás.

– Foi ótimo! Eu consegui! – sussurrei em completa alegria.

– Aquele seu poder de reviver? Eu sempre soube que conseguiria, estou tão orgulhoso de você! – falou rapidamente, não me dando chance de confirmar. Girou-me em seus braços e selou sua boca com a minha, tirando meu fôlego.

Eu estava parcialmente consciente de que alguém poderia aparecer ali, nos flagrar e descobrir tudo o que tentava esconder... No entanto, quando Calion pressionou seu corpo junto ao meu e sua língua acariciou a minha, perdi completamente a noção das consequências.

Meu corpo se rebelava e já não tinha o mínimo de autocontrole quando Calion me tocava assim. Minhas mãos foram para seu cabelo quando notei que se afastaria, fazendo-o ficar exatamente onde o queria. Cedo demais, Calion se livrou do meu toque sem dificuldade e se afastou.

– Qual é o problema? – perguntei aturdida, sem me importar muito com a resposta e já o puxando de volta quando libertou meus punhos.

– Alguém pode nos ver, Arien – respondeu. Suspirei, tentando clarear minha consciência para prestar atenção ao que dizia. – Não que eu me importe, mas sei que você, sim.

Eu realmente me importava. No que estava pensando?! Ah, sim, em Calion, lógico.

– Tem razão, desculpe – falei suavemente e logo mudei de assunto quando vi sua expressão cair. – O senhor Bargon me alertou sobre uma coisa que me intrigou muito. Disse que esse poder pode me colocar em... risco, que outros elfos podem desejá-lo para si.

Meu Aías considerou aquilo por um minuto, seu olhar dourado perdido em hipóteses.

– Entendo o que ele quis dizer. Só não consigo pensar em uma maneira de conseguirem seu poder.

– Tenho um palpite – comentei baixo antes de pensar.

– Qual é?

– O quê? – perguntei nervosa, afastando-me dele.

– Seu palpite, é claro.

– Ah... não, nada. Só pensei alto em uma... coisa sem importância. Nada de mais.

– Não fique preocupada com isso, Arien. Eu nunca deixaria alguma coisa acontecer a você – acrescentou carinhoso e, apesar do meu desconforto súbito com aquele assunto, sorri porque parecia exatamente o tipo de coisa que Calion faria. – Não quer me ajudar no festival? Bellon pegou várias coisas para fazer e nos incluiu como ajudantes voluntários sem comunicar com antecedência.

Não seria nada mal me distrair ajudando nos preparativos do festival, até precisava daquilo. Não que a distração fosse de muita ajuda, já que eu partiria no dia seguinte e não conseguia pensar em outra coisa.

Passei o restante do dia ajudando nos preparativos do festival, sempre ocupando minha mente o máximo possível, mas nem assim consegui deixar de pensar no que me esperava no dia seguinte. Eu torcia para que desse tudo certo em minha fuga, mas uma parte de mim queria desesperadamente esquecer a honra e a vergonha para contar a alguém sobre as ameaças que sofria, mesmo sem provas. Pedi aos deuses que alguém descobrisse e me salvasse daquele precipício no qual me jogaria.

Fugindo, teria uma chance de ficar livre de Rauthar, mas podia encontrar os elfos negros na floresta e ter um destino ainda pior. Além de magoar todos aqueles que amava. Calion nunca me perdoaria por abandoná-lo. Eu nunca me perdoaria.

(Capítulo 14)

O Festival da Colheita só não era tão importante quanto o Festival dos Encontros, mas era tão lindo quanto. A primavera trazia consigo a beleza mais pura que se podia apreciar, a renovação da vida, da esperança. Todos no vilarejo participavam do festival, preparando os alimentos ou o cortejo em agradecimento aos deuses, tocando ou dançando.

Fadas com asas de todas as cores dançavam em um círculo pairando sobre nossas cabeças no centro do vilarejo. O canto de todas as criaturas ali se misturava formando a mais bela das melodias, calma e doce como o sussurro de uma mãe para a cria recém-nascida.

Os elfos nascidos na primavera eram abençoados pela própria deusa Sif com fertilidade e se tornavam guerreiros leves e habilidosos.

Assim que o cortejo à deusa terminou, a música mudou e melodias alegres dominaram o ambiente, levando casais a dançar. Inventei desculpas para não dançar com Calion, deixando-o cada vez mais desconfiado. Eu me mantinha comendo o tempo todo para não termos que conversar, mas sabia que não conseguiria evitá-lo por muito mais tempo.

– Arien, será que você…

– Acho que vou pegar outro bolinho desses, está maravilhoso, não está?

– Acho que você não está mais com fome, e sim me evitando – Calion falou num tom duro enquanto eu desviava o olhar. – Vamos dançar – intimou, já pegando minha mão.

Atravessamos o centro do vilarejo, indo para um lugar mais afastado. Eu vasculhava todos os cantos procurando Rauthar. Não o vi desde o início do festival, mas sentia-o me observando de longe, onde não pudesse encontrá-lo, o que só me deixava mais nervosa.

– Por que está me ignorando dessa forma, Arien? – perguntou, sussurrando para não chamar atenção dos outros elfos.

– Não estou – neguei com o coração apertado. – Só estou nervosa, eu acho.

– E por quê?

– Por tudo, Calion. Meus pais ainda não retornaram, os elfos negros atacam todos os outros vilarejos menos este, acabei de descobrir um poder que até ontem jurava não ter... Estou... sobrecarregada – admiti, cansada, deixando de fora o problema com Rauthar, obviamente.

Vi a culpa e o arrependimento passarem pelo seu rosto, e me senti ainda mais culpada e miserável por fazê-lo se torturar dessa maneira. Abracei sua cintura sem nem me importar que alguém ali nos visse e julgasse, eu já não estaria mais no vilarejo para ouvir os comentários.

– Desculpe, Arien, é que você está tão tensa hoje que me faz pensar ter algo mais acontecendo.

– Desculpe. – Inspirei profundamente, já sentindo saudade. – Nada disso é culpa sua. Calion, eu... – interrompi-me antes que falasse demais. Eu o quê, o amava? Meus sentimentos estavam tão confusos que não podia fazer isso com ele. Não quando estava prestes a ir embora. – Você é importante para mim.

– Também é importante para mim, é o meu presente mais especial. Vai ficar tudo bem, eu prometo, Arien – falou, acariciando meu braço.

– Espero nunca esquecer este momento – sussurrei. Ele estava pronto para me perguntar mais alguma coisa quando decidi que era a hora. – Pode buscar alguma coisa para eu beber? – pedi.

– Claro. Eu já volto. – Acariciou meu rosto uma vez, parecendo insatisfeito, e partiu.

Vê-lo se afastar foi tão doloroso que precisei desviar os olhos das suas costas para evitar que as lágrimas caíssem, poderia levantar suspeitas. Não consegui sequer sussurrar um "adeus" de despedida. Eu não queria me despedir e, do fundo do coração, implorava aos deuses que o final daquela tragédia anunciada fosse diferente.

Caminhei rapidamente na direção oposta do festival, tentando passar despercebida pelos elfos e fadas ali espalhados. Atravessei o vilarejo até chegar à floresta com o coração martelando em meus ouvidos. Mal conseguia acreditar que estava deixando minha vida para trás daquela maneira por causa de um maldito filho de Loki como Rauthar.

Senti o ódio me dominar de tal forma que cheguei a pensar ser capaz de matá-lo se quisesse. Tentei refrear esse pensamento, pois só atrapalharia minha jornada. Meu plano era simples, talvez simples demais.

Planejei ir até o antigo vilarejo de Calion por ser o único lugar para o qual realmente sabia o caminho – e ainda havia uma grande possibilidade de me perder tentando encontrá-lo – e pedir ajuda a algum conhecido, talvez ao tal Efeu.

Pedir ajuda para quê, especificamente, ainda não fazia ideia. Não cheguei a essa parte do plano. O importante é me afastar de Rauthar.

Andei pela floresta tentando me lembrar do caminho para o vilarejo de Calion o mais claramente possível. Esforcei-me para imaginá-lo à minha frente, com os ombros largos e os braços fortes enquanto afastava os galhos do trajeto. O nó na minha garganta se formou de imediato, e eu mal conseguia pensar na sua expressão decepcionada quando percebesse o que fiz.

Se eu fosse menos orgulhosa, teria contado tudo a ele. Eu precisava mudar aquilo em mim. O medo de me julgarem e de perder minha honra por achar que me considerariam fraca ao pedir ajuda só estava me prejudicando. Mas era tão difícil me lembrar de Eirien com seu arco e flecha, sempre pronta para qualquer coisa que a desafiasse, com uma habilidade genuína, enquanto eu era apenas uma elfa com um poder raro que não podia sequer cuidar de si mesma. A comparação entre nós duas era ridícula.

Depois que Eirien morreu em meus braços, prometi a mim mesma que jamais prejudicaria alguém assim novamente. E não faria aquilo, não podia simplesmente voltar, contar tudo a Calion e colocar a vida dele em risco, assim como a vida de Tyne. Eu não podia fazer isso.

Meus pais ficarão tão decepcionados por eu simplesmente fugir de tudo... Mas não havia outro jeito! Tentei não pensar muito neles ou, com certeza, desistiria.

Caminhei por horas e, era preciso admitir, quanto mais caminhava, mais perdida ficava. O desespero começou a tomar conta de mim quando percebi que logo escureceria e não fazia ideia de onde estava. Eu poderia tentar voltar, mas talvez fosse ainda pior do que seguir em frente na escuridão.

Percebi uma movimentação nos arbustos e me virei rapidamente, assustada. Tentei me convencer de que fora apenas um animal, mas quanto mais tentava fazê-lo, mais amedrontada me sentia. O farfalhar de folhas no chão me avisou que alguma coisa não estava certa ali.

Foi o vento, pare de ser medrosa!

A imagem dos elfos escuros que Calion matara na floresta ocupou minha mente, fazendo-me perder o fôlego. Sentia olhares em mim ou era apenas minha mente manifestando meu medo de encontrá-los?

Parei de pensar quando ouvi uma movimentação estranha nos arbustos mais uma vez. Corri no mesmo instante, o mais rápido possível, na direção que achava ser a correta para o antigo vilarejo de Calion. Mesmo que fosse apenas um animal ou o vento, não queria correr o risco de descobrir.

Pelo menos estava certa dessa vez. Havia alguma coisa – ou alguém – me perseguindo, que se pôs a correr poucos segundos depois do meu rompante.

Meu coração martelava nos meus ouvidos, em completo desespero. Consegui pensar em meio à loucura que, seja lá quem estivesse me seguindo, talvez não fosse me fazer mal, afinal de contas, não tentou me alcançar e parecia apenas me acompanhar.

Parei a minha corrida já ofegante e me voltei em busca do meu perseguidor. Não havia nada lá, no entanto, absolutamente nada, como se eu tivesse imaginado tudo aquilo. Suspirei em alívio antes de me virar outra vez.

Congelei no lugar ao ver Rauthar. Minha cabeça parecia estar dando voltas e me senti tonta de imediato. Era ele quem estava me perseguindo? Meu antigo medo se misturou ao meu ódio, sentia um turbilhão de emoções dentro de mim.

– Era você? – perguntei debilmente, ainda não acreditando que tivesse me seguido esse tempo todo. Para quê? Amedrontar-me ou ver até onde eu iria?

– Era eu o quê? – retrucou e balançou a cabeça. – Não importa. O que você estava pensando, Arien? Que fugiria de mim?

– Sim, o que vai fazer? – enfrentei, erguendo o queixo. Estava surpresa comigo mesma. – Me matar?

– Longe disso, minha linda. Você morta não tem utilidade para mim, ainda que eu devesse fazer isso.

Dei um passo para trás, completamente apavorada. Felizmente, Rauthar não percebeu, estava perdido nos próprios pensamentos delirantes.

– Estou traindo a quem sirvo por você. Sabe o que isso significa? – indagou sem realmente querer a resposta.

Balancei a cabeça negativamente, querendo mantê-lo falando para pensar em alguma maneira de escapar da situação.

– Significa que sua única chance de ficar viva é comigo. Juntos, podemos enfrentar tudo, Arien, seremos invencíveis.

– Traindo a quem você... serve? – repeti, tentando entender aquelas palavras. Ele teria um líder, um mentor ou algo assim?

Rauthar me encarou trincando o maxilar, provavelmente percebendo que falara demais. Deu alguns passos em minha direção e retrocedi mais.

– Não tente fugir, isso só torna tudo mais divertido. – Seu sorriso cruel me fez engolir em seco e querer correr naquele mesmo instante. Mas precisava de mais tempo, de uma distração, de qualquer coisa que me desse uma vantagem sobre ele.

– Nunca serei sua – sussurrei com ódio antes de pensar em algo que prestasse para me salvar daquela situação. A floresta parecia se fechar ao meu redor e sentia o pânico se aproximar de mim cada vez mais. A umidade sufocante se acercava como uma tempestade sem aviso.

Rauthar se aproximou de mim tão rapidamente que não consegui dar nem três passos para longe. Prendeu meus punhos e me puxou de encontro ao seu peito, parecendo fervilhar de raiva. Mal conseguia encará-lo sem desejar chorar ou cuspir em seu rosto, o que imaginei que me prejudicaria muito mais.

– Sim, você será. Não tenha medo, serei o melhor companheiro que você possa desejar.

Só podia estar louco se pensava que me uniria a ele. A repugnância que senti ao ouvi-lo dizer isso foi o alerta de que acabaria me descontrolando e perderia a minha chance de fugir.

Ao perceber que não fiz objeção alguma, Rauthar aproximou mais o rosto do meu e liberou meus punhos para envolver minha cintura. E foi nesse momento que meu dedo acertou seu olho. Foi repugnante sentir meu dedo afundar no olho dele, mas necessário.

Rauthar me largou urrando de dor, colocando as mãos sobre o olho que consegui atingir. Antes que começasse a me xingar ou tentasse me matar, virei-me e corri o máximo que pude. Ouvia sua voz raivosa me chamando a distância enquanto mantinha o ritmo acelerado da corrida e sentia meus pulmões queimarem, meu cabelo ricochetear no rosto e os machucados que meu corpo sofria a cada obstáculo pelo caminho.

Sem aviso, algum animal mordeu meu calcanhar fazendo-me cair na terra. Meus joelhos e cotovelos ardiam e meu grito fora abafado por uma mão pálida. Rauthar ficou sobre mim pressionando a mão em minha boca enquanto eu tentava atingi-lo em completo desespero.

Minhas pernas não conseguiam superar seu peso mesmo com meu esforço para empurrá-lo de qualquer forma que pudesse.

– Quieta! – exigiu. – Não duvide de mim, Arien! Você será minha! E, se não for, também não será de mais ninguém; com certeza não daquele leão estúpido!

– Me solta! – gritei em completo desespero assim que sua mão liberou minha boca e aprisionou meus punhos. – Socorro! – clamei para o nada.

– Serei rápido, só preciso me unir a você perante à deusa e nada mais poderá afastá-la de mim – falou em voz baixa, liberando uma das minhas mãos para segurar meu rosto.

Tateei desesperadamente o chão em busca de qualquer coisa que pudesse partir a cabeça dele ao meio, mas não encontrei nada. O pânico tomou conta de mim quando Rauthar esmagou meus lábios e moveu a outra mão para levantar meu vestido e investir contra meu corpo cegamente.

Encontrei alguma coisa no chão e, com toda força que pude reunir, acertei-o na cabeça, fazendo-o gritar e rolar de cima de mim.

Levantei e me pus a correr trôpega para a direção do meu vilarejo, meu calcanhar já estava quase totalmente curado quando liberei toda a energia que pude a fim de me curar rapidamente. Comecei a reconhecer o caminho, logo estaria perto do lago e gritaria por ajuda até perder a voz. Minha honra não era mais importante do que minha vida naquele momento.

– Foi por isso que sua irmã morreu, você só sabe fugir! – esbravejou atrás de mim com uma voz descontrolada. – Você é fraca, uma covarde que só sabe correr, Arien!!!

Ignorei tudo o que Rauthar falava. Não cairia fácil na armadilha, não pararia para enfrentá-lo porque sabia que perderia, precisava ser realista. Ouvi um rugido atrás de mim e tive certeza de que ele se transformara em pantera.

A pantera me alcançou rapidamente e me atacou nas pernas, tentando me desequilibrar. Continuei correndo, mas Rauthar me alcançou antes que pudesse sequer pensar em gritar, prendendo meu braço com um aperto de ferro. Puxei o braço em revolta, perdendo o controle.

Rauthar me empurrou rudemente contra uma árvore, machucando minhas costas e me fazendo arfar pelo impacto. A raiva borbulhava dentro de mim e, assim que suas mãos imundas começaram a me tocar, reagi batendo e chutando tudo o que via pela frente. Gritos rasgavam a minha garganta e mal conseguia reconhecê-los como meus.

– Pare! – gritou furioso com o rosto próximo ao meu, fazendo-me estremecer e ficar muda. – Eu já cansei de você! Deveria ter acabado com isso anos atrás, mas sua irmãzinha estragou tudo! – esbravejou. – Aquela maldita tinha que salvar você e arruinar a minha vida!

O medo me dominava de tal forma que levei alguns segundos para entender sua confissão.

– O que você disse? – sussurrei assombrada, encarando seu rosto impiedoso.

– Aquela sua irmã sempre foi insuportável, sempre me atrapalhando, sempre a protegendo! Se ela não tivesse se metido na frente da maldita flecha, tudo isso já teria acabado há muito tempo. Você seria apenas mais uma no mundo dos mortos, apenas mais uma alma inútil.

Senti o sangue ferver nas minhas veias enquanto absorvia cada palavra dele. Minhas mãos encontraram o caminho para seu rosto e começaram a atacá-lo em completa fúria. Eu queria rasgá-lo, queria fazer com que engolisse cada palavra, queria mudar tudo o que acontecera, queria que ele não existisse. Queria matá-lo!

– Você matou minha irmã, seu desgraçado! Você a matou! – gritei enquanto o atacava com toda minha força.

Um baque surdo me fez calar, minha cabeça foi atingida com tanta força que a visão escureceu quase completamente por um segundo, um zumbido alto era a única coisa que conseguia escutar. Arfei ao ver sua mão à minha frente manchada com o meu sangue.

– Como você é brilhante! Sim, eu matei sua querida irmã. O que vai fazer comigo, Arien? O que vai fazer enquanto assisto você agonizar até sua maldita morte?

Estava completamente petrificada, só podia ouvir a respiração ofegante rasgando minha garganta. Percebi que tremia apenas quando levantei uma mão para tocar minha têmpora, que não parava de latejar.

Mal conseguia ouvir o que aquele monstro falava com o zumbido no meu ouvido. Seu corpo pressionando o meu na árvore me trazia um asco que já tinha sentido antes. Ele matou minha irmã, a minha doce e querida Eirien. Eu não podia acreditar, eu não queria acreditar.

E ele iria me matar.

Reconheci o estalo em minha mente, já tinha acontecido uma vez e eu não havia gostado. Mas agora era muito mais que bem-vindo, era necessário, era um presente. Senti uma estranha onda de energia vir de todos os lugares para o meu corpo; a árvore atrás de mim, o solo aos meus pés, o vento forte... faziam meus dedos crepitarem. A energia pulsava em mim de tal forma que parecia pronta para explodir a qualquer segundo.

– Mas... o que é isso? – Ele arfou quando as raízes da árvore em que estava pressionada se prenderam em suas pernas e começaram a subir para atar seus punhos. – O que é isso? Maldição! Pare agora!

Rauthar se contorcia enquanto as raízes se enrolavam em seus braços. Quanto mais tentava se livrar delas, mais pareciam cercá-lo e prendê-lo assim como acontecera com Lauriel. Observei-o quando estava completamente preso, seus olhos dilatados em fúria, tão frios, tão cruéis.

Eu sentia repugnância por ele. Era uma vergonha para a minha raça, era uma vergonha para o meu vilarejo! Minhas mãos subiram para o seu pescoço e apertaram.

Não posso fazer isso. Não posso me igualar a ele.

Mas ele matou Eirien, eu tinha o direito, tinha todo o direito! Nem se Rauthar morresse mil mortes diminuiria a minha dor, a minha saudade, a culpa que eu sentia por não ter conseguido ajudá-la...

Com a vista nublada, afrouxei meu aperto. Eirien não gostaria disso, não gostaria que eu sujasse minhas mãos e minha honra por aquele verme desprezível. Antes que pudesse soltar seu pescoço de vez, Rauthar sussurrou para mim com a voz entrecortada por causa das raízes que apertavam sua garganta:

– Sabia que não... conseguiria. Você... é fraca! – Riu baixo, da forma que pôde. – E, quando eu sair daqui, farei o que deveria ter feito há anos: vou matar você, Arien!

Não pensei em voltar a apertar seu pescoço, mas continuei tremendo e a energia no meu corpo parecia ter encontrado um caminho para se libertar. As pontas dos meus dedos formigavam como nunca antes. Fiquei confusa por um instante, não queria curar Rauthar, não mesmo!

O grito desesperado me fez piscar e prestar atenção à cena na minha frente. Minhas mãos estavam pegando fogo, literalmente! Gritei assustada e tentei apagar as chamas antes de perceber que não estavam me queimando.

Os gritos de Rauthar continuavam enquanto seu pescoço flamejava e o fogo se espalhava pelo seu corpo. Aquela cena foi a pior coisa que já vi, meu corpo tremia e eu não sabia o que fazer.

Arquejei em completo assombro antes de correr. Eu não podia perder tempo, não podia ficar ali esperando que o quer que tivesse acontecido parasse e Rauthar recebesse outra chance de me atacar.

Corri até meus pulmões arderem e protestarem, meus pés pareciam sangrar quando cheguei ao lago. Minhas mãos já não exibiam as labaredas de fogo e me acalmei, na medida do possível. Entrei no rio daquele jeito mesmo, com o vestido agora todo rasgado, sujo de terra e sangue.

Perdi a noção de quanto tempo se passou enquanto continuava ali na água, esfregando minha pele agora já não mais machucada. Por mais que a olhasse e soubesse que estava limpa, não conseguia parar de esfregá-la. O cheiro de Rauthar parecia impregnado em mim, provocando-me uma náusea constante. Novamente, eu não tinha ferimentos para provar o que aconteceu. Aqueles momentos aterrorizantes estavam marcados apenas na minha memória, cicatrizes invisíveis que eu não sabia se sumiriam.

Saí da água com uma letargia perturbadora e não me importei com minhas roupas, não me importei com nada. Só queria ir para casa.

Arrastei-me pelos caminhos da floresta ouvindo as canções do festival que me fizeram suspirar de alívio por estar ali. Alcancei o fundo da minha casa mesmo naquela escuridão e percebi, assim que cheguei, que meus pais ainda não tinham retornado. Isso fez meu peito se encher de preocupação, o nó na minha garganta parecia prestes a me sufocar.

Antes que pudesse atravessar a porta, Lauriel surgiu pela lateral da casa parecendo nada surpresa por me encontrar ali. Encaramo-nos por um momento e decidi entrar, não tínhamos absolutamente nada para conversar. Sua falta de reação perante o meu estado só mostrava ser tão fria e cruel quanto Rauthar. Talvez até soubesse o que estava acontecendo comigo por causa do seu Aías.

Vê-la me permitiu concluir que Rauthar sobrevivera, e aquele pensamento fez meu maxilar trincar.

Segui para o meu quarto completamente exausta, só queria ficar um pouco em paz, sem pensar em nada. Tirei meu vestido – ou o trapo que sobrou dele – e joguei-o no canto do quarto. Peguei outro qualquer no armário e passei pela cabeça para poder sentar na cama.

Lauriel me surpreendeu, aparecendo na porta do meu quarto. Senti-me tensa ao pensar o que fazia ali. Desde o dia em que me "ajudou" a treinar meus poderes de defesa e não tínhamos mais conversado, assumi que finalmente me deixaria em paz. Pelo menos agora ela não parecia com raiva, ou ameaçadora.

– Você está bem? – perguntou ainda parada na porta.

Não respondi porque não sabia nem queria pensar naquele momento em como me sentia.

– Posso entrar?

Balancei a cabeça afirmativamente, achando tudo aquilo muito estranho. Talvez devesse ser mais cautelosa. Eu não confiava nela.

Lauriel entrou no quarto e pegou um pente que estava jogado sobre a cama. Sentou-se ao meu lado e começou a pentear meus cabelos. Fiquei congelada no lugar por um minuto ou cinco, tentando entender o que fazia e de onde surgira aquela… compaixão da parte dela.

Fui relaxando aos poucos enquanto Lauriel desembaraçava os fios embolados, ainda me perguntando o que *exatamente* ela queria ali. Por mais estranha que fosse a situação, agradeci por ter alguém ao meu lado. Ainda estava parcialmente em choque com tudo o que acontecera e me sentindo completamente sozinha.

– Não sei o que houve com você, Arien, mas parece que não foi nada bom – comentou depois de alguns minutos.

– Não, não foi. – Fiz uma pausa. – Você deveria perguntar ao seu Aías o que aconteceu – falei com amargura. Rauthar não morreu e, naquele momento, estava muito grata pela presença de Lauriel. Por mais que não nos déssemos bem, acho que ela não o ajudaria a me matar e tampouco merecia morrer pelo erro do seu Aías.

– Suspeitei que ele tivesse alguma coisa a ver com isso. Sinto muito… Eu sempre tentei alertar você, por que nunca me ouviu? – reclamou, parecendo sincera.

– Nunca entendi. Não pensei que ele fosse capaz de… – Suspirei, sentindo o peso do que acontecera nas últimas horas.

Como Rauthar teve coragem de fazer aquilo tudo comigo, com uma companheira de raça? O que ele tinha a ganhar? Eu ainda estava tão confusa que não me dera conta de que, agora, ele iria querer se vingar e me matar de qualquer maneira. E eu não estava mais disposta a fugir ou me esconder, mesmo que precisasse revelar tudo o que acontecera para o vilarejo inteiro.

– Nunca entendi por que Rauthar quis vir para cá – Lauriel falou ainda penteando meu cabelo distraidamente. – Vivíamos muito bem na fronteira e... de repente, ele quis vir para cá, exatamente para este vilarejo. No início não entendi, pensei que só quisesse se afastar dos elfos negros e, por isso, concordei em acompanhá-lo. Mas, depois, ele começou a ficar cada vez mais estranho.

Eu não estava interessada em saber absolutamente nada sobre aquele ser desprezível, mas ainda queria e precisava entender sua motivação. Queria tentar descobrir o que faria alguém trair a própria raça e perder a honra daquela forma.

– Mais estranho como?

– Investigava tudo o que podia sobre os elfos daqui, até descobrir você e o seu poder – continuou um pouco insegura. – Não sei por que ficou tão perturbado quando soube sobre você. Lembro que tentou se aproximar no início, conhecê-la, mas sua irmã sempre a acompanhava e ele não... gostava muito dela.

Inspirei profundamente, sentindo as lágrimas escorrerem pelo meu rosto sem permissão. Eirien morreu por minha culpa, seja por não ter conseguido curá-la ou simplesmente por ter sido o alvo daquele miserável.

– Ele a matou – falei baixinho, encolhendo os ombros. – Confessou para mim hoje enquanto tentava me matar também.

Lauriel ficou em silêncio por tanto tempo que pensei não ter me ouvido. Mas, antes que pudesse confirmar, ela se adiantou e perguntou insegura:

– Você vai contar... sobre o que ele tentou fazer a você?

– Não sei... não quero que ninguém saiba, mas vou contar se for preciso. E pretendo contar sobre o que fez à minha irmã!

– Se for preciso? – repetiu, franzindo o cenho.

– Ele está por aí, na floresta, Lauriel. Acha que não tentará me matar se tiver outra chance?

– Entendo – respondeu antes de um suspiro. – Vão matá-lo por isso, Arien. Sei que Rauthar não merece sua piedade, mas eu... morreria junto. Também sei que nunca fui muito gentil com você, mas...

Aquilo era verdade. Lauriel nunca sobreviveria se seu Aías fosse morto, e ela não merecia morrer. Não fora a culpada por nada do que aconteceu, entretanto, ainda assim seria punida igualmente.

– Não sei o que fazer – confessei cansada.

Por mais que não gostasse de Lauriel, não poderia condená-la à morte por um erro que não cometeu. Eu não queria ser a responsável pela morte de mais ninguém.

– Deixe-me falar com ele – pediu. – Preciso tentar... não sei... ajudar. Talvez, se Rauthar arrepender-se verdadeiramente e confessar o que fez, poderemos ser poupados da morte. Até o exílio é melhor do que ir para Helheim dessa forma, desonrados e como traidores da raça.

– Certo, fale com ele. Convença-o a assumir as atrocidades que cometeu. Eu só quero que pague pelo que fez à minha irmã e que suma da minha vida!

– Obrigada, você está sendo muito generosa. Darei uma resposta a você assim que encontrar Rauthar. Acho que devo avisar Calion que a encontrei – disse.

– O quê? – perguntei, sentindo o sangue fugir do meu rosto.

– Ele reuniu um grupo para procurar por você, estava muito preocupado. Preciso ir – falou, levantando-se da cama e deixando o pente ao meu lado.

– Espera! Ele está... chateado?

– Bem... – começou, desviando o olhar e mexendo nas pontas do cabelo. – Ele está nervoso.

Continuei encarando-a até que Lauriel suspirou, deixando cair os ombros.

– Ele está uma fera. Muito transtornado. Sugiro que só fale com ele amanhã, depois de ter se acalmado.

– Não, preciso vê-lo ainda hoje, Lauriel! Preciso... – interrompi a mim mesma, apertando os olhos. Precisava do quê? Contar para ele? Não fazia ideia de como Calion reagiria e não queria admitir ser este o meu maior receio no momento.

– Não se preocupe. Direi que você está bem, aqui na sua casa, descansando. Ele virá falar com você pela manhã – respondeu e, com um último olhar de alguma emoção que não consegui identificar, saiu do quarto.

Não esperei nem que seus passos ficassem distantes para segui–la e trancar todas as portas.

(Capítulo 15)

Depois de Lauriel partir, não demorou muito para eu começar a ficar nervosa. Não queria ficar sozinha, a casa escura me perturbava e saí espalhando velas por todos os cômodos. Não acreditava que Rauthar seria capaz de aparecer depois de tudo o que aconteceu, principalmente quando Lauriel falasse com ele. Se quisesse sobreviver e tivesse o mínimo de sanidade, Rauthar assumiria a culpa pela morte da minha irmã e seria punido como deveria.

Tentei impedir a lembrança dos acontecimentos daquela tarde, mas as imagens voltavam claras à minha mente. Minha defesa funcionou, afinal, apesar de poder ter me ajudado bem mais cedo! Eu não sabia qual era a extensão daquele poder, o que me assustava muito. Quase matei Rauthar mesmo sem querer.

Apesar de meu plano ter sido um fracasso, via um lado bom naquilo tudo. Eu não teria mais que me esconder, não perderia ninguém que amo – ou, pelo menos, isso é o que gostaria. Mas ainda estava em dúvida se deveria contar ou não a Calion. Não queria mantê-lo no escuro, escondendo dele o que acontecera, mas o medo da sua reação me paralisava.

De alguma forma, descobrir quem matou Eirien parecia ter tirado um peso das minhas costas. Agora sabia quem fora o culpado da sua morte e o faria pagar! Mesmo que ainda não estivesse claro para mim, também descobriria o motivo.

Uma batida forte à porta da frente me deixou em estado de alerta. Rauthar não seria tolo a tal ponto. As batidas firmes e ritmadas não cessaram e fui obrigada a ir até a sala. Antes de perguntar quem estava lá, uma voz rouca ressoou, trazendo-me um arrepio.

– Abra! Arien! – chamou. – Lauriel me disse que está aqui.

Abri a porta rapidamente, apesar de que teria sido melhor um pouco mais de cautela já que a voz dele não parecia nada contente.

Um Calion bastante alterado entrou e me puxou com ele, fechando-a logo em seguida. Não demorei a notar a aparência cansada, o cabelo em uma completa bagunça e o brilho perigoso em seus olhos.

– Onde esteve? – perguntou direto.

Dei um passo involuntário para trás. Não que sentisse medo do meu Aías, mas vivi tanta coisa durante o dia que só queria esquecer tudo por uma noite antes de dar explicações; só queria fingir que nada aconteceu e ficar em paz por algum tempo. Entretanto, o olhar inquisidor de Calion não perdeu um só movimento.

– Arien, o que aconteceu? – pressionou com a voz dura.

– Não acho que seja um bom momento para conversarmos sobre isso. Pela manhã nos falamos, certo?

– Não – respondeu categórico. – Preciso saber agora!

– Calion, por favor, estou cansada – respondi já voltando para o meu quarto.

Sufoquei um suspiro quando percebi que ele me seguia. Não desistiria fácil, mas também não estava disposta a enfrentar a reação dele naquele momento, seja ela qual fosse. Não podia aguentar pensar que me rejeitaria depois de descobrir o que houve.

Antes que pudesse fechar a porta do quarto ou pedir para que esperasse, pelo menos, até o dia seguinte, Calion alcançou meu braço, segurando-o com firmeza.

– Sabe o que passei nas últimas horas, Arien? Tem ideia do que fiz enquanto você simplesmente sumia de uma hora para outra? – perguntou magoado. – Preciso que me conte, eu quero saber. *Eu tenho o direito de saber.*

Sua expressão ferida era demais para eu aguentar. Com o coração apertado, desviei o olhar rapidamente querendo me livrar da situação.

– Não quero falar sobre isso agora, Calion. Será que você pode esperar só até amanhã? – pedi, encarando o chão.

Depois de alguns segundos em silêncio, levantei o rosto para observá-lo, já que estava tão calado. Entretanto, Calion tinha o olhar fixo em algo atrás de mim. Segui seu olhar até meu vestido rasgado jogado no canto do quarto.

Desgraça definiria o meu dia.

Fiquei muda no mesmo instante, incapaz de falar ou explicar qualquer coisa. Minha visão ficou nublada quando Calion me soltou e foi até o vestido, levantou-o e examinou-o com cuidado, observando as manchas e os rasgos.

Quando seus olhos voltaram a encontrar os meus estavam impassíveis, não demonstrando nada. O nó na minha garganta se intensificou e respirei fundo.

– O que é isso? – perguntou, levantando um pouco mais o trapo em suas mãos.

– Um vestido – respondi com a voz rouca.

– E por que está assim? – inquiriu com um tom duro.

Não respondi. O que poderia dizer? A vergonha me consumia e eu não fazia ideia de como começar ou o que fazer para aquilo terminar! Eu queria me esconder, queria sumir até ele esquecer do assunto e agora do maldito vestido também. – Por que é tão difícil para você ser honesta comigo, Arien? Contei tudo sobre mim a você, sempre fui claro, sempre tentei ser o que você precisava... Mas eu não sou o bastante.

– Calion...

– O que preciso fazer para que *confie* em mim? Eu quero saber o que é isso, Arien! – exigiu, agora com raiva. O brilho perigoso no seu olhar voltara e me sentia mais nervosa do que nunca.

Como poderia explicar o que aconteceu ou meus motivos para não ter contado? Inspirei profundamente.

– Eu confio em você, Calion. Só não sei... – Pausei. Eu não era a culpada por Rauthar ser um louco miserável, Calion entenderia isso. Ele tinha que entender!

Sentei na cama lentamente, tomando meu tempo para reunir a coragem de que precisava. A vergonha me consumia, sentia meu rosto esquentar enquanto desviava o rosto e abraçava o travesseiro.

– Eu vinha sendo... ameaçada há um tempo – confessei, tentando manter a respiração calma. – Começou no mesmo dia em que Lauriel foi falar com você. Eu estava voltando para casa quando...

– Quem foi? – perguntou com frieza, interrompendo-me.

Apertei mais o travesseiro contra o peito antes de falar.

– Rauthar – respondi. Sem esperar pela sua reação, continuei: – Ele matou a Nalla. Matou a minha irmã também! – falei com a voz entrecortada. – Ele queria que eu me... juntasse a ele perante os deuses ou... me mataria também.

Calion continuava calado, mas pude notar a sua movimentação. Estava inquieto, andava de um lado para outro sem parar, parecendo que explodiria a qualquer momento.

– Eu quis, primeiro, fugir com você, chamei-o, mas... não deu muito certo. Depois decidi que fugiria sozinha. Eu tinha que tentar... me salvar, salvar todo mundo – disse rapidamente, tentando explicar minhas ações e sentindo as lágrimas escorrerem pelas bochechas. Aquilo era difícil! – Ele ameaçou a Tyne e... Eu não sabia o que fazer, só... me desculpe – implorei, chorando, sem conseguir me conter. – Tentei fugir hoje, mas Rauthar me seguiu na floresta e... por isso, o vestido está... desse jeito.

Depois que terminei, enxuguei o rosto com as costas das mãos e me senti nada menos que miserável. Eu não queria responder nenhuma pergunta, queria deitar e ficar ali até aquela dor passar.

– Por que nunca me contou isso? – ele explodiu, a voz alta me assustando e fazendo-me encolher mais. – Nunca pensou em contar para alguém, em procurar ajuda? Eu não consigo entender!

– Eu não tinha como provar – sussurrei. – Não ficava com marca alguma depois de ele me machucar e... Eu não queria perder minha honra, não queria admitir que era fraca por não conseguir me proteger sozinha, não queria ser uma vergonha para os meus pais.

– Não tinha como provar, Arien? Só a sua palavra, para mim, já seria tudo! Não queria perder a honra, mas e agora? – Riu sem humor, balançando a cabeça frustrado. – Você não confiou em mim.

– Mas, Calion, eu...

– Você não confiou *em mim*! Seu Aías, aquele que deveria protegê-la, ajudá-la! Você simplesmente escondeu tudo como se eu não fosse nada além de um *estranho* na sua vida! – apontou magoado.

– Tente entender, eu tinha medo de contar a alguém e Rauthar cumprir suas ameaças machucando Tyne ou...

– Já chega! – expressou, esfregando as mãos no rosto. – Eu estou aqui fazendo essa inquisição depois de você ter passado por tudo isso... É melhor conversarmos amanhã mesmo. – Meu Aías se dirigiu para a porta e levantei rapidamente, cambaleando um pouco. Não podia deixá-lo sair daquele jeito, tão magoado comigo.

– Espera, Calion, fique! – pedi, puxando seu braço um pouco enquanto o outro congelou na maçaneta. – Por favor, fique aqui.

– Eu... Arien... – Ele suspirou, fechando as pálpebras por um momento. – Não dá – falou e saiu rapidamente, tirando minha mão do seu braço sem nem olhar para mim.

Respirei profundamente várias vezes, tentando clarear meus pensamentos caóticos. Calion tinha partido, foi embora sem um adeus, sem um toque, sem nada. Da mesma maneira que eu fiz. Com certeza estava enojado, nunca me perdoaria por ter escondido tudo dele. Meu coração parecia sangrar no peito com uma dor que me tirava o fôlego.

Cambaleei até a cama novamente e deitei encolhendo os joelhos até o peito, tentando acalmar minha respiração. Eu não podia perder Calion, não suportaria. As lágrimas escorriam do meu rosto, molhando o cobertor, e meus soluços eram o único som que preenchia a casa.

Não me importei em verificar se a porta estava trancada ou não, se estaria segura ali, não me importei com nada. Apenas deixei a solidão me envolver e chorei.

Peguei no sono depois de muito tempo, quando o dia já estava amanhecendo. Por mais pensamentos que tivesse, o cansaço foi mais forte e me dominou por completo.

Acordei com os raios do sol invadindo as frestas da janela e batendo no meu rosto, era um calor bem-vindo comparado ao frio que sentia dentro de mim. Espreguicei-me ouvindo os ossos estalarem e logo notei um movimento que não era meu ali no quarto.

Sentei-me na cama, assustada, levantando o lençol à minha frente como um escudo. Corri os olhos pelo quarto até encontrar meu Aías se levantando do chão aos pés da cama. Observei-o como se estivesse vendo-o pela primeira e última vez. Meu rosto esquentou no mesmo instante e desviei o olhar, ainda não conseguia encará-lo.

Ele não tinha trocado de roupa, estava todo amassado e parecia exausto.

– Oi – cumprimentei com a voz rouca pelo sono.

– Oi – respondeu com um meio sorriso que não alcançava seus olhos. – Desculpe por isso, quando voltei você já estava dormindo e não quis incomodar. Mas também não consegui ir embora.

Não quis me incomodar. Tudo o que queria é que ele me incomodasse, que dormisse ao meu lado como sempre.

– Não queria ter assustado você.

– Está tudo bem – respondi, querendo entender o que ele fazia ali. Depois da maneira como saíra no dia anterior, duvidei que voltaria algum dia.

Calion, nervoso, estava em pé ao lado da cama. Cheguei um pouco para o lado para que pudesse se sentar. Quando olhou hesitante para o espaço, sufoquei um suspiro.

– O que faz aqui? – perguntei, ansiando saber o que queria, já que lhe inspirava tanta repulsa.

– Eu disse que voltaria – respondeu simplesmente.

– Você não é obrigado a nada, Calion. Não tem obrigação de estar aqui – informei, pegando um travesseiro e abraçando-o.

Meu Aías se moveu lentamente, como se estivesse tentando não assustar um animal selvagem. Enquanto observava cada um dos seus movimentos, sentou-se ao meu lado e me encarou.

Baixei os olhos para minhas mãos sem conseguir encará-lo diretamente, não depois de ontem.

– Por favor, olhe para mim – pediu numa voz suave. Levantei o olhar ao encontro do seu com timidez. Não queria brigar mais, aquela distância entre nós estava me matando. – Sinto muito por ontem, Arien, eu… me descontrolei.

Balancei a cabeça automaticamente, perdida nos seus olhos dourados profundos. A saudade parecia que ia me consumir. Permaneci em silêncio quando Calion puxou uma das minhas mãos para si carinhosamente, e prendi a respiração.

– Fui muito duro com você ontem. Você não merecia e não precisava passar por aquilo – falou com uma expressão cheia de arrependimento. – Saí daqui transtornado, procurei aquele… procurei Rauthar por toda parte, mas não o encontrei, então voltei para cá.

– Você foi procurar por ele? – perguntei horrorizada. – Por quê?

– Vou matá-lo, Arien, por tê-la machucado, por tê-la desonrado de tal forma… – Balançou a cabeça, triste. – Isso não muda nada em relação ao que sinto por você.

– Ele não tocou em mim assim, não me desonrou dessa forma. – Neguei com a cabeça, corando e um pouco confusa. Era isso o que ele estava pensando que acontecera?

– Mas eu vi o vestido... – falou com o olhar perdido, sua testa franzida.

– Não permiti que chegasse a tal ponto. Na verdade, o poder de defesa meio que funcionou. – Um pouco atrasado, acrescentei.

Entretanto, não vi o alívio que esperava em seu rosto.

– Mesmo? – perguntou com um sorriso pequeno, que não alcançava seus olhos. – Agradeço aos deuses por ter funcionado. Como foi?

– Aconteceu quase a mesma coisa que houve com Lauriel.

Calion balançou a cabeça e apertou um pouco a minha mão. Eu não podia aguentar aquela estranheza e distância entre nós. Apesar de ele ter voltado, ainda parecia não estar ali. Alguma coisa o perturbava, e eu precisava descobrir o que era.

Levantei a outra mão, hesitante, e toquei seu rosto com delicadeza. Parecia exausto. Calion suspirou e se inclinou para o meu toque, sem resistência alguma.

– Perdoe-me, Arien – pediu, apertando as pálpebras. – Fracassei como seu Aías, falhei em tudo. Não soube interpretar seus sinais, não aceitei fugir com você... Você merecia um companheiro melhor.

– Não diga isso! – reclamei, sentindo o ânimo voltar ao meu corpo. Calion não me rejeitava, só estava inseguro. – Você é um ótimo Aías, não é culpa sua se deixei que o medo me aprisionasse. Sou orgulhosa e teimosa demais, não queria expor minha fraqueza e colocar a todos em risco – acrescentei constrangida. Se não me importasse com as consequências, teria contado o que acontecia e me livrado de Rauthar sem precisar de todo esse sofrimento. Agora sabia que encontraria apoio, especialmente de Calion.

Ele se virou completamente para mim, agarrando minhas mãos. Seu olhar profundo me fez corar, mas dessa vez não de vergonha.

– Prometa para mim que não me esconderá mais nada, Arien, mesmo que pense ser algo sem importância.

– Prometo.

– Assim, tão facilmente? – perguntou, sorrindo, dessa vez um sorriso de verdade.

– Sim, e não quero ouvir você falando sobre si dessa maneira. Eu... gosto muito de você, então, por favor, não fique se culpando pelo que aconteceu e...

– Tudo bem, meu amor – respondeu, fazendo-me ficar muda. – Posso dormir aqui um pouco? – perguntou com timidez.

– Você sabe que sim, sempre pode dormir aqui.

Calion se deitou ali mesmo e me puxou para seu lado. Mais aliviada, recostei a cabeça em seu ombro, tudo estava se encaixando novamente e meu mundo parecia estar um pouco mais nos eixos. Voltei-me para ele só para me certificar de que estava tudo bem, mas Calion me encarava com os olhos dourados tão intensos que a minha respiração ficou presa.

– Não posso acreditar que quase perdi você.

– Esqueça que isso aconteceu – pedi. – Você não vai me perder.

– Não vou mesmo, prometo estar sempre ao seu lado. – Calion se inclinou trazendo seu rosto para perto do meu. Percebi qual era sua intenção e não pensei em me afastar nem por um segundo.

Seus lábios se juntaram aos meus com o mais leve dos toques, sua hesitação era um cuidado que eu não queria, não precisava. Meus sentidos se inflamaram quando Calion me puxou ainda mais para perto e me permiti perder o controle sobre mim mesma, porque o desejava e, mais que isso, porque queria quebrar aquela barreira de insegurança que ainda tinha ao me tocar.

Aprofundei o beijo e aproveitei para explorar seu corpo, os ombros largos e o peito rijo. Quando rompi com aquele cuidado excessivo, Calion me apertou mais, querendo acabar com qualquer distância entre nós, como se ainda existisse. Mordi seu lábio inferior provando da sua maciez, movi as mãos para o seu cabelo e o mantive onde eu queria.

Calion acariciava minha coxa enquanto se posicionava mais acima de mim. Nossa respiração acelerada era o único som além dos nossos beijos já sem fôlego. Envolvi seu pescoço com os braços, deslizando uma das minhas pernas até seu quadril.

Uma batida forte à porta da frente nos sobressaltou e tentei me recompor, empurrando-o um pouco para o lado. Calion protestou, beijando meu pescoço de forma provocante.

Eu teria me esquecido da interrupção se ela tivesse parado, mas a insistência era tanta que, com certeza, tratava-se de alguma coisa importante. Talvez fosse Lauriel ou até mesmo meus pais!

– Calion, estão batendo à porta! – falei, sufocando um riso pelo seu grunhido.

– Se ignorarmos, vão embora.

– Não, pode ser importante. Podem ser meus pais – rebati, tentando fugir do seu ataque ao meu pescoço, sem muito sucesso.

Calion suspirou resignado. Dando-me um último beijo, desistiu da sua persuasão e levantei rapidamente, voltando à compostura para atender à porta.

Eu estava animada para rever meus pais, queria tanto que fossem eles. Sentia falta de tudo neles, até mesmo da proteção exagerada. Queria revê-los e abraçá-los para ter certeza de que ficaria tudo bem, de que eles estavam seguros apesar da viagem de busca tão demorada.

Da cama, Calion me observava ainda com aquele brilho malicioso no olhar. Abaixei o rosto, sorrindo timidamente. Eu não tinha a intenção de ir além do que fomos, mas meu corpo certamente discordava.

Segui pelo corredor até chegar à sala sentindo uma energia estranha, olhei ao redor e não vi nada que fosse diferente. Abri a porta.

Mal consegui acreditar no que via. O lado esquerdo do seu rosto estava quase irreconhecível, completamente desfigurado pela pele queimada. Seus olhos tinham um brilho cruel que não escondia o ódio. Fiquei completamente paralisada pelo medo e pelo assombro quando ele se inclinou para perto de mim.

– Veja o que você fez – Rauthar falou em voz baixa. – É melhor você curar isso agora ou iremos juntos para Helheim. Vou fazê-la agonizar até a morte e ainda não será o bastante, irei…

Um grito de horror rasgou minha garganta antes que pudesse sequer pensar sobre aquilo. Recuei tropeçando para trás com um único pensamento claro em minha mente: fugir.

Antes que pudesse fechar a porta, correr ou fazer qualquer outra coisa que não fosse gritar, senti uma rajada de vento passar por mim. Agilmente, o leão atacou o elfo que me encarava de forma perturbadora.

Calion o derrubou, fazendo Rauthar rolar até onde os elfos passavam, gerando tumulto. Rauthar se levantou sorrindo, provocando. Eu não conseguia acreditar no quanto ele era estúpido. Voltar ao vilarejo depois do que acontecera?! Sua certeza de que eu não contaria nada a ninguém e continuaria submissa às ameaças dele me enojava.

Meu Aías o cercou, ainda dando chance para Rauthar se transformar em pantera e terem uma batalha justa. Calion era digno a esse ponto.

Logo, um pequeno grupo de curiosos se reuniu e formou um círculo ao redor deles. Corri até onde os dois estavam, abrindo espaço entre os elfos a cotoveladas. Alguém precisava parar aquilo antes que algo pior acontecesse. Quando os alcancei, a briga já estava séria demais e os rugidos de um para outro chamavam cada vez mais atenção do vilarejo para o que estava acontecendo ali.

Calion já o atingira em uma das patas e nas costas enquanto Rauthar tentava quebrar sua defesa. Prendi a respiração quando a pantera conseguiu fazer Calion mancar. Antes que pudesse sequer pensar sobre isso, minha energia foi direcionada naturalmente ao meu Aías, curando sua ferida diante de um incrédulo Rauthar.

A pantera estava muito além de furiosa e seu olhar me encontrou por um instante. Seu ataque foi rápido, Rauthar correu como um louco em minha direção e só tive tempo de me encolher enquanto uma das suas garras se dirigia ao meu rosto. Mas a dor nunca veio.

Calion agora estava numa luta de vida ou morte. O sangue já manchava a grama quando notei que aquilo poderia acabar da pior maneira possível.

– Parem! – gritei. – Vocês não vão fazer nada? – perguntei aos elfos em volta, que assistiam à briga embasbacados.

Depois dos meus gritos histéricos, alguns elfos pareceram despertar e decidiram apartar o duelo. Um por um que chegava perto para tentar separá-los era atacado por um leão furioso e descontrolado. Rauthar quase não reagia mais, só tentava se defender de qualquer maneira que pudesse.

– Calion! – chamei em completo desespero, tentando me aproximar sem sucesso em meio aos outros elfos que chegavam para ver o que estava acontecendo. – Pare, por favor! Você vai matá-lo.

Ouvi um rugido indignado do meu Aías. Ele não estava se esforçando para não matar Rauthar, era justamente o oposto! E desconfiei que conseguiria atingir sua intenção se continuasse daquela maneira.

Empurrei e acotovelei todos que pude para conseguir enxergar os dois novamente, eu precisava impedir Calion! Não podia permitir que ele estragasse a própria vida matando um irmão de raça daquela forma, mesmo que Rauthar merecesse o pior dos castigos. Não queria que o meu Aías sujasse as mãos e a sua honra.

– Calion! – gritei assim que consegui um espaço em meio ao tumulto.

O meu leão estava sujo de sangue em quase todos os lugares, suas presas pingavam e arfei ao ver Rauthar, já um pouco trêmulo no chão, tentando ficar de pé sem conseguir se equilibrar.

Antes que pudesse chegar perto do meu Aías e fazê-lo parar enquanto havia tempo, uma espada brilhou em meio aos elfos que se amontoavam e seu som cortante no vento fez meu sangue gelar.

Lauriel vira a briga acontecer e veio socorrer seu Aías, ou veio garantir que *ela* continuasse viva.

Meu coração martelava nos ouvidos ao vê-la se aproximar por trás de Calion e gritei para alertá-lo! Independentemente do acordo que tínhamos e do momento amigável que passamos, era a ele que eu devia lealdade.

Lauriel atacou Calion com habilidade, desferindo um golpe reto e firme que o teria acertado no meio das costas, talvez numa investida fatal. Ela não parecia estar tentando apenas separar a briga.

Calion desviou no último segundo e caiu rolando para o lado, levantou e atacou Lauriel na garganta. Ela se esquivou, mas seu braço foi atingido, abrindo um rasgo que logo começou a sangrar. Ouvi-a gritar por ajuda e mais elfos surgiram de todas as vielas do vilarejo.

– O que está acontecendo aqui?! – trovejou uma voz que conhecia muito bem.

Alguns elfos silenciaram perante o senhor Bargon, mas a maioria só continuou no frenesi de tentar separar os dois, afastar Rauthar e ajudar Lauriel.

Meus olhos pregados na luta não viram o que se aproximava, mas *senti* uma energia, aumentando, dobrando-se sobre si mesma, de todas as formas, de qualquer forma, até atingir uma quantidade que nem sequer podia imaginar existir tamanho poder.

Primeiro pensei no porquê o lago invadiria o vilarejo, confusa. Depois percebi que, na verdade, o senhor Bargon conduzia e manipulava a água de uma forma fantástica até o meio da confusão.

Afastei-me para não ser afogada, mantendo a atenção em Calion sem esforço nenhum, curando-o sempre que sofria algum dano.

Assisti, um pouco chocada e amedrontada, o meu treinador usar seu poder pela primeira vez. A água envolveu todos num círculo intransponível, que separou a briga e deixou muitos elfos desesperados. Um a um, os que estavam na confusão foram soltos pela imensa bola de água. Saíam cambaleando e tossindo, já que estavam desprevenidos. Foram oito no total, sem contar com Calion, Lauriel e Rauthar. Meu Aías foi o último a ser solto e, apesar de ter passado mais tempo preso, foi o único que não tossiu muito ou tentou expelir o pulmão pela boca.

Calion me encarou e me aproximei. Com certeza, o senhor Bargon quereria uma explicação, e eu tinha várias.

Vi Rauthar ser arrastado para o lado por uma Lauriel encharcada e raivosa. Ele ainda estava respirando, pelo menos. Nenhuma das regras de ouro foi quebrada.

O senhor Bargon se aproximou de nós enquanto Calion se sacudia para tirar o excesso de água e se transformava em elfo novamente. Encolhi-me quando meu treinador me fitou.

– Alguém vai me explicar o que estava acontecendo aqui? – perguntou em tom de ordem.

Tomei fôlego para começar a falar ou a pensar, já que não sabia o que dizer. Contar que Rauthar estava me ameaçando esse tempo todo na frente do vilarejo inteiro me fez enrubescer. Calion notou meu embaraço e tomou a frente da fala, infelizmente. Eu não fazia ideia do que ele diria.

– Apenas uma luta justa para limpar a honra de alguém, que já não está mais aqui para fazer isso por si mesmo.

– Que honra? O que aconteceu? – perguntou meu treinador, ocupando sua posição de líder do vilarejo.

Calion estava prestes a falar quando se deteve e olhou para mim, com uma pergunta clara em sua expressão. Ele queria saber se podia contar tudo. Eu só respirei profundamente e torci para que entendesse que seria muito difícil para mim se ele decidisse revelar absolutamente tudo o que Rauthar fizera. A vergonha surgiu rapidamente e não quis encarar o senhor Bargon.

– Você prometeu, Arien! – Lauriel quebrou o silêncio, atraindo todos os olhares.

– Mas eu não! – Calion respondeu calmamente, como se não tivesse acabado de participar de uma luta. – Não prometi nada. O que aconteceu, senhor Bargon, foi que descobri que Rauthar é o assassino de Eirien, irmã da minha Aías. Não pude conter meu instinto.

O senhor Bargon, como todos ali, parecia ter acabado de presenciar uma catástrofe. O líder do vilarejo respirou profundamente e piscou algumas vezes antes de falar:

– Isso é verdade? – perguntou, dirigindo-se a Rauthar. Eu não fazia ideia de como ele estava, porque não o queria ver e usava o corpo de Calion como bloqueio. – Se você admitir, isso será levado em consideração na sua *punição justa* – pontuou o senhor Bargon, encarando meu Aías, que se manteve impassível.

– Sim – admitiu sem vergonha ou arrependimento algum.

Ouvi Lauriel rogar aos deuses por piedade ao seu lado.

Calion pegou minha mão e a manteve cativa, fazendo círculos ritmados com o polegar. Um carinho bem-vindo, já que eu estava à beira das lágrimas pensando na crueldade que minha irmã sofrera ao ter sua vida interrompida por me salvar.

Antes que o senhor Bargon pudesse esboçar qualquer reação, um elfo andou rapidamente até onde estava Rauthar. Jadel, seu treinador, fez o que todos ali pareciam ter vontade de fazer.

O tapa no rosto ressoou no ambiente. Um após o outro, os tapas marcavam o rosto de Rauthar, que permanecia calado. A mão já estava vermelha quando Jadel parou, sua face estava manchada de lágrimas. Eu não podia imaginar a decepção e a vergonha que sentia.

Ninguém parecia querer romper o silêncio que tomou o ambiente, nem mesmo o senhor Bargon que encarava Jadel com piedade e compaixão. Lauriel chorava, encolhida longe de Rauthar enquanto Jadel arfava tentando refrear seu temperamento.

– O que aconteceu aqui? – Uma familiar voz feminina perguntou. Estive tão ansiosa para ouvi-la que meu peito se encheu de alívio, mas, dadas as circunstâncias, não era o melhor momento para que minha mãe voltasse da busca.

Os elfos em volta abriram espaço em silêncio para o grupo de buscas se aproximar. Meus pais pareciam cansados, assim como o restante que os seguiam de perto segurando um elfo negro completamente acorrentado a observar a cena com uma curiosidade ímpar.

Minha mãe me encontrou na multidão e sorriu, saudosa. Meu pai observava toda a cena, confuso. O chão úmido, a maioria dos elfos ensopada, o senhor Bargon ali no meio desconcertado e Jadel encarando com raiva um Rauthar muito machucado.

– Bargon – meu pai chamou, aproximando-se mais e fazendo o elfo se virar para ele. – O que houve?

– Bem, Varnion... e Artanis, não sei nem como... dizer isso a vocês.

Nesse momento, o elfo que estava acorrentado cruzou seu olhar com o meu e gritou. As cicatrizes no rosto e nos braços eram antigas, muito provavelmente ele não era um guerreiro iniciante. Achei estranho ele ter sido capturado, considerando o que minha mãe mencionou sobre os elfos negros preferirem se matar a revelar qualquer coisa.

– Ela está viva! – esbravejou.

Eu queria muito ter arrastado Calion para casa naquele momento, mas não pude, porque *ela* era *eu*, e o elfo negro me encarava com incredulidade. Meu Aías soltou minha mão e se pôs na minha frente.

Assisti aos olhos do elfo percorrerem o local, procurando, investigando, até encontrarem o que queriam. Sua atenção se prendeu a Rauthar, que permanecia sentado em silêncio, e o elfo negro explodiu:

– Será que você não presta para nada? Seu inútil infeliz, como pôde ter errado duas vezes? Como consegue ser tão estúpido a ponto de morar no mesmo lugar que ela e ainda não ter conseguido matar a maldita elfa certa? Eu vou contar tudo! E não há mais tempo, os outros já estão vindo e o que você fez, seu pedaço de verme imundo? Vai colocar tudo a perder só porque não sabe cumprir uma ordem simples!

A postura do meu pai mudou, agora ele encarava Rauthar. Minha mãe já tentava investigar o que o elfo negro disse. Calion olhou para mim sobre o ombro e perguntou se eu estava bem. Respondi que sim com a cabeça e o fiz voltar para o meu lado. Eu precisava dele o mais próximo possível naquele momento.

– Espere, Varnion, mantenha a calma! Vou explicar tudo o que está acontecendo – disse o senhor Bargon ao ver que meu pai se dirigia até Rauthar a passos largos.

– Não! – Jadel falou, inspirando profundamente e se virando para encarar meu pai. – Eu conto a ele. Varnion... Rauthar... ele... matou sua filha. Foi ele quem matou Eirien.

Vi os sentimentos tão claramente na expressão do meu pai que sofri novamente, agora junto a ele. Primeiro a incredulidade, depois a tristeza, a indignação, a aflição e finalmente o ódio, incontrolável e explosivo.

Antes que meu pai desse mais que três passos na direção de Rauthar, vários braços o contiveram rapidamente. Ele se debatia e tentava desferir golpes para que o soltassem, mas os elfos o impediam de chegar até ele.

– Você me deve isso! Bargon, não pode me negar isso! – gritou, tentando se desvencilhar das mãos que o continham.

– Sinto muito, Varnion, mas creio que o matará se chegar muito perto.

– Você crê?! Eu irei! É o que ele merece! Esse maldito desgraçado tem que pagar pelo que fez!

– Ele vai pagar. – O senhor Bargon suspirou. – Sua família precisa de você, Varnion. Agora.

Meu pai e eu olhamos para minha mãe, que estava com o rosto coberto por lágrimas. Ao seu redor, vários elfos pareciam contê-la e apoiá-la. A dor em seus olhos criou um nó na minha garganta.

– Já chega! – meu pai falou rendido. – Vamos para casa. E eu quero esses dois vermes na cela agora! – gritou para o grupo.

O senhor Bargon começou a dar ordens para levarem Rauthar e o elfo negro para a cela, que eu nem sabia existir no vilarejo até aquele momento.

Rauthar foi levado arrastado e, quando quiseram levar sua Aías junto, ao menos disse que Lauriel não sabia de nada. Os elfos olharam-na desconfiados, mas por enquanto a deixaram livre depois de ouvi-la afirmar que pretendia cooperar.

Todos começaram a se dispersar e, surpreendentemente, Lauriel veio em nossa direção. Calion ficou tenso ao meu lado e percebi que não faltava nada para se transformar em leão. Não podia culpá-lo, era difícil acreditar nela.

– Eu... quero pedir desculpas a você, Calion, por ter tentado atacá-lo. E a você, Arien, por não ter conseguido falar com Rauthar antes. Não o encontrei em lugar algum e não o vi quando voltou para o vilarejo também.

– Tudo bem – respondi com a voz rouca pelas lágrimas que estava sufocando.

Calion acenou com a cabeça e pediu desculpas pelo "arranhão" no braço dela. Suspeitei que Lauriel nunca mais teria a mesma habilidade que antes naquele braço. Curei-a quando ela se virou com a cabeça baixa.

(Capítulo 16)

Os dias que se seguiram foram o mais complicado possível. O vilarejo vivia em um estado de alerta constante, sempre vigiando cada entrada. Cada possível caminho para chegar ao vilarejo era vigiado dia e noite. A tensão no ar alertava que havia alguma coisa errada.

Meus pais pareciam estar vivendo um novo luto pela morte de Eirien, mas estavam mais que empenhados em descobrir a verdade. Queriam vasculhar todas as memórias de Rauthar e descobrir cada detalhe: por que ele fizera aquilo, qual sua relação com o elfo negro e – o que mais os intrigava – por que estava desfigurado.

Ainda não tinham me perguntado nada a respeito dele, então supus que Rauthar não tivesse contado aos meus pais sobre o que fizera a mim. De certa forma, isso era um alívio, mas também deixava várias peças soltas.

O elfo negro, entretanto, parecia cada vez mais louco, sempre dizendo que uma tal hora estava chegando, que outros iguais a ele viriam. Quando interrogado sobre a elfa que devia ser morta, não fez questão de esconder: "a elfa do Akasha".

Por causa disso, eu agora só andava pelo vilarejo muito bem acompanhada, ou escoltada, eu diria. Calion era o único que continuava à sua maneira, embora um tanto quanto mais vigilante que antes. Maggo voltou ao que era antes de eu conhecer meu Aías – meu protetor –, o que deixava Calion bastante irritado.

– Maggo, o que está fazendo aqui tão cedo? – reclamei, esfregando os olhos. – O sol ainda nem nasceu.

– Seu pai pediu para buscá-la. Precisa de você na cela, estão interrogando os dois novamente.

Eu nunca fora chamada à cela. Nem sabia onde ficava e, principalmente, não queria ir. Encarar Rauthar ou apenas imaginar que ficaria em algum lugar fechado próximo a ele me deixava enojada.

– Por que tenho que ir desta vez? – perguntei desconfiada.

– Porque Rauthar disse que não falará nada se você não for até lá.

– Ele está planejando alguma coisa, Maggo! Por que fui chamada apenas agora? Não faz nenhum sentido!

Maggo balançou a cabeça, parecendo preocupado e cansado.

– Ele não falou nenhuma palavra sequer até agora, Arien. Sempre exigiu sua presença, mas seu pai estava tentando adiar ao máximo.

– Ah. – Esta foi a minha resposta muito bem articulada.

Pensava que o interrogatório de Rauthar estivesse sendo bem-sucedido quando, na verdade, não conseguiram nada, nenhuma informação sequer, durante todo aquele tempo. Eu não queria ir até lá, mas devia isso à minha irmã. Respirei fundo, tomando a decisão.

– Certo. Só vou falar com Calion e já podemos ir... – concordei, já me virando.

Meu Aías ainda nem acordara.

– Esqueça o leão, Arien, vamos logo. Esse assunto é urgente, aquele elfo negro está cada vez mais descontrolado, tiveram até que reforçar as correntes que o prendiam.

Passei irritada pela porta, porque julguei que, quando descobrissem o que Rauthar fizera, esse pesadelo acabaria e não teria mais de lidar com ele. E agora aquele maldito verme exigia minha presença para não sei o quê e me forçava a ir até lá contra minha vontade.

Segui o anão mal prestando atenção no caminho. Estava muito grata por Maggo continuar no vilarejo apesar de meus pais terem voltado. Como meu ex-protetor, não precisava fazer nada por mim, mas estava preocupado e decidiu ficar por conta própria, sem que ninguém pedisse. Para mim, aquela era mais uma prova de sua amizade.

Passamos pelo vilarejo até uma casa que nunca notei antes, parecia abandonada. Forcei-me a entrar e percebi que realmente ninguém morava ali há um bom tempo, pois os poucos móveis estavam cobertos e o cheiro de mofo impregnava o lugar.

– Por aqui, Arien. Siga-me com rapidez – orientou, dando-me um olhar afiado.

Engoli em seco e o segui por uma porta do que seria um quarto. No pequeno aposento, um alçapão revelava uma escada que levava para o subsolo. O ambiente úmido e abafado deixou-me cada vez mais nervosa enquanto nossos passos ecoavam nas paredes.

– Não se preocupe tanto – Maggo falou enquanto descíamos a escadaria sem fim, percebendo meu nervosismo. – Rauthar está preso e pagará pelo que fez com Eirien.

– Qual você acha que será a punição dele?

– Não faço ideia. Você sabe muito bem que os elfos não me deixam ficar por perto e acompanhar tudo o que está acontecendo, não confiam em mim. Tudo o que descubro é por meios… não convencionais. – Ele suspirou. – Nem poderei entrar na cela com você.

– Eu confio em você! – garanti, e Maggo sorriu para mim na escuridão, mas percebi no seu olhar que as circunstâncias o estavam incomodando demais.

Quando finalmente chegamos até a cela, concluí que talvez não tivesse sido uma boa ideia ter vindo sem falar com Calion. Eu me sentiria mais segura com ele ao meu lado, mesmo que Maggo sempre me acompanhasse.

– Até que enfim – resmungou meu pai assim que entrei. – Já estava ficando sem paciência.

Respirei profundamente, analisando o lugar. Era frio e úmido, mal-iluminado por algumas velas em cima de uma mesa pequena. As cadeiras espalhadas já estavam com seus silenciosos ocupantes: minha mãe, senhor Bargon, Jadel e Nasvar.

Meu pai era o único que parecia inquieto, andando de um lado para outro em frente aos elfos presos, que me encararam assim que falei:

– Mandou me chamar, pai? – perguntei com uma indiferença fingida.

Rapidamente, observei os dois prisioneiros. Não estavam machucados, apenas Rauthar por causa da briga com Calion e das queimaduras que provoquei. Ambos eram mantidos acorrentados nos punhos e nos tornozelos. O elfo negro tinha correntes a mais: no pescoço, prendendo-o na parede atrás dele, e ao redor da cintura, prendendo-o ao chão num claro reforço de imobilizá-lo. Sentados lado a lado no chão de pedra, mal consegui ver a diferença entre os dois, apesar de o elfo negro não pertencer ao nosso povo.

– Sim. Rauthar quer propor um acordo para colaborar – o senhor Bargon explicou, levantando-se da cadeira e se posicionando ao meu lado. – Diga – dirigiu-se a Rauthar.

Que tipo de acordo aquela criatura queria comigo? Respirei profundamente, aguardando-o abrir a maldita boca.

– Ela me cura, e conto tudo o que sei.

– Verme vendido – murmurou o elfo ao seu lado com um olhar assassino. – Traidor!

– Não quero ficar assim para sempre! Você não sabe o que é estar na minha pele, não sabe quanta dor estou sentindo, então cale essa boca, Dral!

O senhor Bargon virou-se para mim, analisando minha reação. Trinquei o maxilar tentando conter minha raiva. Rauthar estava me obrigando a fazer o que queria, sabendo que não poderia recusar com todos ali em expectativa por suas revelações. Mas o real problema nisso era não saber se conseguiria curá-lo. Curar Rauthar, especificamente, seria dificílimo, quase como um bloqueio do meu poder, por sentir tanto ódio daquele miserável.

– Concorda, Arien? – meu pai perguntou depois de alguns segundos, como se eu tivesse mesmo uma escolha.

– O que garante que ele contará tudo depois de eu curá-lo?

– Ele vai contar. Pode deixar que eu cuido dessa parte – meu pai afirmou com um brilho perigoso no olhar.

Observei-o intensamente antes de me virar para o senhor Bargon e sussurrar o mais baixo que pude, apesar de ter certeza de que todos na sala eram capazes de me escutar perfeitamente:

– Não sei se consigo, senhor Bargon. – Senti meu rosto arder.

– Pelo menos tente.

Inspirei profundamente e direcionei a energia para o ver... Rauthar, tal como estava acostumada a fazer quando curava. Desejei curá-lo. Tentei, na verdade. E, assim como previ, não tive sucesso algum.

Suspirei impaciente. Eu queria dar um fim àquilo, sumir daquele lugar medonho e ficar em paz, mas não era fácil curar alguém que fez tanto mal a mim e à minha família.

– Será que não pode se esforçar um pouco mais, Arien? Estamos todos cansados dessa situação, eu sei, mas você deve isso à sua irmã – meu pai falou exausto.

Tentei reprimir a tristeza que senti naquele momento, disfarçar o quanto suas palavras me magoaram, mesmo sem intenção. Aquilo tudo era só sobre a minha irmã, pois ele não fazia ideia do quanto sofri também. Perseguida, ameaçada, desrespeitada de uma forma tão cruel e degradante…

Apertei as pálpebras, impedindo as lembranças de voltarem à minha mente. Afinal de contas, meu pai não sabia, porque eu não queria contar, sentia vergonha demais.

Dane-se, pensei. Rauthar queria ser curado e essa era a única coisa que importava a todos ali, só para que abrisse a boca e contasse o que sabia. Eu faria isso então, eu era capaz. Quanto mais rápido curasse, mais rápido sairia dali.

Reuni minha energia rapidamente e desejei curar tudo. Era a maneira mais fácil, e talvez fosse a única forma de conseguir. Não me importei em assistir a alguém se curando, porque era exatamente o oposto do que queria que acontecesse. E, se encarasse Rauthar com aquele sorriso debochado outra vez, não acho que manteria o controle.

Parei assim que senti não haver mais nada a ser curado na sala. Dirigi-me rapidamente ao meu treinador:

– Posso ir? – perguntei direta.

– Sim, Arien, você já…

– Espere um pouco – meu pai interrompeu o senhor Bargon e prendi a respiração pela sua expressão desconfiada. – Quero saber o que aconteceu com o rosto dele. Nos disse para perguntar a você.

Encarei Rauthar com todo o ódio que sentia, trincando o maxilar. Ele não contou nada, é claro que não. Era muito covarde para isso. E eu era mais ainda. Não queria viver abaixando a cabeça pelo vilarejo por vergonha. Pediu para que me perguntassem porque sabia… eu não contaria nada.

– Meu poder de defesa se manifestou quando me senti ameaçada, só isso – respondi simplesmente, desviando o olhar.

– E por que se sentiu ameaçada? – retrucou, franzindo o cenho.

– Ele tinha acabado de confessar que matou minha irmã e que, na verdade, seu objetivo era *me* matar. Não tem como ser mais ameaçada que isso – respondi, cruzando os braços.

Meu pai ponderou por um momento, observando-me atentamente, mas logo pareceu se convencer de que era só aquilo mesmo e se voltou para Rauthar:

– Agora é sua vez. Conte tudo.

– O que ele tem a perder se não contar? – o elfo negro debochou ao seu lado.

– A vida, principalmente – meu pai respondeu friamente.

– Não é grande coisa – falou o elfo negro com um sorriso.

– Realmente, a vida *dele* não é grande coisa. Mas, diferente de você, ele não está sozinho neste mundo, infelizmente.

Aquilo não era justo. Rauthar não poderia ter a punição adequada por estar ligado para sempre a Lauriel, que não merecia pagar por erros que não cometeu. Pela primeira vez, percebi a desvantagem de ter um Aías. Mesmo que eles ficassem vivos, Lauriel guardaria para sempre a mágoa e a vergonha de seu Aías ser um traidor.

– A vida daquela elfa não é tão importante também – o elfo negro desdenhou.

– Cale essa boca. Você não sabe o que é importante para mim ou não – Rauthar respondeu e se dirigiu ao meu pai. – Eu vou contar.

A cada palavra de Rauthar sobre como arquitetou a minha morte, observou cada segundo dos meus dias e seguiu cada passo meu, ficava mais difícil suportar ouvi-lo. Sentia-me sufocada naquela sala.

– Eu nunca quis matar a Eirien, ela nunca foi o alvo – falou, parecendo entediado. – Treinei arco e flecha escondido durante anos, porque sabia que só teria uma chance. Caso falhasse e me capturassem, eu seria morto. Era difícil conseguir um único momento em que Arien ficasse sozinha, a irmã sempre estava com ela. Aquele dia na mata foi minha única chance, e eu aproveitei. Eirien não deveria ter se atirado na frente da flecha, que ia para essa. – Apontou para mim com o queixo. – Eu não esperava que ela fizesse isso.

Eu estava prestes a sair, já não aguentando mais me lembrar de tudo aquilo. Não suportava ouvir a frieza de Rauthar ao falar como minha irmã se sacrificou por mim para nada, como se não tivesse matado alguém, como se aquilo tudo fosse uma conversa perfeitamente normal.

– E por que você queria matar a Arien? – o senhor Bargon perguntou.

– Era necessário. – Rauthar levantou os ombros, fazendo as correntes tilintarem. – Ainda é – completou, encarando-me.

– E por quê?

Rauthar se enrijeceu por um momento e pensei que não diria nada, mas logo após surpreendeu a todos:

– Eu não sei, só cumpro as ordens.

– Não cumpre, não, imprestável – o elfo negro o provocou, cuspindo em sua direção.

Já chega. Aquilo tudo era uma grande perda de tempo! É claro que aquele desgraçado não diria nada que eu já não soubesse e, mesmo que dissesse, seria inútil. Nada traria minha irmã de volta do mundo dos mortos.

– Eu posso ir? – perguntei, não me dirigindo a ninguém em especial.

– Seria bom se você pudesse ficar e ouvir o que… – meu pai começou, mas o interrompi.

– Não posso. Desculpe. – E me dirigi para a porta rapidamente.

Saí da sala me sentindo a pior das criaturas. Como assim era *necessário* me matar? Que mal imperdoável cometi a quem quer que fosse? Eu não merecia isso, tampouco minha irmã. Principalmente minha irmã, a criatura mais doce, amável e digna que já viveu neste mundo.

Subi as escadas mal-iluminadas até voltar à superfície. A casa servia apenas como uma espécie de disfarce para a prisão. Eu nunca sequer a notei, mas, depois de entrar, ficava muito clara a sua função.

O sol brilhava quando saí daquele lugar medonho. Respirei profundamente o ar fresco enquanto caminhava de volta para casa, torcendo para que Calion ainda estivesse dormindo.

– Calion? – chamei quando cheguei. – Está aí?

Algo pulou nas minhas costas assim que entrei no quarto, me assustando. Livrei-me sem dificuldade e virei para olhar quem era; não era comum Calion fazer esse tipo de brincadeira.

– Tyne! – Expirei em alívio. – Que bom ver você.

– Também é ótimo ver você… apesar das circunstâncias – acrescentou acanhada. – Soube que foi Rauthar quem… Mal pude acreditar, Arien! Até agora não consigo entender por que ele faria uma coisa dessas com Eirien… e com você! – falou indignada.

– Acho que não vale a pena tentar entender, Tyne. Mas Rauthar contará tudo o que sabe. Ele já está acorrentado.

Tyne escancarou a boca como se o que disse fosse o maior dos absurdos e me encarou com os olhos grandes brilhantes.

– Acorrentado? Não o vi em lugar algum. Pelos deuses, será que ele fugiu, Arien? Por isso Calion saiu daqui tão nervoso! O que faremos? Preciso chamar alguém, preciso…

– Tyne, acalme-se. – Toquei seu braço tentando parar seu frenesi. – Ele está em um lugar aqui no vilarejo sendo interrogado. Mas isso não importa – acrescentei quando percebi que recomeçaria a tagarelar. – O que disse sobre Calion? Onde ele está?

Tyne observou-me atentamente antes de responder minha pergunta, o que me fez lembrar que talvez não estivesse tão acostumada assim com minha proximidade ao meu Aías.

– Estava nervoso – falou cautelosamente. – Disse que ia procurá-la e pediu que ficasse aqui para o caso de você aparecer.

– Ah – respondi. Estava aliviada, mas tentei parecer o mais indiferente possível.

– Ele parecia muito estranho, dizendo que sentia uma tensão no ar, uma antecipação de algo diferente... Não sei se Calion está bem, Arien, todas essas revelações podem ter mexido com ele!

Calion estava estranho, "sentindo uma tensão no ar"? Que conversa era aquela? Estava prestes a lhe forçar a contar tudo o que aconteceu desde que chegara quando Tyne abriu a boca novamente...

– Desculpe perguntar isso, mas... Calion tem dormido aqui? – questionou desconfiada.

– Sim, ele tem... porque ele é... hum... muito protetor. Por causa do problema com Rauthar e tudo mais.

– E desde quando?

Prendi a respiração.

– Tyne, não estou contando os dias que meu Aías passa hospedado aqui, isso seria... indelicado.

– Ouvi Bellon dizendo que Calion não para em casa, e que mal dorme lá desde que se mudaram para o vilarejo. Isso é verdade, Arien?

– Onde ouviu isso? – questionei curiosa, mas também tentando fugir da pergunta ou apenas arranjando mais tempo para pensar numa resposta que não me comprometesse ainda mais.

– Bellon estava conversando com a mãe do seu Aías. Ouvi sem querer.

Levantei uma sobrancelha. Claro que sem querer.

– Pensei que já tivesse parado com essa mania – falei, rindo, lembrando-me das vezes em que Tyne se metia em confusão por ouvir demais, principalmente o que não devia.

– Nunca tive mania alguma. Não fuja da pergunta, Arien. Há quanto tempo ele está dormindo aqui?

– Eu não sei, Tyne, não fiquei contando! Por que está curiosa sobre isso agora?

– Porque, quando cheguei procurando por você, encontrei seu Aías seminu na sua cama – falou direta, fazendo-me corar até a raiz do cabelo. – E ele parecia bem familiarizado com o ambiente.

– E o que ele disse? – perguntei sem conseguir me conter.

– Nada, parecia muito sonolento. Quando percebeu que você não estava, obrigou-me a ficar aqui e saiu à sua procura.

Suspirei baixinho, aliviada. Mesmo sendo minha amiga, Tyne não entenderia a minha ligação com Calion, ou melhor, a minha *outra* ligação com ele. Além disso, não demoraria muito para o vilarejo inteiro saber sobre nós assim que ela passasse pela porta. Era melhor não arriscar.

– Ele dorme à vontade, eu não tenho nada a ver com isso – defendi-me. – Não é confortável dormir preparado para uma guerra – comentei, tentando aliviar o clima. Não funcionou.

– Foi assim que ele saiu daqui – falou, analisando as unhas delicadas. – Preparado para uma guerra. – Aquilo fez meus olhos quase saltarem das órbitas. Por que ele faria isso? – Sei que não tenho o direito de me meter no relacionamento de vocês, Arien, mas preciso dizer que talvez vocês estejam próximos *demais*. Isso não é normal.

O tema da tal guerra foi momentaneamente esquecido enquanto outro vinha à tona, soando forte na minha mente.

– E qual é o problema disso? – perguntei com o coração palpitando.

– Não sei... Nenhum, talvez. A questão é que a maioria dos Aías se conhece desde a infância. Vocês se conheceram há tão pouco tempo, tudo pode estar um pouco confuso nesse relacionamento. Não sei se seria certo se... vocês por acaso... hum...

– O quê, Tyne? – perguntei num tom duro, confrontando-a. – Não sei aonde está querendo chegar.

Ela me observou por um segundo e suspirou.

– Não estou querendo chegar a lugar algum, desculpe.

– Tudo bem – respondi mais calma.

Eu já tinha meus próprios problemas na minha mente caótica a respeito desse assunto, não precisava que Tyne me empurrasse seu pensamento e sua vontade como costumava fazer. Eu não permitiria que ela influenciasse a única coisa boa que possuía naquele momento: o meu sentimento por Calion.

Tyne olhou para os lados, desconfortável com a tensão que se abateu sobre nós. Com certeza suspeitava de alguma coisa, mas não seria eu a confirmar.

– É melhor eu ir embora. Tem algum problema se você ficar aqui sozinha? – perguntou.

– Claro que não – respondi mais ofendida do que gostaria de demonstrar. Aquela proteção exagerada estava me sufocando. Rauthar fora preso e nada de ruim poderia acontecer comigo enquanto assim estivesse.

Acompanhei Tyne até a porta. Estranhamente, percebi alguns barulhos incomuns vindos da floresta. Não pareciam animais brigando, mas o que mais poderiam ser? Prestei um pouco mais de atenção e minha imaginação criou formas para aqueles sons: a corrida rápida e forte marcando a terra, soando abafada, o tilintar das facas e espadas, as respirações quase inaudíveis... Seriam reais ou imaginação? Eu não sabia ao certo.

– Tyne – chamei enquanto ela já se virava para ir embora. – Está ouvindo isso? – perguntei alarmada pelo barulho, que se aproximava cada vez mais do vilarejo.

– Ouvindo o quê?

Nesse momento, tudo aconteceu tão rápido que não tive tempo de analisar o som com mais cautela.

(Capítulo 17)

Antes que os elfos negros invadissem o vilarejo por todos os cantos e nos encurralassem, o alarme soou tão forte que precisei tampar os ouvidos. Tyne parecia congelada no lugar, ainda na porta da minha casa, encarando o vilarejo como se estivesse desmoronando.

Quando os primeiros gritos começaram a surgir, libertei-me do torpor com o choque de realidade: aquilo estava mesmo acontecendo! Parecia que todos os meus medos e pesadelos criaram vida e vieram para me assombrar. Engoli em seco, tentando controlar meu pavor enquanto alcançava o braço de Tyne e a puxava para dentro da minha casa em desespero.

– Tyne! Acorda, temos que entrar!

Tyne se virou com os olhos grandes marejados de lágrimas. Ela segurou minha mão, que ainda estava no seu braço, e a puxou com toda força que tinha, tentando me levar para fora.

– Não podemos, Arien, precisamos ajudar – sussurrou apavorada. – Eles vão… vão destruir tudo.

– O quê? – Descrente, gritei para ser ouvida em meio ao caos. – E como você e eu podemos ajudar? Vão nos matar!

– Eu realmente… não posso fazer muita coisa, mas você pode, Arien! Além disso, o seu Aías…

Nesse momento, senti o mundo girar e nada mais estava em seu devido lugar. O vértice de emoções dentro de mim ameaçava me sufocar e parei de ouvir o que Tyne dizia assim que mencionou Calion. Ele estava lá, no meio daquela confusão com os elfos negros, passando por coisas que eu mal podia imaginar!

Agindo puramente por instinto, puxei Tyne com força e a empurrei para dentro enquanto tentava me livrar do seu aperto. Fechei a porta e rezei para que seu medo fosse maior que a sua vontade de ajudar. Ela correria muito perigo caso saísse, muito mais do que eu.

Prendi a respiração quando encarei o cenário de caos à minha volta, procurando uma saída daquela guerra ou pelo menos um rosto conhecido. Todos nós fomos surpreendidos, os elfos negros atacavam quem quer que fosse sem piedade e o desespero se espalhava cada vez mais.

Dei alguns passos na direção do pandemônio que se formou no vilarejo, correndo os olhos à procura dos meus pais, de Calion ou Maggo. Precisava saber se estavam bem, precisava encontrá-los. Ouvi um rugido alto em meio aos gritos de desespero e o reconheci no mesmo instante.

Calion estava do lado oposto a mim, transformado em leão e encarando-me com uma expressão de horror. Não demorou muito para que nossa troca de olhares fosse interrompida quando um elfo negro o atacou com uma espada, forçando-o a se esquivar.

Não consegui assistir à luta do meu Aías. A energia parecia borbulhar dentro de mim, pedindo sua libertação. Estiquei um pouco os braços e flexionei as mãos trêmulas, permitindo que a energia saísse, concentrando-me em cada elfo que via e curando meu povo sem encarar as lutas.

Flechas eram atiradas de todos os lados em meio à confusão. Não havia como fugir. Havia apenas a necessidade do meu povo de sobreviver, e a dos elfos negros de nos destruir. Os poderes com elementos deformavam o vilarejo em que nasci e cresci. As raízes emergiam e prendiam quem quer que fosse, estrangulando suas vítimas o mais rápido possível. O ar sufocava qualquer um que se aproximasse demais de uma determinada área. A água se misturava entre golpes e quem tivesse maior energia conseguia controlá-la. Vislumbrei o senhor Bargon usando a água para se defender, formando uma parede e afogando o elfo negro que o atacava em seguida.

Tentei me manter longe dos elfos negros, curando a distância e me escondendo o tempo todo onde conseguisse. Avistei o elfo negro que estivera preso, a quem Rauthar chamara de "Dral" na cela. Meu coração palpitou ainda mais forte quando pensei nos meus pais e no modo como ele conseguira fugir da cela. Dral gritou mais alto e mais forte que todos, e foi quando tudo piorou, como se ainda fosse possível.

Por um momento, achei que toda aquela confusão teria um fim. Os elfos negros se organizaram em um círculo amplo ao redor do meu povo, parando de nos atacar, mas, antes que sequer suspirasse em alívio, um grito de guerra ressoou pelo vilarejo.

Os elfos negros nos evitavam, esquivando-se e depois entrando em todas as casas. Eu não fazia ideia de como viviam, mas não podia acreditar que estavam fazendo aquilo, invadindo os vilarejos e agredindo todos nós só para roubar.

No mesmo instante, senti o cheiro tão característico. Eles não estavam roubando as casas. Estavam colocando fogo nelas!

Meu coração retumbava no peito enquanto a nuvem de fumaça começava a se formar, cobrindo-nos, vindo por todos os lados. Comecei a correr assim que percebi que logo seria muito difícil enxergar qualquer coisa por ali.

Os elfos negros e o meu povo se misturaram ainda mais, num desespero generalizado. Todos os questionamentos sobre o porquê cometiam aquela atrocidade foram esquecidos. Meu único objetivo, naquele momento, era sobreviver. Ouvi um rugido alto e corri na sua direção, sem nem mesmo saber se era a correta. Cobri o nariz com as mãos, apertando os olhos em meio à fumaça para enxergar um caminho que me levasse para longe do fogo.

A fumaça me asfixiava, eu mal conseguia respirar. O pânico cresceu no meu peito e não conseguia pensar com clareza, seguindo quem quer que fosse, em busca de um pouco de ar puro.

Antes que conseguisse ir para o lago, que parecia ser o lugar para onde todos estavam indo, uma mão segurou meu braço num aperto de ferro e me arrastou na mesma direção.

A princípio, senti um pingo de alívio, uma esperança patética de que sobreviveria e tudo ficaria bem. Assim que chegamos ao lago, sem toda aquela fumaça, caí de joelhos e olhei para cima tentando enxergar o rosto de quem salvara a minha vida.

Meu sangue congelou e não consegui pronunciar sequer um protesto. Dral me encarava com os olhos brilhando, cruéis e frios.

Seus dedos se estreitaram ainda mais ao redor do meu braço e ele me puxou, fazendo-me ficar de pé. Seu rosto coberto de fuligem ostentava uma expressão vitoriosa. O elfo tirou uma adaga da cintura e a pressionou contra a minha garganta, falando alguma coisa que não conseguia registrar tamanho meu pavor.

– Você não vai querer fazer isso. – Eu reconheceria a voz que nos interrompeu, mesmo rouca por causa da fumaça, para sempre e em qualquer lugar. Rauthar também fugira, mas de que lado estava sua lealdade eu não sabia. Temi mais uma vez pelos meus pais e por todos que estavam na cela, já que não fazia ideia de como os fugitivos conseguiram sair daquele lugar tenebroso.

Levantei mais a cabeça e tentei entender o que estava acontecendo naquele momento. Elfos negros e o meu próprio povo se misturavam, agora não brigando, mas assistindo.

Entre os poucos rostos que reconheci, o único que prendeu minha atenção foi o de Calion. Sua angústia, seu desespero e o medo irremediável nos seus olhos fizeram meu coração errar o compasso e em seguida palpitar ainda mais rápido, como se isso fosse possível.

Não consegui encontrar meus pais ou Maggo. Senti o nó na garganta aumentar, junto com o meu terror. O medo de que estivessem mortos me consumiu.

Um pouco tarde demais, finalmente percebi ser o motivo daquela comoção. E a adaga em meu pescoço também, com certeza.

O elfo atrás de mim não pressionava a adaga, mas podia sentir o frio do metal contra a minha pele, antecipando a dor que causaria. Olhei para Calion, que havia se aproximado, pela última vez, implorando aos deuses que me perdoasse, por ser tão fraca, por ser tão inadequada, por morrer sem assumir que o amo e mostrar a todos o que sentia de verdade. Queria poder dizer a ele que lamentava, e que faria tudo diferente se pudesse.

Antes que me preparasse para aquele momento, fechando as pálpebras ou simplesmente dando um último suspiro, o elfo negro me jogou no chão como se eu não fosse nada além de uma carcaça desprezível.

Senti a umidade do sangue na palma das minhas mãos machucadas pelas pedras, mas não me importei com isso. Aliás, não me importei com nada quando o vi desembainhar a espada e apontá-la para mim.

Quando a espada foi erguida, fechei os olhos para evitar que as lágrimas caíssem. Eu morreria com honra, sem me humilhar, sem implorar ao meu carrasco por clemência.

Entretanto, o golpe que esperava nunca veio. Contei os segundos e só abri os olhos quando um grito de fúria e dor me sobressaltou. Calion saltara no elfo e sua boca agora trazia um pedaço do braço que me ameaçou.

O sangue manchava o chão e a cena tirou meu fôlego no mesmo instante. Meu Aías largou o braço com desprezo e encarou Dral.

Minha surpresa foi tão grande que só consegui observar meu Aías, ainda não acreditando no que fizera. Cedo demais, os gritos indignados começaram e uma nova confusão se formou.

Senti minha energia no limite, não sobrara nada ali para que eu pudesse ajudar. Eu não tinha mais forças para lutar, tampouco para fugir. Uma letargia se aproximava cada vez mais, dominando meu corpo, tirando meu controle. Estranhamente, minha mão já curada sentia uma pequena vibração da grama em meio às pedras. Era uma sensação diferente que causava um leve formigamento, uma distração bem-vinda do meu destino trágico.

Calion vinha em minha direção, ainda transformado, quando uma flecha acertou a lateral do seu corpo. Prendi a respiração. Uma segunda. Terceira. Quarta.

Eu não sabia se aqueles gritos de horror vinham de mim, eu não sabia o que fazer, não sabia absolutamente nada. Calion me alcançou, trôpego, e o acolhi nos meus braços quando caiu, já sem forças.

Minha visão embaçada não conseguia ver mais ninguém. Toda a guerra, os elfos negros, tudo aquilo desapareceu quando Calion se transformou em elfo e arrancou as flechas com a respiração rasa.

Eu murmurava coisas incoerentes tentando confortá-lo, ou a mim mesma.

– Não chore, Arien – pediu com a voz fraca.

Respirei profundamente, tentando me acalmar. Eu iria curá-lo, eu precisava curá-lo.

– Tudo bem, não vou chorar mais – sussurrei com a voz entrecortada, tocando seu rosto. – Vai ficar tudo bem.

Reuni a energia que restara, que era bem pouca, e curei Calion com todo o esforço e amor que consegui. Os murmúrios coletivos me alertaram que éramos o centro das atenções novamente, mas já não conseguia me importar com nada.

Minhas forças estavam completamente esgotadas, assim como minhas esperanças de que pudéssemos nos salvar. Minha mente parecia se desprender de mim cada vez mais e meu corpo já não respondia. Eu precisava me levantar, precisava nos salvar, mas meu esforço era inútil. O formigamento aumentava, espalhando-se pelo meu corpo inteiro, deixando-me nervosa. Era aquela a sensação de quando o fim se aproximava?

– Não feche os olhos – pedi a Calion num sussurro trêmulo. Eu tentei curá-lo, dei tudo de mim, mas não sabia se era suficiente. – Fique olhando para mim.

Meu Aías ergueu uma mão para tocar a minha, que ainda estava em seu rosto.

– Arien...

– Que cena mais comovente. – O maldito elfo negro riu, com o rosto retorcido por uma diversão cruel. No lugar do seu braço restava um pano amarrado, imundo e ensanguentado. – Terei o prazer de enviá-los juntos para Helheim. – Ele desviou a atenção para Calion e seu sorriso se alargou. – Mas talvez seja tarde demais para isso.

Voltei-me para Calion no mesmo instante. Seus olhos fechados e sua respiração tão rasa me fizeram sufocar de angústia. Um dos meus maiores medos estava se realizando bem ali, diante de mim, seu corpo inerte parecia cada vez mais fraco e eu não conseguia fazer nada para ajudar. Novamente aquilo acontecia.

Balancei seu corpo em desespero, tentando fazê-lo reagir, já sem conseguir controlar meu choro. Ele não podia partir, isso não podia acontecer, não era justo!

Fechei os olhos fazendo uma prece a Freya, a todos os deuses.

Por favor, por favor, não permitam. Por favor. Eu imploro.

– Suas últimas palavras?! – o elfo desdenhou e voltei a encará-lo. Com o outro braço, subiu a espada até a cabeça e se preparou para desferir o golpe.

Abracei Calion com mais força.

Pelo menos, consolei-me, estaríamos juntos no mundo dos mortos. Com esse pensamento, deixei aquele torpor me dominar completamente.

Primeiro senti o formigamento se transformar em calor, que se espalhava pelo meu corpo e vinha de todas as direções. Eu estava recebendo energia, ou roubando involuntariamente, não sabia dizer. Depois ouvi os gritos. De horror, de dor; gritos de desespero.

Observei ao meu redor, não querendo realmente fazê-lo, como se não tivesse controle sobre mim mesma. Enxerguei tudo vermelho à minha frente. Aquela energia explodiu de dentro de mim e não fui capaz de controlá-la.

(Capítulo 18)

Acordei numa cama familiar, entretanto, não era a minha. Espreguicei-me e ouvi meu corpo estalar ruidosamente. Abri os olhos e pisquei várias vezes por causa do sol que invadia o quarto pela pequena janela. Olhei ao redor e me surpreendi ao notar que estava na antiga casa de Calion, no outro vilarejo.

Tentei relembrar os acontecimentos do dia anterior, em vão. Quer dizer, lembrei-me do ataque dos elfos negros, de Calion caído em meus braços e de perder os sentidos depois disso. Não fazia ideia de como tinha chegado até o antigo vilarejo dele.

Levantei-me da cama, engolindo em seco quando as dúvidas me dominaram. Precisava saber se todos estavam bem, se meu povo sobrevivera. Respirei fundo e saí do quarto, preparando-me para ouvir que não sobrara nada do meu vilarejo. Não depois de todo aquele fogo.

Ouvi vozes baixas vindas da sala e fui para lá rapidamente. A voz da minha mãe fez meu coração se encher de alegria, eu mal podia esperar para vê-la.

– Arien! – Ela se apressou assim que me notou, prendendo-me num abraço tão saudoso quanto amoroso. – Que bom que acordou, meu amor – falou, afastando-se e colocando meu rosto entre as mãos. – Graças aos deuses, você está bem! Ouviram minhas súplicas.

Encarei seu rosto corado com os olhos brilhantes, tentei gravar todos os seus traços na minha memória e tornei a abraçá-la.

– O que aconteceu? Não me lembro de mais nada depois que Calion foi atingido pelas flechas… Onde ele está? Ele está bem?

– Isso é irrelevante – meu pai falou, vindo até nós e me abraçando assim que soltei minha mãe. – Ele está bem. Deve estar treinando.

Fiquei confusa e, por mais que não quisesse admitir, um pouco decepcionada também por Calion não estar ali ao meu lado quando acordei.

– Não é irrelevante, Varnion, ela precisa saber o que aconteceu – meu treinador interveio e, surpreendendo-me, também se aproximou para um abraço sem jeito. – Fico feliz que esteja bem.

Depois que os pais de Calion me abraçaram, sentei-me em uma cadeira desconfortável a pedido do senhor Bargon para ouvir o que diriam. Minha mãe obrigou-me a comer uma sopa de aparência suspeita, mas estava com tanta fome que a achei maravilhosamente saborosa.

– Então – comecei inquieta –, o que aconteceu ontem?

– Ontem? – o senhor Bargon perguntou confuso, mas depois pareceu entender. – Você esteve desacordada por três dias, Arien.

Minha mão parou no ar com a colher vazia, forcei-me a engolir e digerir aquela informação. O que teria me feito dormir por três dias seguidos?

– Depois que Calion foi atingido e aquele elfo maldito tentou matá-los, você... bem... – O senhor Bargon desviou o olhar. – Você o matou.

Engasguei e tossi, sentindo meus olhos lacrimejarem. Passei alguns segundos tentando entender o que ele dissera.

– Eu fiz o quê? Isso não é possível, não me lembro de nada disso! – falei descrente. – Como... aconteceu?

– Não sei exatamente. Eu estava muito longe e no meio do tumulto para ver com clareza, mas basicamente você roubou a energia de tudo e todos à sua volta e depois... Dral explodiu em fogo – explicou calmamente, deixando-me chocada com a naturalidade com que falava. – Acho que ele era o líder dos malditos invasores, ou algo assim. Depois disso, os outros elfos negros fugiram. O vilarejo ficou completamente destruído, e todos nós tivemos que nos mudar.

– Ficou todo mundo bem? – perguntei. – Viram Maggo e a Tyne? Eles estão bem?

– Tyne veio conosco, ela está bem – meu pai respondeu.

– E Maggo? – insisti preocupada quando todos ficaram calados.

– Não o vimos, mas ele deve estar bem, Arien. Não se preocupe. Ele pode ter voltado para o mundo dele – minha mãe interveio para me tranquilizar. – Coma a sopa.

Fiquei quieta e terminei a sopa em silêncio, tentando compreender o que estava acontecendo. Afinal de contas, eu estava viva, mas a que custo? Nunca quis que ninguém morresse, muito menos quis matar alguém. O pior de tudo era não conseguir lembrar de nada e não saber sequer como controlar aquilo. O sentimento de alívio por estar viva também me martirizava com a culpa e o medo de, algum dia, aquela "defesa" se tornar a minha ruína.

Entretanto, nunca poderia desvalorizar aquele poder. Graças a ele, Calion e eu nos salvamos e os elfos negros partiram. O medo se instalou em mim quando me lembrei da invasão ao meu vilarejo, do elfo que matei por precisar me defender, de Rauthar e sua missão de me matar. Eu precisava entender, precisava descobrir o motivo de aquelas coisas estarem acontecendo, mas ao mesmo tempo temia mexer naquela história, não queria arriscar.

O turbilhão de emoções me deixou ainda mais confusa, fazendo-me suspirar. Eu precisava desabafar com alguém.

– Arien – Caladiel me chamou –, Bellon e eu temos um assunto muito sério para conversar com você.

Seu nervosismo me alarmou. A mãe de Calion e eu não tínhamos muitos assuntos em comum, mas vivíamos em harmonia. Não poderia ser outro assunto que não fosse o meu Aías.

– Tudo bem – respondi calmamente.

– Seu treinador, senhor Bargon, pretende ir até a fronteira com um pequeno grupo para exigir esclarecimentos sobre os ataques dos elfos negros. – Caladiel contorceu o rosto numa careta para ele, com raiva. – Não sei se Calion contou a você, mas é onde o pai dele está.

Balancei a cabeça confirmando, mas a atenção de Caladiel não era dirigida a mim. Seu olhar perdido e angustiado estava em Bellon, que permanecia impassível ao seu lado.

– O problema é que Calion quer ir com esse grupo, Arien! – explicou rapidamente. – E não posso permitir essa loucura, é muito perigoso! Preciso que me ajude a convencê-lo a não ir porque já não sei mais o que fazer, ele não me escuta!

– Não é perigoso. Eu estarei com ele, já expliquei isso – falou o senhor Bargon, paciente. – Inclusive está convidada a se juntar a nós, Caladiel. Assim como você, Arien.

– Eu?! – repeti descrente.

– Sim, afinal de contas, se seu Aías irá...

– Ele não vai! – gritou Caladiel.

– E muito menos a Arien – meu pai proferiu. – Não há essa possibilidade.

Uma nova discussão surgiu pelo fato de o senhor Bargon apoiar Calion em sua decisão. Não fiquei exatamente feliz com a reação do meu pai, gostaria de poder decidir sozinha se iria ou não, mesmo que concordasse ser extremamente perigoso.

Mais uma vez, me vi como meses atrás: minha vida governada pelos meus pais e minha vontade nula, com uma liberdade inexistente. Entretanto, precisava concordar que aquilo era ridículo! Ir até a fronteira era uma loucura, um absurdo, e desejei impedir que Calion fosse.

– Falarei com ele – disse, tentando dar fim à discussão, sem sucesso.

O único que me ouviu foi Bellon.

– Obrigado, Arien. Calion está se esforçando para nos evitar – informou com uma nota de remorso na voz.

– Você não pode, não tem o direito de permitir que Calion faça essa viagem, Bargon! É completamente... inconsequente! Como pode apoiar isso? Acha mesmo que o pai dele vai... Pelos deuses, Bargon, não faça isso! – Caladiel chorava enquanto eu saía da casa silenciosamente.

– É o que ele quer, Caladiel! Você deveria entender, é natural que ele queira tentar fazer algo pelo pai. Você não tem o direito de impedi-lo... – Ouvi o senhor Bargon dizer quando fechei a porta atrás de mim.

Enfim, encarei o vilarejo.

As ruas apinhadas e a movimentação constante mostravam que a vila saíra da sua rotina, hospedando todos os elfos sobreviventes do meu vilarejo. Agradeci aos deuses silenciosamente por Tyne estar bem. Quando a deixei em minha casa, nem podia imaginar que os elfos negros queimariam tudo. Na tentativa de protegê-la, acabei deixando-a em uma situação muito pior, e nunca me perdoaria se fosse machucada.

Caminhei rapidamente à procura do caminho que levava até a área de treinamento do vilarejo. Precisava encontrar Calion. Por mais que soubesse estar fisicamente bem, uma voz incômoda dentro de mim sussurrava haver algo errado. A lembrança dos seus ferimentos no dia da invasão dos elfos negros ainda perturbava a minha mente.

– Arien! – Ouvi uma voz adoravelmente aguda me chamando. – Aqui! – Encontrei Tyne balançando os braços um pouco distante de onde eu estava.

Ver minha amiga fez meu coração se encher de alegria. Abracei-a com força assim que me aproximei, da maneira que queria. Meus olhos se encheram de lágrimas ao pensar que ela poderia não estar ali naquele momento, que eu poderia ter sido a responsável por sua morte na tentativa de protegê-la.

– Estou tão feliz que esteja bem! – murmurei, soltando-a. – Eu lhe devo desculpas, nunca deveria ter deixado você na minha casa naquela situação tão... terrível – falei, não encontrando palavra melhor para a barbaridade dos elfos negros. – Mas não tinha como saber que eles fariam aquela crueldade! Não quero nem imaginar o que aconteceria se você não tivesse saído... Pelos deuses, Tyne, estou tão feliz!

– Também estou contente em ver você – respondeu com um sorriso. – E não pense no que poderia ter acontecido, porque não aconteceu! Eu consegui... *sair* – adicionou com o rosto enrubescido. – Na verdade, eu fugi, mas enfim... Escutei coisas sobre você, Arien! É verdade que foi você quem expulsou os elfos negros com o seu poder?

Encolhi os ombros e desviei o olhar. Não me lembrava do que acontecera, só sabia de informações quebradas. Não queria que Tyne ficasse feliz por um poder que, até agora, eu não sabia se considerava uma bênção ou uma maldição. Era uma bênção por ter me salvado mais de uma vez, mas uma maldição por não ter absolutamente nenhum controle sobre ele.

– Não é bem assim. Não sei ao certo como tudo aconteceu, lembro-me de pouca coisa. Você viu Maggo? Sabe se está bem? – perguntei, querendo mudar de assunto e, também, por estar preocupada com ele. Não o tinha visto desde o momento em que me levou até a cela.

– Eu o vi quando estava vindo para cá com os sobreviventes. Depois disso, não o encontrei mais, não sei onde ele está. Acho que estava bem, mas não conversamos – Tyne comentou distraidamente. – Tudo vai mudar agora, já está tão diferente... Talvez Maggo tenha voltado para o mundo dele. Você sabe que aqui nunca foi o lugar daquele anão.

Segurei a vontade de defender Maggo. Tyne era muito sensível e qualquer palavra mais ríspida era capaz de magoá-la ou abrir espaço para o seu drama. Despedi-me rapidamente e voltei à minha busca por Calion.

Encontrei-o não muito distante dali, transformado em leão e repetindo diversas vezes o mesmo ataque enquanto Nasvar gritava instruções. Assim que me viu, transformou-se em elfo e veio ao meu encontro, dessa vez sem os protestos do seu treinador. Meu corpo relaxou e senti meu rosto esticar em um sorriso, minha pulsação aumentou quando ele se aproximou.

– Arien! – falou enquanto me abraçava. – Senti sua falta. Pedi tanto aos deuses para que você ficasse bem!

– Fiquei muito surpresa quando acordei e não o encontrei – comentei, tentando não soar carente demais. – Posso conversar com você um pouco?

– É claro. Também preciso falar com você.

Depois de Calion pedir a Nasvar para ser dispensado, seguimos para o lugar menos cheio do vilarejo e nos sentamos à sombra de uma árvore. Calion estava nervoso, mas parecia feliz, extasiado até.

– Não vai acreditar no que tenho para contar! – começou com os olhos dourados brilhando. – O senhor Bargon está organizando um grupo para ir até a fronteira de Alfheim.

Meu rosto deve ter delatado que aquela não era uma notícia que me agradasse, porque, assim como o meu, o sorriso dele também sumiu lentamente naquele momento. Engoli em seco, procurando as palavras para me expressar. Calion foi mais rápido, inquirindo e exigindo respostas com seu olhar curioso.

– O que foi, Arien?

– É sobre esse assunto que vim falar com você – respondi inquieta, torcendo as mãos no colo. – Seus pais estão preocupados, pediram que conversasse com você.

– Minha mãe pediu – ele me corrigiu, com uma sombra nublando seu olhar. – Bellon não é nada meu.

Respirei fundo, percebendo que Calion já estava na defensiva. Senti uma tristeza me dominar por um instante. Se ele já decidira sobre ir para a fronteira, meu pedido não seria o suficiente para fazê-lo ficar. Afinal de contas, era seu sonho de salvar o pai que estava em jogo.

– Ela teme que você queira ir até a fronteira pelo seu pai... – continuei encarando sua expressão impassível.

– E eu irei – declarou, confirmando o que eu já imaginava.

– Já está tudo certo, então? Está decidido?

– Sim. O senhor Bargon permite e Nasvar também irá. Todos acham que devo tentar salvar meu pai. – Ele franziu o cenho. – Bem, talvez não todo mundo.

A acusação fria estava na sua voz e expressão. Aquilo doeu; atingiu uma parte de mim que suspirava seu nome a cada momento. Não tentei me defender.

– Calion, por favor! – sussurrei, sentindo a necessidade de fazê-lo entender. – É muito perigoso, os elfos negros não permitirão que chegue perto do seu pai de qualquer maneira. E depois do que aconteceu no vilarejo… você pode ser morto!

Calion me encarou intensamente, parecendo surpreso e confuso, até um pouco triste.

– Não acredito que está me pedindo para não tentar, Arien. Você, mais do que ninguém, deveria me entender. Se tivesse uma chance de salvar a sua irmã, o que faria?

Fiquei muda diante da sua pergunta, porque realmente não fazia ideia do que faria. Sentia que podia enfrentar tudo e todos quando o assunto era Eirien. Mas aquela possibilidade não existia. Ela estava morta, com seu espírito repousando em Niflheim. Usei isso ao meu favor para tentar dissuadi-lo.

– Não é a mesma coisa! Por favor, Calion, não faça isso comigo, não me deixe agora que nos encontramos depois de tanto tempo! – pedi sem saber mais o que dizer. Ele não podia simplesmente ir embora para um lugar tão terrível depois de tudo o que enfrentamos.

Meu Aías se retesou, parecendo confuso, e pude ver que não estava completamente inatingível como julguei.

– Como assim? Pensei que viesse comigo, Arien.

Sua resposta me surpreendeu tanto que levei alguns segundos para notar a presença de um grupo que ouvia nossa conversa discretamente.

– Não existe essa possibilidade, leão – meu pai falou, indo rapidamente até o meu lado e me levantando pelo braço. Aquela interrupção era desnecessária e senti meu rosto aquecer ao ser tratada novamente como se não tivesse escolha alguma além de acatar suas ordens. – Você estava demorando, decidimos procurá-la.

– Ela é minha Aías, deve vir comigo – Calion retrucou, levantando-se do chão, parecendo ainda mais tenso.

Meu pai o ignorou e me deu um olhar afiado quando tentei responder-lhe. Senti meu coração se afundar cada vez mais.

– Você não pode ir. É perigoso, Calion! E nada é como você imagina, não faça isso por aquele... Não faça isso! Você não sabe... – a mãe de Calion falou com a voz estridente e logo foi interrompida.

– Eu nunca vou abandoná-lo, traí-lo e esquecê-lo da mesma maneira que você fez! – meu Áias gritou de volta, com o rosto vermelho. – Se tiver uma chance, mesmo que pareça insignificante, vou tentar salvá-lo!

– Já chega! – Bellon se impôs com a voz alterada, surpreendendo-me. – Não vou permitir que fale dessa maneira com a sua mãe. Está sendo muito injusto e vai se arrepender por isso!

Meu Áias mudou sua postura, empertigou-se e encarou Bellon com tanta frieza que senti compaixão por ele. O maxilar trincado de Calion mostrava que sua decisão já fora tomada, principalmente depois daquela discussão.

– Sua tentativa de me fazer mudar de ideia não funcionou. Nada vai funcionar – Calion falou para sua mãe, ignorando Bellon.

Quando meu Áias se virou para ir embora, meu corpo reagiu. Eu não podia deixar que partisse chateado comigo, sem que esclarecêssemos tudo. Meus pés se moveram, mas meu braço ainda estava no aperto de ferro do meu pai.

– Não vá, Arien, ele é indigno.

Um tremor passou pelas suas costas, mas meu Áias não parou, tampouco virou-se para me dar um último adeus. Eu mal podia acreditar que aquilo estava acontecendo. Depois de tanta espera, tudo simplesmente voltaria a ser o que era antes. Pisquei rapidamente para evitar que as lágrimas caíssem. Não sabia o que fazer.

O caminho que fizemos até a casa de Calion, onde estávamos hospedados, foi extremamente constrangedor e tenso. Caladiel chorava baixinho enquanto Bellon fazia de tudo para confortá-la. A seriedade do meu pai estava me deixando cada vez mais nervosa. Acabei por acelerar o passo para poder ficar sozinha e tentar pensar com clareza.

Assim que cheguei, passei pela minha mãe e segui para o quarto onde acordei naquela manhã. Tive certeza de que ela percebeu a angústia no meu rosto e agradeci silenciosamente por não ter vindo atrás de mim naquele momento.

Tudo era tão confuso que minha cabeça parecia girar em espiral, deixando-me tonta. Meu Áias partiria para o lugar mais perigoso a um *Ljósalfar* na tentativa de salvar o pai e queria que o acompanhasse. Já meu pai, totalmente contra, me proibiria mesmo que eu aceitasse.

O mais estranho é que Caladiel parecia preocupada pelos motivos errados. Ela sempre se referia de uma maneira estranha ao pai de Calion, o que me fazia questionar se os elfos negros eram realmente o "perigo" daquela viagem. Mas, considerando o recente ataque ao meu antigo vilarejo, não tive dúvidas de que ir para lá seria como um suicídio.

O argumento de Calion martelava na minha cabeça, repetindo-se incontáveis vezes. O que faria se tivesse a chance de salvar minha irmã? Eu podia entendê-lo e enxergar seus motivos para partir, mas não conseguia aceitar a distância que seria imposta entre nós ou criar coragem para ir com ele.

Três batidas hesitantes à porta me fizeram despertar do torpor e, com uma voz baixa, permiti a quem quer que fosse entrar.

Meu Aías passou pela porta e a fechou, surpreendendo-me. Sentei-me na cama rapidamente e passei a mão pelo rosto, que até então não notei estar molhado.

– Sua mãe me deixou entrar – ele explicou. – Varnion não quer me ver nem chegando perto de você.

– A casa é sua, Calion. – Literalmente, a casa era dele. – Meu pai só está um pouco nervoso sobre os elfos negros.

– Eu sei. – Ele suspirou e se sentou ao meu lado na cama. – Não conseguimos conversar direito mais cedo. Eu estava muito… – interrompeu-se e segurou minha mão, apertando-a de leve. – Mal acredito que vou ter essa oportunidade. Mas vim até aqui dizer que, assim como não é justo você me pedir para não ir, não é justo eu exigir que me acompanhe. A escolha é sua, Arien, sempre sua. Eu só… queria que soubesse que isso não mudará nada. Entre nós, quero dizer.

Continuei encarando-o sem saber o que dizer. Eu não queria que Calion fosse embora, não queria ter que escolher entre ficar com ele ou com meus pais, não conseguia pensar com clareza quando aquele olhar tão intenso me estudava.

– Eu te amo, Arien. Não importa a distância que nos separe, eu sempre vou te amar. E assim que livrar meu pai dos elfos negros, vou voltar e…

Interrompi Calion com um beijo apaixonado, o qual não consegui conter. Era a primeira vez que dizia me amar e meu coração parecia que ia saltar, abandonando meu corpo de tanta felicidade, sobrecarregado da confusão de emoções dentro de mim. Meu Áias retribuiu o beijo com ainda mais entusiasmo. Tentei demonstrar o que sentia o máximo que pude, já que as palavras ficaram presas na minha garganta.

Aos poucos, o beijo foi se acalmando e se transformando numa carícia que parecia muito com uma despedida. Separei-me dele sentindo meus olhos arderem.

– Não quero ficar longe de você, Calion. Não sei se posso aguentar – confessei, sussurrando. – Mas tenho tanto medo.

Calion me abraçou, confortando-nos enquanto as batidas do meu coração se acalmavam. Ficamos abraçados por um tempo incontável, apenas aproveitando a companhia um do outro. Tentei gravar na minha mente a sensação dos seus braços ao meu redor, acalentando-me, sua voz grave me dizendo que tudo ficaria bem.

– Arien! – meu pai me chamou da sala, em alto e bom som. – Venha até aqui.

Suspirei, separando-me de Calion e puxando-o comigo até a sala. A expressão do meu Áias mostrava toda a raiva que estava sentindo, apesar de desviar o rosto e tentar disfarçá-la. Eu não esperava que ficasse contente por não partirmos juntos, mas também não queria encontrar seu olhar triste sempre que ele não desviava rápido o suficiente.

– Quero falar com você – meu pai disse simplesmente, ignorando Calion e deixando claro que ele não podia participar da conversa.

Acompanhei Calion até a porta, sentindo um desânimo e uma tristeza tão grandes por vê-lo sair da própria casa que quase tive coragem para acompanhá-lo naquela aventura. Antes de ir embora, falou-me que estava hospedado na mesma casa que o senhor Bargon porque não suportava mais sua mãe insistindo no mesmo assunto o tempo todo.

Voltei para a sala e me sentei para ouvir o monólogo que meu pai faria. Fui surpreendida quando ele se sentou ao meu lado e respirou fundo.

– Sei que está sofrendo, Arien, não pense que não noto. Essa distância do seu Áias a afeta, sei disso, vocês têm uma dinâmica diferente que não consigo entender. Mas só queria que soubesse como para mim e para sua mãe é importante que você seja sensata. Para onde Calion vai é muito perigoso, principalmente para você! Por algum motivo, os elfos negros parecem colocar um alvo na sua cabeça… Ir para esse lugar seria terrível.

– Eu… entendo, não se preocupe – respondi para tranquilizá-lo. Eu ficaria ali com meus pais, já estava decidido, apesar de não ter sido eu a tomar a decisão.

Voltei para o quarto depois da tentativa inútil do meu pai de me animar. Ele parecia quase satisfeito por Calion ir embora, achava que tudo o que acontecera comigo era culpa dele. Não consegui ficar ouvindo as lamúrias de Caladiel ou encontrando o olhar de piedade da minha mãe a me espiar sempre que ela pensava que eu não estava percebendo.

Seria tão difícil ficar longe dele. Não só porque estava irrevogável e completamente apaixonada, mas também porque perderia toda a liberdade que consegui quando tivemos nossa ligação. Eu seria mais uma vez aquela que não tinha Aías. Gostaria de poder ajudá-lo a salvar seu pai, de estar ao lado dele para dizer que tudo daria certo. Mas não seria possível. As correntes que nos uniam pareciam se enroscar ao meu redor e me sufocar com a sua ausência.

(Capítulo 19)

Levantei-me da cama bem tarde. Não que tivesse conseguido dormir em algum momento, mas queria ficar um tempo sozinha. Saí do quarto estranhando o silêncio mórbido. Encontrei minha mãe encostada no parapeito da janela com o olhar perdido.

– Mãe – chamei enquanto me aproximava. – Tudo bem?

– Sim, querida – respondeu distraidamente.

– Onde está todo mundo? – perguntei desconfiada.

– Seu pai viajou para outro vilarejo para ajudar os elfos que ainda não estão acomodados, deve estar de volta amanhã. Caladiel e Bellon decidiram partir para a fronteira com Bargon.

– Verdade? – perguntei surpresa. Caladiel parecia tão relutante sobre Calion ir até a fronteira para tentar salvar o pai que até estranhei aquela nova decisão. – Mas onde eles estão?

– Na casa do senhor Bargon. Partirão hoje mesmo.

Meu coração errou o compasso e voltou a palpitar forte, descontrolado. Respirei fundo, desviando os olhos. Aquilo estava errado, tudo estava errado. Ficar longe de Calion seria difícil demais.

– Eu não sabia que partiriam tão depressa – comentei, tentando disfarçar a tristeza na minha voz.

– Depois do último ataque, não podemos mais esperar, tudo precisa ser esclarecido. O senhor Bargon irá até a fronteira para falar com o líder deles e saber o que está acontecendo. Se essa invasão continuar, seremos obrigados a atacá-los como melhor forma de defesa. Nosso território é muito maior, nossos números superam os deles...

Minha mãe começou a falar as diferenças entre os "exércitos", como tínhamos vantagens e o quanto os elfos negros perderiam nos confrontando daquela forma. Parei de ouvir depois de alguns minutos, mesmo tentando prestar atenção ao que falava. Minha mente só conseguia pensar em Calion e no quanto estaria distante de mim em poucas horas.

– Preciso me despedir dele – murmurei atordoada.

– O que disse, querida? – perguntou minha mãe, despertando do seu monólogo. – Ah, sim, é claro. Eles partirão um pouco antes do pôr do sol, não precisa se apressar.

Mas eu precisava. Necessitava e queria passar o máximo de tempo possível com Calion enquanto ainda podia. Não conseguia nem imaginar aquela despedida. O que mais tinha naquele momento era pressa.

Minha pressa foi realmente necessária, já que ninguém sabia me dizer onde senhor Bargon e Calion estavam hospedados. Meu nervosismo cresceu a cada criatura incapaz de me ajudar. Finalmente, quando consegui a informação, uma voz atrás de mim chamou meu nome tão insistentemente que foi impossível ignorar.

– Ei, Arien! – A voz tão familiar me saudou. Mal pude acreditar quando meus olhos encontraram a figura de Maggo atrás de mim, e meu peito se expandiu de alívio.

– Maggo! Mal posso acreditar que é você! Você está bem? – perguntei preocupada.

– Estou, sim, não se preocupe. Não sofri nenhum dano irreparável e ainda consegui mandar alguns elfos negros para Helheim – falou com um sorriso. – Podemos dar uma volta e conversar?

– Graças aos deuses que está bem! É claro que sim – concordei, desconfiando do seu tom sério.

Caminhamos tentando encontrar um lugar mais vazio. Ele não esperou para começar a falar enquanto andava, seu nervosismo era perceptível.

– Você sabe que eu já deveria ter voltado para o meu mundo há algum tempo.

Balancei a cabeça em concordância, acelerando o passo para acompanhá-lo.

– Desde que teve sua ligação, não sou mais necessário e só continuei aqui porque me preocupava. – Suspirou. – Eu me preocupava que o leão não fosse capaz, achava que era muito instável. E depois me preocupei com você e com ele... por outros motivos.

– Eu entendo, Maggo, sei que precisa voltar para o seu mundo.

– Vim até aqui para me despedir de você. Agora com o seu Aías, tudo ficará bem. Não se preocupe com os elfos negros, logo essa situação irá se ajeitar.

Sorri fracamente para ele, tentando não transparecer que estava desmoronando por dentro com o fato de ficar longe de Calion.

– Na verdade, meu Aías não ficará aqui comigo – falei, desviando o olhar. – Ele partirá para a fronteira de Alfheim com o senhor Bargon ainda hoje.

Maggo interrompeu seu passo e virou-se completamente para mim, seu rosto era um misto de surpresa e descrença.

– Imaginei que um dia Calion pudesse querer ir até a fronteira para procurar o pai, mas e você?

– Eu o quê?

– Por que não vai com ele?

Encarei o anão tentando encontrar as palavras, pensar na resposta e juntar tudo aquilo para explicar os meus motivos. Não consegui. Minha mente era uma confusão e já não conseguia mais entender o turbilhão de sentimentos que me atingia.

– Porque... não dá! Meus pais estão aqui, acham que é perigoso demais, e ainda há os elfos negros revoltados!

Maggo me encarou levantando uma das sobrancelhas grossas, eu não o tinha convencido. Suspirei, tentando conter as lágrimas das quais tanto me envergonhava.

– Eu tenho medo, Maggo. Temo os elfos negros, temo me tornar uma ingrata por abandonar meus pais dessa forma, temo que tudo dê errado – sussurrei para meu amigo.

– Sei que tem medo, Arien, mas até quando deixará que esse medo a impeça de fazer o que realmente quer? Já não está na hora de você se levantar e tomar conta da própria vida? Seus pais vão entender, eles sabem que deve ir. E você sabe que deve ir também. Eu sei que tem coragem para isso, pare de ofuscar e sabotar a si mesma!

Engoli em seco, encarando a viela movimentada. Falar era tão fácil, e mais fácil ainda era acreditar nas palavras dele.

– O que devo fazer, Maggo? – perguntei à procura de uma saída daquele dilema.

– Não sei. Isso quem tem que saber é você. Só digo uma coisa: Calion nunca vai precisar tanto de você quanto nesse momento.

– Por que diz isso? – perguntei intrigada. Ele parecia saber de alguma coisa a mais.

O anão olhou para o horizonte por alguns segundos e pigarreou.

– Preciso partir. Não temos muito tempo.

Meu coração errou uma batida e recomeçou tão forte que, tive certeza, alguém poderia ouvi-lo. Calion! Eu precisava encontrá-lo.

Olhei para o meu amigo, que fora meu protetor por tantos anos, e senti o sorriso triste se esticar no meu rosto involuntariamente. Ele voltaria para o seu mundo, para onde realmente pertencia e estaria feliz. No final das contas, parece que sempre voltamos para o lugar ao qual pertencemos.

– Adeus, meu amigo – sussurrei enquanto deixava as lágrimas caírem e o observava ir embora.

Entrei em casa correndo, não havia por que tentar me controlar ali se já o fizera por todo o caminho. O quarto era o mesmo, tudo estava igual, mas eu estava diferente.

Juntei tudo o que achei necessário e enfiei de qualquer jeito numa sacola de couro marrom. O tempo corria contra mim, deixando-me cada vez mais nervosa e ansiosa.

Saí do quarto num rompante, já corria novamente quando a maldita sacola se prendeu a alguma coisa e virei-me para tentar soltá-la.

Minha mãe me encarava com uma expressão confusa, segurando a sacola com a mão firme. Senti meu rosto esquentar. Eu não queria ter que me despedir de ninguém, odiava despedidas, odiava pensar que estava abandonando todos que amava. Odiava saber que sentiria tanta saudade dela que sonharia com o seu abraço todos os dias.

– O que está fazendo, Arien? – perguntou num fiapo de voz.

– Decidi que vou partir com Calion para a fronteira, mãe – disse, tentando colocar toda a firmeza que tinha na minha voz trêmula.

Sua reação me surpreendeu. O sorriso triste que se espalhou pelo seu rosto me dizia que não era tão contrária assim à minha decisão quanto meu pai me fizera pensar. Minha mãe soltou a sacola com calma e tocou meu braço carinhosamente.

– Estou feliz por você, querida. O amor às vezes é contraditório... Queremos ter quem amamos sempre por perto, mas também queremos que sejam felizes. E eu quero que você seja muito, muito feliz – expressou com os olhos brilhando.

Respirei profundamente, sentindo-me aliviada e grata por ela entender tão facilmente. Com meu pai não seria assim tão simples e, por mais que fosse o certo me despedir dele e lhe dar alguma explicação, era uma coisa boa ele não estar ali quando eu partisse. Eu não saberia como explicar o que queria e o que precisava fazer.

Abracei minha mãe apertado, tentando gravar na memória seu cheiro tão doce e delicado. Sem dúvida alguma, sentiria muito a falta dela.

– É melhor você ir, o sol está se pondo e eles já devem estar partindo – falou, afastando-se.

– Sentirei saudade, mãe – sussurrei com um nó na garganta.

Dei uma última olhada na minha mãe e virei-me rapidamente. Precisava ser ágil, o tempo estava contra mim. Antes de fechar a porta, pude ouvi-la falar: "Eu também, querida".

Passei pelo vilarejo correndo, esbarrando e chamando atenção de todos os elfos. Quando cheguei na casa antiga em que Calion estava hospedado e percebi estar vazia, com a porta trancada, meu coração disparou mais do que achei ser possível.

Ele não podia ter partido, não sem antes se despedir de mim, ele não faria isso. Acelerei o passo ainda mais, vasculhando o caminho com o olhar para tentar reconhecer alguém que também partiria com o meu Aías.

A entrada, ao contrário do restante do vilarejo, estava completamente vazia. O barulho da mata adiante era o único som que conseguia ouvir e, por mais que fosse reconfortante e familiar, não foi suficiente para me distrair da angústia que estava se formando no meu coração. Eles deveriam estar ali, o meu Aías deveria estar ali. Não conseguia acreditar que Calion não tinha me esperado nem para se despedir.

Ouvi o som de passos se aproximando, mas só conseguia encarar a trilha à frente. O suspiro aliviado me despertou do torpor e me virei rapidamente.

– Sabia que viria – Calion falou, abraçando-me tão forte que fiquei sem ar por um instante.

Meu coração se encheu de alegria. Sua voz parecia me resgatar de uma tortura inescapável.

– Você não foi embora! – sussurrei emocionada, apertando-o forte contra mim. – Onde está todo mundo?

– Já partiram. Eu não... consegui. Não poderia ir embora sem antes ver você, pelo menos. – Sorriu tristemente. Seu olhar me percorreu e se prendeu à minha sacola, fazendo uma pergunta silenciosa.

– Vou com você – sussurrei. – Se ainda quiser que eu vá, é claro...

Meu Aías se empertigou e sorriu emocionado.

– Sempre vou querer que esteja comigo, Arien. Não faz ideia do quanto estou feliz por você ter vindo.

– Então, sempre estarei com você – prometi.

Calion estreitou os braços ao meu redor e me beijou de uma forma tão doce que me senti flutuando, perdida naquele sentimento, completamente entregue ao amor que sentia por ele.

Naquele momento, tive certeza de que fizera a escolha certa. A melhor escolha, aquela que realmente desejava. Qualquer que fosse o nosso destino naquela aventura, enfrentaríamos juntos. Nem mesmo os elfos negros ou os meus maiores medos seriam capazes de nos separar.

(Agradecimentos)

Escrever este livro e mostrá-lo ao mundo é a realização de um sonho, que se tornou realidade com a ajuda das seguintes pessoas:

Meus pais amados, Maria da Conceição Freitas e Benedito Lopes de Brito, por apoiarem minhas decisões e por me ensinarem a nunca desistir. Especialmente, agradeço à minha mãe, por sempre me incentivar e acreditar no meu trabalho, além de ser minha infinita fonte de inspiração com sua história de vida.

Aos meus amigos que, independentemente da distância, torceram para que essa história deixasse de ser apenas um projeto.

Também agradeço o trabalho e dedicação de Francine Porfirio e os outros colaboradores, assim como a equipe da Editora Pandorga.

Por último, mas nunca menos importante, agradeço a todos os leitores que apreciaram este livro quando ainda estava em sua fase inicial e me incentivaram a publicá-lo.